임희정 소설

그녀하늘

그러던 어느 날, 그에게 그 '능력' 이 찾아왔다.
조금은, 아름답지 않은 모습으로.

신의 뜻, 그것 외엔 없었다.
신의 영역, 시대의 금기를 깨는 그들의 불꽃같은 삶!

막연히 의사가 되기 위한 삶을 살아왔던 세요 폰 어뷔니트.
인간을 살리기 위해 의사가 되어야만 했던 웨인 파예트.

잔혹한 과거, 어긋난 현재.
그리고 우연히 찾아온 신비로운 능력!
보통 사람들과 다른 존재가 아니라는 것에 대한 증명.

유행이 아닌 자유추구 -
WWW. chungeoram.com

Book Publishing CHUNGEORAM

운룡쟁전

조돈형 新무협 판타지 소설

팔룡전설을 아는가?

북녘 하늘을 밝히는 별의 정기를 받고 태어난 여덟 명의 기재가
한 시대에 나타나리니, 그들의 눈은 삼라만상(森羅萬象)을 살피고
지혜는 하늘에 닿고 웅심은 천하를 덮을 것이다.
그들이 화합을 한다면 더없이 평온한 세상을 이룰 것이나,
만약 그렇지 않다면 피의 광풍이 온 천하를 휩쓸 것이다.

혼란의 시대!! 모략과 음모가 극에 다다른 혼돈의 강호무림!!

이때 하늘이 안배해 놓은 이가 있었으니, 그의 이름 도극성이라……!!
도극성!! 그가 무림에 다시 모습을 드러내는 날,
팔룡전설은 그로 인해 깨질 것이고 새로운 전설이 탄생할 것이다!!

유행이 아닌 자유추구 -
WWW.chungeoram.com
Book Publishing CHUNGEORAM

백미검선 5

휘 新무협 판타지 소설

초판 1쇄 찍은 날 § 2008년 7월 22일
초판 1쇄 펴낸 날 § 2008년 7월 31일

지은이 § 휘
펴낸이 § 서경석

편집장 § 문혜영
편집책임 § 이재권
편집 § 서지현 · 문정흠

펴낸곳 § 도서출판 청어람
등록번호 § 제1081-1-89호
등록일자 § 1999. 5. 31
어람번호 § 제2-1541호

주소 § 경기도 부천시 원미구 심곡1동 350-1 남성B/D 3F (우) 420-011
전화 § 032-656-4452 팩스 § 032-656-4453
http://www.chungeoram.com
E-mail § eoram99@chollian.net

ⓒ 휘, 2007

ISBN 978-89-251-1413-2 04810
ISBN 978-89-251-0870-4 (세트)

백미검선

휘(暉) 新무협 장편 소설
FANTASTIC ORIENTAL HEROES

백미검선

白眉劍仙

[완결] ◇5◇

후(暉) 新무협 판타지 소설

FANTASTIC ORIENTAL HEROES

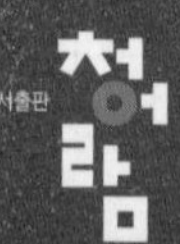

目次

白眉

第九章

돌아보니 피안(彼岸)이요

劍仙

운령촌(雲嶺村)

봄기운이 완연한 천원의 뜰에는 파룻파룻 돋아나는 풀들로 뜰 전체가 녹색의 바다를 이루고 있었다. 주변에 늘어선 큰 고목들 역시 가지에서 연녹색의 잎들을 피우며 그 끈질긴 생명력을 과시하고 있었다.

짹! 짹! 짹!

한 고목의 가지 위에는 새들의 울음소리로 요란했다.

둥지 위에서 새로이 태어난 생명들이 어미 새가 가져다주는 먹이를 먹기 위해서 경쟁하듯 울어대고 있는 것이다. 고개를 갸웃거리던 어미 새는 가장 크게 입을 벌리고 있는 새끼에게 먹이를 토해내더니 어디론가 날아가 버렸다.

자연은 저 어린 생명체들에게조차 세상을 살아나가기 위해서는 많은 노력이 필요하다는 사실을 가르쳐 주고 있었다.

태양이 중천을 향해 힘차게 솟아오르고 있는 시각, 구중각 안으로 들어서는 사 인이 있었다. 한평과 청룡, 호접은선과 현천당주 기환마도였다.

잠시 후, 진령이 들어서자 그들은 일제히 신형을 박차고 일어서며 예를 취했다.

"태극검문진세!"

그 모습을 둘러보던 진령이 미소를 머금은 채 손을 들더니 온화한 목소리로 말했다.

"모두 예를 거두세요. 그리고 편안히 자리하세요."

"명을 따릅니다!"

그들이 자리에 앉자 천천히 좌중을 둘러보며 말을 이었다.

"오늘 여러분을 모신 까닭은 이제 우리도 북부 전선에 관심을 기울일 때가 되었다고 판단해서예요. 그에 대한 의견을 논의하고자 청하게 되었으니 혹여 좋은 의견이 있으시면 서슴없이 말씀해 주시기 바라요."

그녀의 말이 끝나자 한평이 나섰다.

"참으로 적절한 지적이십니다. 그에 대한 논의가 필요한 시점이 되었습니다. 어제 들려온 급보에 의하면 북혈림이 움직이기 시작했다고 합니다. 침묵으로 일관해 오던 일륜문 역시 무림맹과 합류한 상태고요."

기환마도와 청룡, 그리고 호접은선이 저마다 한마디씩 토해냈다.

"허허! 드디어………!"

"으음! 거센 회오리가 불겠구면!"

"일륜당주, 아니, 일륜문주가 합류했다니 그나마 다행일세!"

그들의 얼굴에는 당연하다는 표정과 걱정스럽다는 표정이 교차했다.

그도 그럴 것이 북혈림에 합류한 천혈림이 드디어 긴 대치 상태를 끝내고 행보에 나선 것이다. 통일된 혈교로써 승부수를 던진 것이라고 할 수 있었다.

하지만 수뇌부가 걱정하는 이유는 그곳에 태극천의 고수가 있다는 사실이었다. 그들이 어떠한 인물인지 잘 알고 있기에 더더욱 걱정스러울 수밖에 없었다.

아무리 자타가 공인하는 일류파천이지만 태극천의 고수가 한 명 이상 포함되어 있다면 어려운 대결을 펼칠 수밖에 없었다.

왕구슬 굴러가듯 또르르 눈동자를 굴리던 청룡이 한평에게 시선을 향했다.

"무림맹에서는 그들의 존재에 대해서 알고 있는가?"

"예, 그렇습니다. 지난번 안경대전이 끝난 후, 남은 병력을 이끌고 철수한 천기자가 특급으로 전통을 띄웠지요. 그 때문에 일류문주님이 합류하게 된 것이고요."

"으음, 그렇구먼! 서로 떨어져 있다가 각개격파를 당하느니 몰려 있는 편이 나을 테니까!"

"예, 저도 그렇게 생각합니다. 태극천의 고수들이 파황검왕을 꺾은 남천보다는 한 단계 위의 고수라는 사실을 익히 들어 알고 있을 테니까요."

이번에는 호접은선이 궁금한 표정을 떠올렸다.

"북부 전선도 북부 전선이지만 사천 지역은 대체 어찌 된 일인가?"

순간, 좌중의 모든 시선이 일제히 한평에게 향했다.

얼마 전, 장산이 광검과 흑룡곤, 그리고 현천수호단원 다섯 명을 데리고 그곳으로 떠나갔다. 당시 수뇌부는 의아한 생각이 들었지만 천원과 관련된 일인 것 같아 그냥 지나칠 수밖에 없었다.

그런데 그 내용을 알 수 있는 기회가 왔으니 호기심이 동하는 것은 어찌 보면 당연한 일이었다.

한평이 좌중의 시선을 의식한 듯 입을 열었다.

"그것은 두 가지 이유 때문입니다. 그 하나는 대파산 자락에 의심스러운 세력이 머물고 있다는 정보를 입수했기 때문이지요."

"의심스러운 세력? 아니, 태극천 말고도 또 다른 세력이 있다는 말인가?”

청룡이 목청을 돋우자 천천히 말을 이었다.

“그렇습니다. 다만 태극천과의 연관 관계에 대해서는 확실히 파악되지 않은 상태입니다.”

“그럼, 태극천과 관련이 있을 수도 있다는 말인가?”

“그럴 수도 있고, 아닐 수도 있습니다.”

“엥? 그 무슨 소금 빠진 오리구이 같은 흐리멍덩한 소리란 말인가? 어서 속 시원히 말 좀 해보게!”

그의 재촉에 한평이 빙그레 미소를 지었다.

“그 이유는 태극천의 고수들이 자신과 연고가 있는 혈교 내로 흘러들어 간 것에 비해, 그들과는 접촉한 사실이 확인되지 않고 있기 때문입니다. 태극천과 혈교와의 밀월 관계와는 달리 왠지 동떨어진 느낌이 든다는 것이지요.”

이번에는 침묵을 지키고 있던 기환마도가 물었다.

“그럼 관련이 있을 수도 있다는 말은 무슨 까닭이오?”

“추량이라는 자가 그곳으로 사라진 것이 확인되었기 때문입니다. 즉, 태극천의 무공인 벽뢰파천도와 관련이 있는 조직이란 뜻이지요. 따라서 전혀 관련이 없는 세력이라고 치부하기에는 왠지 개운치 않은 뒷맛을 남깁니다. 아무튼 조사 중에 있으니 정확한 내용은 시일이 지나봐야 알 수 있을 것 같습니다.”

“으음, 그렇구려! 그런데 본 당주의 생각으로는 후자 쪽에 가깝다는 생각이 드는구려. 어떻게든 직간접적으로 연관이 있을 거라는 생각을 떨쳐 버리기가 어렵소이다."

그의 주장에 한평이 고개를 끄덕였다.

"옳으신 지적입니다. 아무래도 태극천의 무공을 지닌 인물이 있다는 사실을 무시할 수는 없으니까요. 그나저나 그들의 규모가 걱정입니다. 사천지회에 이어서 사천동맹이 이루어진 것으로 보면 결코 적은 규모가 아닐 테니까요."

그의 말을 끝으로 구중각 내에는 침묵이 흘렀다.

사천동맹을 이룬 청성과 아미, 그리고 점창과 당문의 연합 세력이라면 정천회에 비해서 결코 뒤쳐지지 않는 전력이었다. 그렇다면 의심스러운 세력의 규모가 남혈림에 버금간다는 말이나 다름없었다.

잠시 후, 침묵을 깬 이는 호접은선이었다. 그는 잠시 좌중을 둘러보더니 조용히 물었다.

"조금 전 무공이 그곳으로 떠난 이유가 두 가지 때문이라고 했는데, 또 한 가지는 무엇인가?"

좌중의 모든 시선이 다시 한평에게 쏠렸다.

하지만 그의 시선은 진령에게 향하고 있었다. 마치 무엇인가를 확인받고 싶어 하는 표정이었다.

그녀가 한참 생각에 잠인 후, 고개를 끄덕이자 비로소 한평이 입을 열었다.

"이곳에 계신 분들은 현 태극검문의 수뇌부입니다. 태극검문과 생사를 같이 해야 할 분들이지요. 따라서 오늘 제가 말하는 이야기에 대해서는 모든 것이 정리되기 전까지는 함구해 주시기 바랍니다.”

서론이 왠지 심상치 않자 모두의 표정이 굳어졌다.

“얼마 전, 이곳을 방문한 분이 계셨습니다. 바로…….”

장내에는 그의 조용한 목소리가 이어졌다.

그러자 모든 이들은 한마디라도 놓칠세라 귀 기울이기에 여념이 없었다.

하지만 시간이 흘러갈수록 그들의 얼굴에는 당혹감이 떠올랐다.

그의 이야기는 무림에 전혀 알려지지 않은 비사일뿐더러 상황에 따라서는 태극검문의 위상은 물론, 혈교와의 구분조차 모호해질 수 있는 애매한 내용이었다.

특히 태극천이 혈교의 배후를 조종하는 세력임이 만천하에 드러난 상황에서 장산이 태극천주의 친손자라는 사실이 밝혀진다면 그 파장은 클 수밖에 없었다. 괜한 오해를 불러일으킬 수 있는 것이다.

청룡이 떨떠름한 표정으로 입을 열었다.

“허, 그것참! 일이 복잡하게 꼬였구먼!”

“그렇습니다. 참으로 복잡한 상황이지요. 하지만 너무 걱정하지 마십시오.”

“응? 그게 무슨 말인가? 어떤 대책이라도 마련해 놓은 것이 있다는 말인가?"

그가 반색하며 묻자 한평이 빙그레 미소를 떠올렸다.

"생각하기에 따라서는 자칫 오해를 받을 수 있지만 한편으로는 충분히 비켜 나갈 수 있는 문제입니다. 가장 중요한 것은 명분이기 때문이지요. 우선 태극천이 어떻게 해서 탄생하게 된 것인가를 알려야 합니다. 그리고 마맥과 혈맥에 대한 차별을 두는 것이지요. 특히 무공님의 친조부가 되시는 천주께서는 그들과 동떨어진 관계라는 점을 각인시켜야 합니다. 그것이 사실이기도 하니까요."

"하지만 누가 그 말을 곧이 들어주겠는가?"

그의 반문에 한평이 웃음을 터뜨렸다.

"하하하! 물론, 어렵지요! 혈교 내에서조차 쉬쉬해 왔던 일인데 정파 내에서 어찌 쉬울 수가 있겠습니까? 그래서 명분이 필요하다는 것입니다. 확실한 명분을 만들어놓으면 혹여 불거져 나올 수 있는 태극검문의 정통성과 무공님의 출생에 대한 문제를 미연에 방지할 수가 있으니까요."

청룡이 고개를 갸웃거렸다.

그의 얼굴에는 이해하지 못하겠다는 표정이 역력했다.

"그럼, 어떻게 그 문제를 미면에 방지할 수 있다는 말인가?"

"너무 걱정하지 마십시오. 가능합니다."

"허, 답답하구먼! 어서 속 시원히 말 좀 해주게!"

그의 재촉이 이어지자 한평이 입을 열었다.

"우선 태극검문의 행보가 무림에 끼친 영향이 적지 않기 때문이지요. 남혈림과의 대결에서 남궁세가가 멸문에 가까운 피해를 입고, 제갈세가와 황보세가가 상당한 전력의 손실을 입었지만 아직 정파의 한 축을 이루고 있습니다. 또한 안경대전 이후, 우리에게 무조건적인 호의를 보내오고 있는 실정이고요."

"그거야 그렇지만……."

청룡이 말끝을 흐리자 천천히 말을 이었다.

"거기에 무공께서 사공세가의 가주이신 벽운일검 어르신과 의형제를 맺었습니다. 그리고 벽검단의 활약 덕분에 그동안 소원한 관계를 이루던 삼대세가와 사공세가의 관계 역시 급속도로 회복 중에 있고요. 현재 사대세가 아닌 오대세가로 불려도 손색이 없을 정도입니다. 결국, 당문을 제외한 세가들의 전폭적인 지지를 받을 수 있다는 말이 되지요."

이번에는 기환마도가 나서며 물었다.

"그렇다면 구파일방의 지지는 어떻게 이끌어낸다는 것이요?"

한평의 시선이 그를 향했다.

"예전에 무당에서의 회합으로 인해 소림과 무당과는 이미 격이 없는 사이가 되었습니다. 화산, 곤륜, 공동, 종남, 그리고 개방 등 무림맹의 나머지 문파로부터 지지를 받는 일이 남

겠지만 태극천의 탄생이 전설 속의 가문인 백문의 어쩔 수 없
는 선택이었다는 점을 부각시킨다면 충분히 가능한 일입니
다. 사천동맹을 이룬 청성, 아미, 점창, 그리고 당문 등은 시
간이 지나봐야 알 수 있지만 무림맹에서 문제를 삼지 않는다
면 큰일은 없을 거라고 생각합니다."

그의 차분한 설명을 듣자 기환마도가 고개를 끄덕였다.

"으음! 일리가 있구려! 그동안 줄기차게 전설을 주장해 온
곤륜과 공동, 그리고 종남에서는 자신들의 멸문을 막아준 이
들이 백문이라고 할 수 있으니 반박은커녕 오히려 편을 들어
줄 수밖에 없는 입장이겠구려!"

"예, 그렇습니다. 그래서 그 문제는 논란이 될 수 있을지언
정 큰 문제는 될 수 없습니다. 중요한 것은 어떻게 혈교와의
승부를 승리로 이끌어내느냐가 관건이라고 할 수 있지요. 그
들과의 대결에서 승리하지 못한다면 모든 것은 의미 없는 일
에 지나지 않으니까요."

그의 설명을 끝으로 구중각 내에는 침묵이 흘렀다.

태극천과의 연관성으로 인해서 심각한 문제가 발생할 수
있다는 근심이 해소된 반면, 혈교와의 한판 승부를 생각하니
걱정이 앞설 수밖에 없었다.

잠시 후, 한평이 침묵을 깨고 입을 열었다.

"보름 후, 벽검단이 우리를 방문할 것입니다. 그리고 일월
회를 포함한 현천수호단과 함께 대파산으로 향하게 될 것입

니다.”

호접은선이 궁금한 표정을 떠올리며 물었다.

“그럼, 놈들의 뒤통수를… 흠흠! 아니, 예상을 뒤엎는 기습을 가한다는 것인가?”

그가 멋쩍은 표정을 짓자 한평이 미소를 지었다.

“하하하! 그렇습니다. 일룡의 말씀처럼 놈들의 뒤통수를 노리는 것이지요. 물론, 상황에 따라서 달라질 수 있겠지만 일단 사천 지역의 의심스런 세력부터 정리해야 합니다. 이후, 섬서의 화산에서 무램맹과 대치 중인 혈교의 수뇌부를 노리거나 심각한 타격을 줄 수 있는 기습을 감행하게 될 것입니다.”

청룡이 나서며 물었다.

“그런데 장 공자님과는 어떻게 되는 것인가? 자네들과 합류하는 것인가?”

“예, 그렇습니다. 그분이 안 계시면 계획 자체가 불가능하니까요.”

청룡이 고개를 끄덕이더니 입을 열었다.

“그래야지. 태극천의 고수를 만났다가는 기습을 펼치기도 전에 당할 수 있으니까.”

잠시 말끝을 흐리더니 궁금한 표정을 떠올렸다.

“그런데 장 공자님은 왜 하필 그 덜떨어진 곰퉁이 놈을 데리고 간 게야? 그 점이 마음에 걸리는구먼.”

그의 볼멘 목소리가 이어지자 한평이 빙그레 미소를 떠올렸다.

"하하하! 너무 걱정하지 마십시오. 사룡도 예전 같지 않습니다. 무공에 상당한 진척을 보았을 뿐 아니라 제법 심계도 깊어졌으니까요."

"엥? 그 말이 참말인가?"

"예, 그렇습니다. 요즘 무림인들 사이에서는 탁탑천왕(托塔天王)이라고 불리고 있습니다."

"탁탑천왕……?"

청룡이 왕구슬만 한 눈알을 또르르 굴리더니 갑자기 큰 웃음을 터뜨렸다.

"풋허허허! 그래도 미련한 곰퉁이 놈이 제 앞가림은 하고 다니는구먼! 암 그래야지, 그래야 하고말고!"

그의 만족스런 웃음소리가 사라질 때쯤 진령의 얼굴에도 미소가 맺혔다.

회의가 끝난 후, 모두 돌아가자 진령은 홀로 궁중각에 남았다.

'하아!'

그녀의 시선은 창밖을 향하고 있었다.

그곳에는 온 세상이 푸르름으로 뒤덮여 있었다. 건드리면 톡하고 터질 듯 짙푸른 하늘 아래 싱그러운 초록의 물결이 넘

실거리며 춤을 추고 있었다. 한참을 바라보고 있으니 그 사이로 떠오르는 영상이 있었다.

'숙부님!'

그랬다. 그 영상의 주인공은 바로 장산이었다.

언제부터인가 살금살금 마음속으로 들어와 자리를 잡더니 이제는 그녀의 마음을 송두리째 앗아가고 말았다. 구중각 내에는 그녀가 되뇌는 그리움의 밀어만이 빈 공간을 가득 메우고 있었다.

＊　　　＊　　　＊

굽이굽이 끝을 알 수 없는 대파산의 능선이 흘러내린 산자락에는 운령촌(雲嶺村)이라고 불리는 마을이 있다.

이곳은 외진 곳임에도 호북에서 대파산을 넘어 사천으로 향하는 길의 초입에 위치해 있기에 많은 이의 발길이 오가는 지역이었다.

마을에는 운령객잔(雲嶺客棧)이라고 불리는 큰 객잔이 놓여 있고, 그곳을 중심으로 제법 긴 저잣거리가 형성되어 있었다.

그 저잣거리 안으로 이 인이 들어서고 있었다. 바로 장산과 광검이었다.

광검은 신기하다는 듯 저잣거리를 둘러보더니 장산에게

시선을 향했다.

"허! 이런 외지에도 이렇듯 큰 마을이 자리하고 있다니, 놀랍구먼!"

그가 감탄스런 어투로 말하자 장산이 말을 받았다.

"그렇습니다. 그동안 소문으로만 들어왔는데 대파산의 산줄기가 정말 길고도 험한 것 같습니다. 이렇듯 산자락에 큰 마을이 자리하고 있는 경우는 처음 보는군요. 아마도 산길로 들어서기 전에 하루를 쉬어가면서 노숙에 필요한 물품들을 구입할 수 있도록 상권이 형성되어 있는 것 같습니다."

"아, 그거야 당연한 게 아니겠는가? 산길을 지나는 이들 때문에 먹고사는 마을이 아니겠느냐는 말일세."

"그렇기는 하지만 이 외진 곳에 큰 마을이 있고, 많은 이가 오간다는 사실이 참으로 신기하게만 느껴집니다."

그의 말에 광검이 어이없다는 표정을 지었다.

"허, 이 친구! 벌써 호북 사람이 다 되었구먼!"

"예? 무슨 말씀이신지?"

장산이 의아하다는 표정으로 바라보자 혀를 차며 한심하다는 표정을 떠올렸다.

"쯧쯧쯧! 우리가 살던 장가계를 한 번 생각해 보게. 그곳도 마찬가지일세. 호남에서조차 상덕은 알아도 장가계를 모르는 이들이 태반이 아닌가? 그나마 상인들이 장가촌에 들락거리며 그곳이 알려진 것이지, 그들의 왕래마저 없었다면 세상과는 아예 담쌓고 지내는 지역이 되었을 거란 말일세."

장산이 머리를 긁적이며 어색한 웃음을 떠올렸다.

"왕 형이 곡해를 하셨군요. 제 말은 그런 뜻이 아닙니다. 척박한 환경임에도 사람들이 살아가고 있고, 그런 곳까지 많은 이의 발길이 이어진다는 사실에 사람의 존재가 대단하다는 의미로 한 말이었습니다."

순간, 광검이 인상을 찌푸렸다.

"자네, 왜 그러는 게야? 왜 자꾸 고승이나 내뱉는 듯한 고리타분한 소리를 하고 있나? 세상에 태어났으면 한평생 잘 살다가 가면 그만이지, 무슨 놈의 생각이 그리도 복잡하냐는 말일세."

그가 불만스러운 얼굴로 투덜거리자 장산이 고소(苦笑)를 배어 물었다.

"그렇군요! 왕 형의 말에도 일리가 있습니다!"

"엥? 그건 또 무슨 말이야?"

광검이 두 눈을 크게 뜨더니 장산의 아래위로 훑어보았다.

"자네, 대체 왜 그러는 게야? 이거면 이거고 저거면 저거지, 왜 이랬다저랬다 하느냐는 말일세! 제발 자다가 봉창 두드리는 소리 좀 그만하게!"

장산이 빙그레 미소를 떠올리자 광검이 냅다 소리를 내질렀다.

"아, 정말 답답하구먼! 그런데 현천수호단주는 왜 안 오는 게야? 그 친구가 고지식하기는 하지만 그래도 자네보다는 훨씬 낫네! 내 자네와 더 이상 대화를 나누었다가는 머리가 터져 나갈 것 같으니 나 먼저 가보도록 하겠네. 쫓아오던 말든 자네 마음대로 하게!"

그는 신형을 돌려세우더니 휑하니 멀어져 갔다.

장산은 홀로 저잣거리에 남아 물끄러미 그의 뒷모습을 바라보았다.

'후후후! 어쩌면 왕 형이야 말로 물 흐르듯 살아가는 상선약수(上善若水)의 삶을 살아가고 있는지도 모르겠구려.'

그는 고개를 가로젓더니 광검이 사라진 객잔을 향해 발걸음을 옮겼다.

'으음! 손님들이 많구나!'

장산이 객잔 안에 들어선 후, 받은 첫 느낌이었다.

그곳에는 점심때가 한참 지났음에도 손님들로 북적이고 있었다.

주로 상인으로 보이는 이들이 삼삼오오 모여 앉아서 술잔을 기울이며 이야기꽃을 피우고 있었다. 아마도 하루를 쉬어가면서 새로운 정보도 얻고 시간도 보낼 겸 술자리를 갖는 것 같았다.

잠시 주위를 둘러보던 그의 귓가로 우렁찬 목소리가 들려왔다.

"자네, 뭐 하고 있는 게야? 어서 이리오라고!"

고성이 들려온 곳으로 시선을 향하자 광검이 못마땅한 표정을 지으며 쏘아보고 있었다.

그런데 가관인 것은 그의 주변에 앉아 있는 이들의 모습이었다. 모두 새파랗게 질린 표정으로 전전긍긍하며 힐끗힐끗 곁눈질을 하고 있었다.

문득 한 사내가 광검과 시선이 마주치자 기겁을 하며 고개를 돌렸다. 그리고는 사시나무 떨 듯 바들바들 떨기 시작했다.

그 모습을 바라보던 광검의 인상이 막 일그러지는 순간이었다.

"헤헤헤! 손님, 뭘 드립 깝쇼?"

어디선가 점소이가 날아와 살웃음을 지으며 물었다.

그러자 광검의 시선이 점소이를 향했다.

"소, 손님… 뭐, 뭘 드시겠습니까?"

점소이가 갑자기 말을 더듬었다.

굳은 표정으로 억지웃음을 짓고 있는 그의 엉덩이는 이미 뒤로 쭉 빠진 상태였다. 여차하면 튈 자세였다.

그도 그럴 것이 가끔씩 지나가는 이들 중에는 분탕질을 하는 무뢰한들이 있었다. 그들은 눈앞에 보이는 사내처럼 인상이 우락부락한 경우가 대부분이었다.

또한 한 번 잘못 걸려들었다가는 어디 몇 군데 부러지는 것은 다반사고, 무지막지한 칼질에 황천으로 향하는 경우도 종종 있었다.

이미 자신의 눈으로 직접 확인한 것도 수십여 차례에 달했다. 따라서 이런 이들이 객잔을 찾을 때에는 그저 몸조심하는 것이 상책이라고 할 수 있었다.

광검이 멍하니 바라보더니 입을 열었다.

"야! 그렇게 급하면 뒷간이나 갈 일이지, 왜 남의 면상에다가 얼굴을 들이대고 힘을 주고 난리야, 난리가?"

"예……?"

점소이가 눈을 동그랗게 뜨자 목청을 돋우었다.

"이놈아! 예는 무슨 얼어 죽을 놈의 예야? 어서 뒷간에 가서 볼일이나 보라고! 그리고 손은 반드시 씻은 후, 구운 오리 열 접시와 만두 열 통, 그리고 죽엽청 한 동이만 가져와!"

"예? 구운 오리가 열 접시에 만두가 열 통, 그리고 죽엽청이 한 동이요?"

점소이가 확인하듯 묻자 귀찮다는 듯 손짓으로 가라는 시늉을 하며 말했다.

"내가 입맛이 없으니까 그것만 가져오라고! 어서 가봐! 여기서 괜히 향기롭지 못한 냄새 풍기지 말고!"

점소이가 눈을 끔뻑이자 냅다 소리를 질러댔다.

"아, 내 말 안 들려?"

"예? 아, 예! 알겠습니다!"

점소이는 말을 마치자마자 부리나케 탁자 사이로 사라져 갔다.

광검이 인상을 쓴 채 그 모습을 바라보더니 못마땅한 표정으로 시선을 돌렸다. 그리고는 막 장산에게 무엇인가를 얘기하려고 할 때였다.

"야, 이 미련하게 생긴 곰퉁이 놈아! 여기가 네 집 앞마당이냐? 어디서 시끄럽게 떠들고 난리야?"

순간, 광검의 인상이 보기 좋게 일그러지고 말았다.

미련하게 생긴 곰퉁이 같은 놈의 주인공은 바로 자신을 일컫는 말이었다. 서서히 광목천왕의 얼굴로 변한 그의 시선이 소리가 들려오는 창가로 향했다.

'잉? 뭐, 저렇게 생긴 놈이 다 있냐?'

그의 왕방울만 한 고리눈이 끔뻑거렸다.

그도 그럴 것이 상대의 온몸은 불에 그슬린 듯 시커먼 피부로 뒤덮여 있었다. 뿐만 아니라 웅크리고 앉아 있는 체구가 거의 자신에게 버금갔다. 게다가 구석에 앉아서 씨익 하고 웃고 있으니 눈의 흰자위와 이빨만 보이는 것 같았다.

광검이 멍하니 바라보자 사내의 커다란 웃음소리가 들려왔다.

"하하하! 이 금강역사(金剛力士)의 모습을 보니 간이 콩알만 해진 것이냐? 어찌 꿀 먹은 벙어리처럼 입을 다물고 있느냐?"

그의 조롱 섞인 목소리에 광검이 퍼뜩 정신을 차렸다.

그는 곧바로 자리를 박차고 일어서며 냅다 고함을 내질렀다.

"아니, 이런 벼락 맞아 되질 놈을 보았나? 어디서 함부로 주둥이를 놀리고 자빠진 게야? 내가 누군 줄 알아?"

그의 목소리가 객잔 안에 쩌렁쩌렁 울려 퍼졌다.

하지만 상대도 보통은 아니었다. 아무런 표정 없이 슬그머니 자리에서 일어나더니 가소롭다는 표정을 지으며 손가락을 까닥거렸다. 좋은 말 할 때 따라 나오라는 시늉이었다.

'으음! 힘깨나 쓰게 생겼구나!'

장산은 밖으로 향하는 검은 사내에게서 눈을 떼지 못했다.

키는 광검보다 조금 작아 보였지만 체격은 결코 꿀리지 않았다. 검은색 피부만 빼고 보면 마치 청룡의 젊은 시절을 보는 것 같았다. 다만, 어깨에 거도(巨刀)를 둘러매고 있음에도 무공은 그다지 높아 보이지 않았다.

잠시 생각에 잠겨 있는 사이 광검이 조용히 신형을 돌려 세웠다.

"왕 형!"

장산이 옷소매를 잡으려고 하자 광검이 점잖게 말했다.

"이거 놓게! 그렇지 않아도 현천당의 패왕도란 놈이 꼬리를 내리며 몸을 사리는 바람에 한동안 몸이 근질근질 했는데 오늘 제대로 임자를 만난 것 같네."

“하지만……”

장산이 말끝을 흐리자 어울리지 않게 음흉한 미소를 지었다.

“흐흐흐! 백미 장산이! 멍석이 제대로 깔렸으니 자네는 그냥 구경만 하라고! 내 저 숯검정이 같은 놈을 어떻게 처리하는지 말일세!”

곧이어 옷소매를 잡고 있는 장산의 손을 슬쩍 밀더니 성큼성큼 밖으로 향했다.

“와! 싸움이 벌어진다!”

“와아! 거한들의 대결이다!”

객잔 안은 어느새 시끌벅적거리는 소리로 가득 찼다.

그도 그럴 것이 세상에서 싸움 구경처럼 재미있는 일은 없었다. 특히 저런 거한들의 싸움은 정말 보기 드문 경우에 속했다.

“이 봐! 어서 비켜, 비키란 말이야!”

“이거 왜 이래? 내 몸이 앞에 있는 게 안 보여? 내가 먼저란 말이야!”

객잔의 입구는 혼잡스럽기 그지없었다.

명당자리인 창가를 놓친 이들이 밖으로 나가기 위해 몰려드는 바람에 멱살을 잡고 뒤엉키는 등, 마치 장날의 시장통을 방불케 했다.

‘허, 그것참!’

그 광경을 멍하니 바라보던 장산이 그들의 뒤를 따라서 밖으로 향했다.

객잔의 입구에서 십여 장가량 떨어진 장소에는 둥그런 공터가 자리하고 있었다.

그 한가운데 두 명의 거한이 마주서 있고, 주변에는 구경꾼들이 잔뜩 몰려 있었다. 그 한쪽에 장산이 팔짱을 낀 채 거한들을 바라보고 있었다.

'후후후!'

그의 얼굴에는 옅은 웃음이 배어 있었다.

공터의 주변으로 구경꾼들이 몰려 있고, 객잔의 열려진 창문으로 구경꾼들의 얼굴이 빼곡히 차 있는 광경이 마치 장가계의 만금장 앞에서 격검을 벌이던 시절로 되돌아간 느낌이었다.

단지 다른 점이 있다면 광검과 마주선 상대가 자신이 아닌 숯검정이 사내라는 점이었다.

그가 잠시 생각에 잠겨 있는 사이 광검의 커다란 목소리가 들려왔다.

"이놈아! 내가 누군 줄 알아? 그 유명한 천하역사 광검이란 말이다! 아니지, 요즘 무림에서 한창 탁탑천왕이란 별호로 명성을 날리고 계신 분이란 말이다!"

하지만 그의 얼굴은 곧 일그러지고 말았다.

숯검정 사내가 고함을 지르며 맞받아친 것이다.

"탁탑천왕 좋아하시네! 내 평생 대파산 일대에서 잔뼈가 굵어왔지만 탁탑천왕이란 시답지 않는 별호는 처음 들어보는구나! 그거 혹시 네놈이 지은 별호 아니냐?"

"뭐, 뭣이라……?"

광검이 눈을 부라리자 아랑곳하지 않고 말을 이었다.

"그동안 네놈처럼 허우대가 멀쩡한 것만 믿고 날뛰다가 이 흑호(黑虎) 어르신에게 두들겨 맞아 골로 간 놈들이 어디 한둘인 줄 알아? 네놈 역시 명년 오늘이 제삿날이 될 줄 알아라!"

'잉? 이게 어찌 된 일이야?'

광검의 얼굴이 더욱 일그러지고 말았다.

그도 그럴 것이 무엇인가 잘못된 것이 분명했다. 요즘 무림에서 한창 인구(人口)에 회자되고 있는 탁탑천왕이란 별호를 밝혔음에도 전혀 통하지 않고 있는 것이다.

뿐만 아니라 완전히 개무시를 당하고 있으니 참으로 어이가 없었다. 결코 있을 수 없는 일이었다.

'허……!'

급기야 그는 고개까지 흔들며 심각한 표정으로 변해갔다.

이 이해할 수 없는 현실을 도저히 받아들일 수 없었던 것이다.

'혹여 촌동네라서 아직 소문이 돌지 않은 것은 아닐까?'

그랬다. 이유가 있다면 단지 그것뿐이었다.

무림에서 그 유명한 탁탑천왕이란 별호를 모르는 것은 이곳이 외진 촌구석이기 때문이었다. 그 외의 이유는 있을 수 없었다. 그렇게 잠시 생각에 잠겨 있을 때였다.

"야, 이 미련하게 생긴 곰퉁이 놈아! 왜 그러고 있는 게야? 네놈이 지껄인 말이 통하지 않으니까 똥줄이 타는 것이냐? 그럼, 지금이라도 넙죽 엎드려서 백배 사죄하고 손이 발이 되도록 빌어봐라! 이 흑호 어르신께서 넓으신 아량으로 한 번만은 용서해 줄 테니까!"

순간, 광검의 코에서 거센 콧김이 뿜어져 나왔다.

그의 고함에 제정신이 돌아오자 더 이상 참을 수가 없었던 것이다.

"뭐라고? 이놈이 어디서 찢어진 주둥이라고 함부로 지껄이고 있는 게야? 오냐, 좋다! 내 오늘 네놈의 숯검정이 같은 몸뚱이를 똘똘 말아서 불씨가 꺼져 가는 아궁이 속에 처박아 버릴 것이다! 그것도 맨손으로 말이다!"

그는 말을 마치자마자 그대로 쏘아져 갔다.

"어어……!"

순간, 흑호가 기겁을 하며 뒤로 물러섰다.

상대의 움직임이 결코 예사롭지 않았던 것이다. 그동안 상대해 오던 산적들이나 하오문도와는 그 차원이 달랐다.

하지만 자신은 산속에서 맹수들과 사투를 벌이며 평생을

지내온 대파산 제일의 역사였다. 인근 산채(山砦)에서는 흑호라는 이름만 들어도 벌벌 떨 정도였다.

자신이 산채를 방문할 때면 채주들은 아예 맨발로 마중 나오는 형편이었다. 그만큼 산중호걸 사이에서는 유명인사에 속했다.

'망할!'

하지만 오늘은 아니었다.

상대를 잘못 만났다는 생각이 머리를 스쳐 갔다.

하지만 더는 생각할 시간이 없었다. 신형을 뒤로 물리는 사이 상대가 빠르게 다가서며 입가에 비릿한 미소를 떠올리는 장면이 시야를 가득 메워왔다.

동시에 솥뚜껑만 한 쌍 권이 허공을 가르며 형언할 수 없는 속도로 복부와 가슴을 향해 날아들었다.

"헉……!"

흑호의 입에서 헛바람 들이켜는 소리가 흘러나왔다.

충분히 거리를 벌렸음에도 상대는 귀신같이 따라붙으며 양 주먹을 내지르고 있었다. 뿐만 아니라 급히 물러서는 바람에 신형은 이미 잔뜩 뒤로 기울어진 상태였다. 더 이상 뒤로 물러설 수도 없었다.

'이익!'

그는 재빨리 오른발을 뒤로 쭉 뻗어 중심을 잡으며 혼신의 힘을 다해 양 주먹을 내뻗었다.

“타앗!”

그의 입에서 절규에 가까운 외침이 터져 나왔다.

동시에 그의 양 주먹은 허공을 격하며 날아드는 광검의 쌍권과 세차게 맞부딪쳤다.

빡! 빠각!

순간, 대들보와 석가래가 무너지는 듯한 굉음이 터져 나왔다.

그러자 흑호의 두 눈이 부릅떠지며 검은 눈동자가 사라지고 흰자위로 뒤덮이고 말았다.

“크아악!”

그의 입에서 돼지 멱따는 소리가 터져 나왔다.

그것은 결코 인간이 내지르는 비명이 아니었다. 가장 듣기 거북하면서도 말로는 형언할 수 없는 고통에 찬 끔찍한 목소리였다.

그는 그대로 땅바닥에 신형을 처박으며 이리저리 나뒹굴기 시작했다. 얼마나 심한 고통을 느끼고 있는지 알 수 있는 대목이었다.

‘흐흐흐, 미련한 놈 같으니라고! 감히 용린패왕투의 천지붕파(天地崩破) 초식을 맨주먹으로 맞받아치다니. 네놈은 평생 그 주먹으로 송판 한 장 깨지 못할 것이다!’

광검이 비릿한 웃음을 떠올리며 다가서자 흑호가 괴성을 질러댔다.

"으아아아!"

그는 기겁을 하며 양발과 엉덩이를 이용해 땅바닥 훑듯 뒷걸음질을 쳤다.

그의 하의가 군데군데 찢겨지며 시커먼 속살이 드러났지만 아랑곳하지 않았다. 마치 귀신이라도 만난 양 발악을 하며 물러나고 있었다.

양손의 뼈마디가 산산이 부러지고 어깨가 탈골이 되어 양팔이 너덜거리는 가운데서도 꿈틀거리며 뒷걸음질치는 모습은 측은지심(惻隱至心)을 불러일으키기에 충분했다.

'으음!'

문득 장산의 얼굴에 감탄의 빛이 스쳐 갔다.

'그새 달라졌구나!'

그랬다. 광검의 움직임은 이전과는 또 달라져 있었다.

그가 보여준 일련의 움직임은 상대의 호흡을 정확히 읽지 않고는 결코 펼칠 수 없는 동작이었다.

언뜻 간단해 보이는 동작이지만 뛰어난 순발력과 임기응변이 없이는 불가능한 한 수였다. 상대가 머뭇거리는 틈을 노리고 바싹 다가서며 자신의 의도대로 맞받아치게 만든 것이다.

비록 흑호가 무공만으로 따진다면 삼류무인에 속해지만 나름대로 민첩한 동작을 지닌 인물이었다. 그런 그를 속전속결로 밀어붙이며 단 일 초에 승부를 보았으니 절로 감탄이 흘러나왔다.

정말 일취월장(日就月將)이란 말이 새삼 떠오르게 만드는 한판 승부였다. 그렇게 생각에 잠겨 있는 사이 광검의 쩌렁쩌렁한 목소리가 들려왔다.

"이놈아! 아까 뭐라고 했느냐? 어디 다시 한 번 읊어보아라!"

"으으으!"

순간, 흑호의 얼굴이 하얗다 못해 새파랗게 질려갔다.

등짝에 큰 바위가 가로놓여 있어서 더 이상 뒤로 물러날 수도 없었다.

그 상태에서 두 눈을 부라리며 한 걸음, 한 걸음 다가서는 상대의 모습은 저승사자의 형상, 바로 그 자체였다.

잠시 후, 광검이 왼 무릎을 꿇더니 큼지막한 안면을 들이대며 잡아먹을 듯 노려보았다.

"이놈아! 다시 한 번 읊어보라니까? 이 어르신의 말씀이 말같이 들리지 않느냐?"

순간, 흑호가 튕겨지듯 무릎을 꿇고 앉아서 닭똥 같은 눈물을 뚝뚝 흘리기 시작했다.

"소, 소인이 감히 하늘을 알아보지 못하고 경거망동을 부렸습니다! 제발 한 번만 용서해 주십시오!"

너덜거리는 두 팔로 눈물도 훔치지 못한 채 애걸복걸하는 그의 모습은 안쓰럽기까지 했다.

그 모습이 다소 측은해 보였는지 광검의 우락부락한 표정
이 조금은 나아졌다.

"으음! 그러니까 네 말은 이 광검 어르신을 몰라 뵙고 잠시
객기를 부렸다는 것이로구나!"

"예? 아, 예. 그렇습니다! 뿐만 아니라 얼마 전, 친한 벗을
잃는 바람에 소인의 눈이 잠시 뒤집혀 있었습니다!"

"잉? 얼마 전에 친한 친구를 잃었다고?"

광검이 다소 누그러진 표정을 보이자 흑호가 사력을 다해
매달렸다.

"예, 그렇습니다! 둘이서 대파산 깊숙이 들어가다가 짙은
안개를 만나는 바람에 길을 잃었는데……."

"잃었는데?"

"정신을 차려보니 저만 살아 있었습니다. 친구 녀석은…
숨진 채 누워 있었고요!"

"뭐, 뭣이라……? 죽어 있었다고?"

"예, 그렇습니다!"

"야, 이놈아!"

광검이 냅다 고함을 내질렀다.

동시에 그의 뒤통수를 세게 후려치더니 눈을 부라리며 입
을 열었다.

"아니, 평생을 이곳에서 살았다는 놈이 그 무슨 얼토당토
않은 소리란 말이냐? 아무리 대파산의 산줄기가 그 끝을 알

수 없을 만큼 험하다고는 하지만 수십 년씩이나 살아온 놈이
어찌 길을 잃을 수 있다는 말이냐?"

잠시 숨을 돌리더니 목청을 돋우었다.

"그리고, 뭐? 짙은 안개를 만나는 바람에 친구를 잃어 버리
게 되었다고? 야, 인마! 사내놈이 위기를 모면하기 위해서 친
구까지 팔아먹느냐?"

그의 호통에 흑호의 얼굴이 사색으로 변했다.

"아, 아닙니다! 절대로 아닙니다! 그날 일어났던 일에 대해
서는 저 역시 이해할 수 없습니다! 귀신에 홀리지 않고서는
결코 일어날 수 없는 일이었기 때문입니다! 제발, 한 번만 믿
어주십시오!"

그의 절규에 찬 울부짖음이 울려 퍼졌다.

그 모습을 바라보던 광검이 고개를 갸웃거렸다.

'이상하구나. 이놈이 지금 거짓말을 하고 있는 것 같지는
않은데?'

그랬다. 상대의 표정에서는 거짓이 느껴지지 않았다.

하지만 장가계에서 수십 년을 살아온 그로서는 이해가 되
지 않았다. 산에서 살아간다는 것은 나름대로의 규칙이 있기
때문이었다.

그것은 바로 자연의 섭리였다. 그 보이지 않는 법칙을 거슬
리지 않는한 자연은 인간에게 결코 해를 끼치지 않는다. 오히
려 많은 이로움을 줄뿐이었다.

그 점이 사람들이 산에 기대어 살아갈 수 있는 이유라고 할
수 있었다. 그 역시 그러한 부분에 대해서는 잘 알고 있었다.

'이놈이 혹시?'

다시 한 번 그를 다그치려고 할 때였다.

"당시의 상황을 소상히 말씀해 주시겠습니까?"

갑자기 장산이 다가서며 묻자 흑호의 시선이 광검에게 향
했다.

그의 눈빛에는 대답을 해도 되느냐는 무언의 질문이 담겨
있었다.

"어서 말해봐!"

그가 의외의 반응을 보이자 흑호의 눈에 이채가 서렸다.

곧이어 세존이라도 만난 양, 환한 표정을 지었다. 그리고는
장산을 향해 무릎걸음으로 돌아앉은 후, 당시의 상황에 대해
서 자세히 설명하기 시작했다.

"저는 친구와 함께 산삼을 캐기 위해서……."

그의 나지막한 목소리가 이어졌다.

공터에는 장산과 광검만이 그의 말을 경청하고 있었다. 구
경꾼들은 이미 흑호의 참혹한 모습에 놀라서 사라진 지 오래
였다.

그의 이야기가 이어지는 동안 광검은 하품을 하며 주변을
두리번거리고, 장산은 이야기 속에 푹 빠져 있었다.

제법 긴 이야기가 끝날 때쯤 흑호는 장산에게서 큰 선물을

받을 수 있었다. 이미 망가진 양손이야 어쩔 수 없지만 너덜거리던 양팔은 어깨뼈를 맞추어 원상태로 회복시켜 준 것이다.

그는 눈물을 뚝뚝 흘리며 몇 번이나 고맙다는 인사를 하고는 저잣거리를 떠나갔다.

이후, 두 사람은 흑룡곤과 약속 때문에 다시 객잔으로 돌아왔다.

탁자 위에 빈 접시들이 수북이 쌓여 있는 가운데 광검이 만족스러운 표정으로 한가로이 배를 쓰다듬고 있었다.

"꺼억!"

잠시 후, 괴음을 토해내더니 장산을 바라보았다.

"이보게, 백미 장산이! 조금 전, 그 흑호라는 숯검정이 말일세!"

장산이 시선을 향하자 천천히 말을 이었다.

"그놈 얼굴을 보아하니 거짓말을 하는 것 같지는 않은데 과연 그런 일이 일어날 수 있을까? 물론, 깊은 산속에는 가끔씩 예상치 못한 이상 기후가 발생하기는 하지만 마른하늘에 갑자기 안개가 밀려들다니 아무리 생각해 봐도 이해가 되지 않는구먼!"

장산이 잠시 생각에 잠기더니 입을 열었다.

"제 생각에는 아무래도 어떤 진(陣)에 갇혀 있었던 것 같습니다.”

“엥? 진 속에 갇혀 있었다고?”

광검이 눈을 동그랗게 뜨며 묻자 천천히 말을 이었다.

“예, 그렇습니다. 예전에 문공으로부터 들은 얘기가 있지요. 수많은 형태의 진들이 있는데 그중에는 자연지형을 이용한 진들도 있다고 합니다. 만약 그러한 진이 펼쳐질 경우, 대부분의 사람들은 진이 펼쳐졌다는 사실도 모를뿐더러, 잘못 들어섰다가는 곧바로 사진(死陣)으로 돌변해서 목숨을 잃는 경우가 허다하다고 들었습니다.”

“웅? 사진으로 변한다고? 그렇다면 그 안에서 나올 방법은 없는 것인가?”

“글쎄요? 문공이 말하기를 그 진에 대해서 정확히 알지 못할 경우, 벗어나기가 어렵다고 했습니다. 일단 진세가 발동하면 자욱한 안개 같은 것으로 뒤덮이는데 탈출은 고사하고 앞을 분간할 수조차 없다고 하더군요. 결국 시전자가 진을 거두지 않는 한, 그 안에서 헤매다가 심력이 고갈되어 죽음에 이르는 경우가 대부분이라고 했습니다.”

그의 말이 끝나자 광검이 투덜거리듯 말했다.

“허! 진이라는 것이 상당히 골치 아픈 것이로구먼! 조심해야겠네!”

장산이 고개를 끄덕이는 사이 누군가 빠른 속도로 다가왔다. 현천수호단주인 흑룡곤 공민우였다.

"문공을 뵈옵니다!"

그는 재빨리 다가서며 장산을 향해 포권을 취했다.

그는 다섯 명의 단원과 함께 떠났지만 도중에 장산의 부탁을 받고 단원들과 미리 대파산으로 향한 상태였다.

이후, 맡은 임무를 수행하다가 약속한 기일이 도래하자 객잔으로 찾아온 것이다.

"수고하셨습니다. 이리 앉으시지요."

장산의 권유에 흑룡곤이 자리에 앉았다.

하지만 가시방석에 앉은 듯 불편하기 짝이 없는 모습이었다. 더불어 얼굴에는 난감해하는 기색이 역력했다.

잠시 그 모습을 지켜보던 장산이 물었다.

"그곳을 찾기가 어려운가 보군요?"

흑룡곤이 황송하다는 표정으로 대답했다.

"죄송합니다! 첫 임무를 믿고 맡겨주셨는데 제대로 수행하지 못했습니다!"

그의 너무나도 심각한 답변에 장산이 빙그레 미소를 지었다.

"하하하! 아닙니다. 너무 자책하지 마십시오. 그 짧은 기간 동안 이 넓은 대파산에서 그곳을 찾아내기란 결코 쉽지 않을 겁니다."

"그렇게 생각해 주시니 감사합니다!"

흑룡곤이 고개를 숙이자 조용히 물었다.

"그런데 함께 떠나신 단원들이 보이지 않습니다. 어디로 가셨습니까?"

그의 물음에 흑룡곤이 공손히 대답했다.

"실은… 왠지 의심 가는 장소가 있어서 그곳을 지키고 있습니다."

"예? 의심이 가는 장소요?"

재차 이어지는 질문에 또박또박 말을 이었다.

"예, 며칠 전에 유령곡(幽靈谷)이라고 불리는 장소를 지나다가 이상한 일을 경험했습니다. 그곳의 한 계곡을 지날 때 족히 천 년은 되어 보이는 큰 고목(古木)이 있었는데 다음날 오다 보니 그 고목이 감쪽같이 사라져 있었지요."

"예? 고목이 사라졌다고요? 혹시 잘못 보신 것은 아닙니까?"

"아닙니다! 무심코 지났다면 모를까 험한 계곡에 뿌리내린 고목의 모습이 하도 인상적이어서 오갈 때 길을 잃지 않기 위해서 나름대로 표식을 해두었습니다. 그 주위로도 수백 년은 되었음직한 고목들도 몇 그루 있었는데 그 역시 사라지고 말았지요."

장산이 의아하다는 표정을 지었다.

만약 그러한 일이 벌어졌다면 자신이라도 강한 의구심을 느낄 수밖에 없었다.

하지만 큰 고목들이 사라졌다는 말은 왠지 이해가 되지 않았다. 상식적으로 납득이 가지 않았던 것이다.

그의 시선이 천천히 흑룡곤을 향했다. 그리고는 동공에 초점을 맞추며 물었다.

"단지 고목들만 사라졌습니까?"

"예? 무슨 말씀이신지?"

"제 말은 혹여 다른 이상한 점은 느끼지 못하셨느냐는 말입니다."

흑룡곤이 생각에 잠기더니 무엇인가 생각난 듯 고개를 끄덕였다.

"아, 있었습니다! 고목들이 서 있던 장소의 주위로 짙은 안개가 자욱히 서려 있었습니다! 분명 맑은 개울물이 흐르던 아름다운 계곡이었는데 짙은 안개에 뒤덮여서 도저히 안쪽을 들여다볼 수가 없었지요."

"예? 짙은 안개에 휩싸여 있었다고요?"

"예, 그렇습니다. 안으로 들어가 볼까도 생각했지만 혹여 진이 펼쳐진 것이라면 난감한 상황에 처할 수 있기에 들어가지 않았습니다. 수하들에게도 인근의 산 정상에서 지켜만 보고 있으라는 명을 내렸습니다."

장산이 고개를 끄덕이며 입을 열었다.

"참으로 현명하신 판단을 내리셨습니다. 그런데……."

잠시 말끝을 흐리더니 궁금한 표정을 떠올리며 물었다.

"그곳의 위치가 어디쯤 됩니까? 이곳에서 가까운 편인가요?"

그의 물음에 흑룡곤이 고개를 저었다.

"그렇지 않습니다. 이곳에서 숲길을 따라서 이십여 리쯤 가다 보면 천교령(天橋嶺)이란 큰 고개가 나오지요. 거기에서 우측 샛길로 접어든 후, 다시 십여 리쯤 가다보면 소나무와 기암절벽으로 어우러진 수려한 계곡이 나타납니다. 그곳이 바로 유령곡이라고 불리는 계곡이지요. 하지만 아름다운 풍경과는 달리 산세가 무척 험하고 깊은 계곡으로 이루어져 있어서 한 번 들어서면 길을 잃기 십상입니다."

순간, 장산의 눈이 휘둥그레졌다.

그의 시선이 광검에게 향하자 두 사람은 무엇인가 생각난 듯 서로를 바라보았다.

잠시 후, 광검이 눈을 끔뻑거리며 목청을 돋우었다.

"그 위치라면 아까 흑호라는 숯검정이 놈이 친구를 잃었다는 장소와 동일하지 않는가?"

장산이 고개를 끄덕이며 말을 받았다.

"그렇습니다. 그가 유령곡이란 말은 안 했지만 천교령에서 우측 숲길로 십여 리쯤 들어간 장소라고 했지요."

"으음! 아무래도 의심스러운 장소로구먼. 잘하면 자네가 원하는 장소를 찾을 수 있을 것 같네!"

그의 말을 끝으로 일행 사이에는 침묵이 흘렀다.

험준한 대파산 내에서 한평생을 살아온 흑호가 기이한 변을 당하고, 흑룡곤이 의구심을 느낀 곳이 일치한다면 그곳에는 무엇인가 있음이 분명했다.

일행이 자리한 탁자에는 깊은 생각에 잠긴 장산과 어울리지 않게 심각한 표정을 짓는 광검, 그리고 두 눈을 끔뻑이며 두 사람을 번갈아 바라보고 있는 흑룡곤의 모습이 묘한 대조를 이루고 있었다.

유령곡(幽靈谷)

섬서와 사천을 가로지르는 산맥이 굽이굽이 펼쳐져 있는 대파산의 한 귀퉁이에 천교령이라고 불리는 높은 재가 놓여 있다.

이 고개는 운령촌에서 사천으로 향하는 숲길을 지나다 보면 꼭 거쳐야 하는 험준한 고개로 오가는 이들의 수많은 애환이 담긴 장소였다.

그 천교령의 정상으로 삼 인의 발길이 이어지고 있었다. 장산과 광검, 그리고 흑룡곤이었다.

그들은 정상에 이르자 수풀이 우거진 넓은 공터로 시선을 향했다. 그곳에는 오가는 이들이 옮겨 놓은 듯한 널따란 바위가 군데군데 놓여 있고, 상인들로 보이는 이들이 커다란 봇짐을 내려놓은 채 휴식을 취하고 있었다.

"여기서 잠시 쉬어 가도록 하세."

광검의 말에 장산이 고개를 끄덕였다.

"그렇게 하시지요. 어차피 샛길로 들어서야 하니 조금 쉬었다 가는 편이 낫겠습니다."

일행은 공터로 향한 후, 그늘진 곳을 찾아 엉덩이를 걸터앉았다.

'엥?

순간, 광검이 떨떠름한 표정을 지었다.

그곳에는 묘한 광경이 벌어지고 있었다. 미리 와 있던 사내들이 슬금슬금 눈치를 보며 안절부절하지 못하고 있는 것이다.

'이놈들이 왜 이래?

그의 얼굴에는 못마땅한 기색이 역력했다.

그도 그럴 것이 늘어지게 퍼져 있던 이들이 자신을 보자 갑자기 부동자세를 취하며 힐끔힐끔 눈치를 보고 있으니 기분이 좋을 리 없었다.

자신은 말을 건넨 적도 없건만 사내들이 보이고 있는 이상한 반응들은 그의 화를 돋우기에 충분했다.

'하필이면 왜 우리에게… 재수가 옴 붙은 날이로구먼!'

'큰일이로세! 달포간의 험한 고생길이 말짱 헛수고가 되

었어!'

반면, 사내들로서는 당연한 반응이었다.

갑자기 무인으로 보이는 이들이 떡하니 나타나더니 입구 쪽에 놓인 바위에 걸터앉으며 길을 막아버린 것이다.

어디 그뿐인가? 난생처음 보는 험악한 인상의 거한이 눈을 부라리며 자신들을 쳐다보고 있으니 불안하기 짝이 없었다.

상인들 사이에서는 천교령에 출몰하는 산적들에 대한 소문이 자자한 편이었다.

그들을 만날 경우 빈털터리가 되는 것은 당연하고, 목숨을 잃는 경우도 허다하기 때문이었다. 따라서 자칫 어렵게 다녀온 장삿길이 헛수고에 지나지 않을뿐더러 잘못했다가는 아예 황천으로 향하는 수가 있었다.

하지만 그것은 그들의 생각일 뿐, 광검의 입장은 또 달랐다.

'허! 웃긴 놈들이로세!'

그의 얼굴에는 짜증스런 표정이 떠올라 있었다.

그 짜증은 곧 고함으로 이어졌다.

"이 봐! 왜 그런 눈빛으로 보는 게야?"

그러자 눈이 마주친 뾰족 턱의 사내가 기겁을 하며 대답했다.

"자, 잘못했습니다!"

"엥? 뭐가 잘못했다는 게야?"

“무조건 잘못했으니 한 번만 살려주십시오!”

그는 갑자기 무릎을 꿇더니 양손을 부리나케 비벼대기 시작했다.

그러자 나머지 세 사내 역시 재빨리 무릎을 꿇더니 손이 발이 되도록 빌었다.

“제발 살려주십시오!”

“한 번만 용서해 주십시오!”

“보시다시피 이 짐 보따리가 저의 전 재산입니다! 이것이 없으면 저의 가족은 굶어 죽습니다!”

그들의 어처구니없는 반응에 광검이 멍한 표정이 되고 말았다.

그가 할 말을 잃자 지켜보던 장산이 대신 나서며 입을 열었다.

“무엇인가 오해가 있으시군요.”

그의 말에 뾰족 턱의 사내가 무릎걸음으로 다가오며 바짓가랑이를 잡고 늘어졌다.

“제발, 살려주십시오!”

“허! 대체 왜 이러십니까? 진정하세요!”

장산이 난처한 표정을 짓자 사내는 양손으로 장단지를 잡은 채 고개를 파묻었다.

“저희가 가진 재산이라고는 이 보따리가 전부입니다! 가족들의 호구가 이 보따리 하나에 달려 있다고 해도 과언은 아니지요! 그러니 제발 저희를 불쌍히 여기시고 고이 보내주시기 바랍니다!"

그는 사생결단이라도 내듯 장산에게 매달렸다.

그도 그럴 것이 일행 중에서는 그래도 이 청년이 가장 순수해 보였다. 광검의 용모에 비하면 그야말로 귀공자에 속할뿐더러 마음 또한 착해 보이는 것이 마치 상제를 만난 느낌이었다.

뾰족 턱의 사내는 잘만 하면 목숨도 건지고 보따리도 무사할 수 있다는 생각이 들자 사력을 다해 매달렸다.

"제발, 저희를 그냥 보내주십시오!"

그가 계속해서 장단지를 잡고 애원하자 장산이 양 어깨를 잡아 일으켜 세우며 차분하게 말했다.

"아까도 말씀드렸지만 무엇인가 오해가 있으신 것 같습니다. 저희는 유령곡으로 향하기 전에 잠시 쉬어 가는 것뿐입니다. 그러니 제발 마음을 놓으세요."

"예? 유령곡이요……?"

순간, 뾰족 턱의 사내가 닭똥 같은 눈물을 흘리다 말고 두 눈을 끔뻑거렸다.

고개를 갸웃거리는 그의 얼굴에는 이해하지 못하겠다는 표정이 역력했다.

잠시 그 모습을 바라보던 장산이 물었다.

"유령곡에 대해서 잘 알고 계십니까?"

그의 물음에 사내가 고개를 끄덕이며 대답했다.

"물론입죠. 저희가 수년간 오간 지역인데요."

사내에게서 의외의 대답이 흘러나오자 장산의 얼굴에 기대감이 서렸다.

"저희가 알기로는 항상 운무로 가득하고, 때에 따라서는 길을 잃고 헤매다가 목숨을 잃는 경우가 허다하다고 들었는데 사실인지요?"

그의 물음에 사내의 얼굴이 환해지더니 재빨리 입을 열었다.

"물론입니다. 하지만 그것은 그곳의 변화를 잘 모르는 이들이 떠들어대는 얘기일 뿐입니다."

"예? 변화를 잘 모르는 이들이 떠들어대는 이야기요?"

장산이 의아하다는 표정을 짓자 의기양양한 모습으로 목청을 돋우었다.

"예, 그렇습니다. 대파산에 대해서 잘 아는 이들, 심지어 이곳에 뿌리를 내리며 살아가는 이들조차도 그곳이 유령곡이니, 혹은 망혼곡(亡魂谷)이니 하면서 기피하는 지역이지만 저희의 경우는 다릅니다. 오히려 그 길을 꾸준히 이용하고 있지요."

"예? 무슨 말씀이신지?"

장산이 궁금하다는 표정을 짓자 사내의 얼굴에 강한 자부심이 떠올랐다.

"말 그대로입니다. 저희는 오히려 그 길을 택해서 다니고 있습니다. 그 지역에는 산적들이나 괴한들이 얼씬거리지 않거든요."

"으음! 좀 더 자세히 얘기해 주시겠습니까?"

장산이 정중히 부탁을 하자 고개를 끄덕이더니 말을 이었다.

"그러니까 아마도 이십여 년 전이었을 겁니다. 당시 저희는……."

장내에는 그의 말이 이어지기 시작했다.

그의 말이 이어지는 동안 장산을 포함한 일행은 눈빛을 반짝이며 이야기를 듣기에 여념이 없었다.

이각가량 이어진 그의 이야기가 끝나자 비로소 장산과 일행은 가벼워진 발걸음으로 유령곡을 향해 떠나갈 수 있었다.

쨍! 쨍! 쨍!

따사로운 햇빛이 내리쬐는 어느 날 오전이었다.

짙은 운무로 드리워진 험한 계곡 앞을 서성거리는 삼 인이 있으니 바로 장산 일행이었다.

그들은 잠시 머뭇거리더니 계곡이 내려다보이는 건너편의 높은 봉우리로 발걸음을 옮겼다.

잠시 후, 정상에 이르자 현천수호단의 일조장인 뇌검(雷劍) 진양운이 포권을 취하며 맞이했다.

"무공님과 단주님을 뵈옵니다!"

그의 뒤로는 네 명의 단원이 일제히 기립하고 있었다.

"수고가 많으셨습니다."

장산이 치하의 말을 건네자 그들의 얼굴에는 황망스런 표정을 떠올렸다.

"처, 천만에 말씀이십니다! 저희는 그저… 단주님의 명을 따랐을 뿐입니다!"

뇌검이 말을 더듬자 흑룡곤이 대신 나섰다.

"아닐세, 모두 수고가 많았네. 그런데 그동안 무슨 변화라도 있었는가?"

순간, 뇌검이 난감한 표정을 떠올렸다.

"그것이……."

"응? 왜 그러는 것인가? 이상한 점이 있었다면 빠짐없이 말해보도록 하게!"

흑룡곤의 재촉에 머리를 긁적이더니 입을 열었다.

"단주님이 떠나가신 후, 이틀째 되는 날이었습니다. 기이한 현상이 벌어졌지요."

"기이한 현상?"

"예, 그렇습니다. 이른 아침에 여명이 밝아옴과 동시에 유령곡의 운무가 거짓말처럼 사라지고 말았지요. 그리고는 그곳의 신비로운 절경이 그대로 드러났습니다."

"운무가 걷혔었다고?"

"예, 그렇습니다. 마치 비가 온 후 날이 갠 것 같은 느낌이
었습니다. 내려가서 조사해 볼까도 생각했지만 워낙 예상치
못한 기이한 변화라서 그냥 이곳에 머물러 있었습니다."

그의 답변에 장산이 눈빛을 반짝이며 물었다.

"혹여 하루 동안 개인 후, 또다시 운무로 뒤덮이지 않았습
니까?"

순간, 뇌검의 눈이 휘둥그레졌다.

"아니, 어떻게 그 사실을……."

그가 말을 잇지 못하자 흑룡곤이 입을 열었다.

"으음! 저곳에 펼쳐진 운무는 일종의 진이라네. 정확한 명
칭은 모르겠지만 엿새에 한 번씩 자연적으로 걷히도록 되어
있지. 그리고 하루가 지나면 다시 원상태로 돌아가도록 되어
있네."

잠시 생각에 잠기더니 천천히 말을 이었다.

"으음! 내가 떠난 지가 오늘로서 닷새째에 접어들었으니
사흘 후면 다시 걷히겠구먼!"

그의 말을 끝으로 봉우리의 정상에는 침묵이 흘렀다.

장산을 포함한 모든 이의 시선은 일제히 절곡을 뒤옆고 있
는 짙은 운무를 향하고 있었다.

화창한 아침 햇살이 내비치는 가운데 무이산(武夷山)의 구
곡인 양, 넓은 하천이 굽이치는 유령곡이 그 신비함을 드러

냈다.

각종 기암절벽과 소나무가 한데 어우러지며 엮어내는 그림 같은 풍경은 마치 선인들이 살아가는 선계(仙界)를 보는 것 같았다.

또한 깊은 계곡의 그림자가 드리워진 녹수(綠水)의 일렁이는 수면은 마치 천상의 모습을 비취색의 동경으로 담아내고 있는 것 같았다.

하지만 이 계곡의 절경이 드러나는 경우는 극히 드물며 항시 운무로 휩싸여 있어서 인근에서는 망혼곡이라고 불리고 있었다. 뿐만 아니라 사람들의 발길이 전혀 닿지 않는 장소에 속했다.

그 계곡의 입구에 여러 명의 무인이 서성거리고 있었다. 바로 장산 일행이었다.

조심스럽게 주변을 살피던 흑룡곤이 장산을 바라보며 물었다.

"무공님! 안쪽으로 들어갈까요?"

그의 물음에 장산이 고개를 끄덕였다.

"그렇게 하시지요. 상인들의 말에 의하면 운무가 걷히는 하루 동안은 이상이 없다고 했으니 아마도 큰일은 없을 겁니다. 하지만 혹시 모르니 제가 앞장 서도록 하겠습니다."

그는 말을 마친 후, 신형을 돌려 세웠다.

그러자 일행이 주위를 두리번거리며 뒤를 따랐다.

태양이 중천을 향해 다가서고 있는 시각, 유령곡 안으로 들어선 일행은 조심스럽게 발걸음을 옮기고 있었다. 그 선두에는 장산이 자리하고 있었다.

'응......?

한순간 장산의 신형이 멈춰 섰다.

그의 시선은 멀리 내다보이는 깊은 협곡을 향하고 있었다. 그곳에는 거송과 짙푸른 숲으로 뒤덮인 거대한 암벽이 병풍처럼 둘러서 있었다.

그런데 그 암벽의 중간쯤에 조그만 구멍이 하나 뚫려 있었다. 수풀로 가려진 암벽의 허리에 안개가 걸쳐 있어서 웬만한 무인 같으면 그냥 지나쳤겠지만 장산의 시야를 벗어날 수는 없었다. 마치 암벽 안으로 들어서는 입구를 보는 것 같았다.

'혹시 저곳이?

장산은 직감적으로 그곳이 태극천으로 향하는 입구라는 것을 느낄 수 있었다.

'으음!'

그는 자신도 모르게 마른침을 삼켰다.

갑자기 심장이 세차게 날뛰고 팔다리가 파르르 떨려왔다. 드디어 전설 속에 가려져 있는 신비의 세력 태극천, 아니, 자신의 외조부를 만날 수 있는 시간이 눈앞으로 다가온 것이다.

그가 머뭇거리자 광검이 다가오며 물었다.

“이보게, 백미 장산이! 왜 그러는 것인가? 무슨 일이라도 생겼는가?”

장산이 전방으로 시선을 향한 채 대답했다.

“다행히 목적지에 도착한 것 같습니다.”

“응? 태극천에 도착했다고?”

광검의 시선이 장산을 따라서 전방으로 향했다.

그곳에는 하늘을 찌를 듯 솟아오른 거대한 암벽들이 둘러서 있었다.

‘흠흠!’

암벽들은 신장(神將)과 같은 자태로 웅장히 서 있지만 그에게는 장가계에서 자주 보아왔던 풍경일 뿐, 크게 눈에 띄는 절경은 아니었다.

그는 한참 동안 암벽을 바라보더니 고개를 갸웃거리며 물었다.

“저, 암벽 근처에 태극천이 자리하고 있다는 말인가?”

“예, 그렇습니다. 첩첩산중으로 둘러싸인 저 암벽들 사이 어딘가에 깊은 분지가 자리하고 있을 겁니다.”

“그럼 그곳이 태극천이란 말인가?”

“예, 그렇습니다. 저기를 보세요. 수풀 사이로 작은 구멍이 보이지요? 저곳이 바로 암벽의 안쪽으로 들어서는 입구일 겁니다.”

광검의 시선이 다시 전방으로 향했다.

하지만 아무리 눈을 씻고 보아도 입구처럼 보이는 구멍은 보이지 않았다. 그저 거대한 암벽의 군락만이 존재하고 있을 뿐이었다.

'대체 입구가 어디 있다는 게야?'

그는 고개를 갸웃거렸다.

도저히 입구라는 구멍을 찾을 수 없었던 것이다. 그렇게 헤매고 있는 사이 장산의 담담한 목소리가 들려왔다.

"여러분은 진 밖에서 기다리고 계십시오. 저 혼자 들어갔다가 나오겠습니다."

그는 말을 마치더니 발걸음을 내딛었다.

순간, 광검과 흑룡곤이 깜짝 놀라며 목청을 돋우었다.

"이보게, 백미 장산이!"

"무공님! 잠시만 기다려 주십시오!"

하지만 그들의 만류는 소용없었다.

그의 신형이 잠시 멈춰 서는가 싶더니 손을 흔들며 다시 전방을 향해 발걸음을 내딛기 시작했다.

"사룡! 어찌하는 것이 좋겠소? 아무래도 무공님의 뒤를 쫓아가야 하지 않겠소?"

흑룡곤이 걱정스런 표정으로 묻자 광검이 고개를 가로저었다.

"에잉! 그냥 놔두시오! 그가 돌아올 때까지 우리는 진 밖에서 늘어지게 잠이나 잡시다."

"하지만……."

흑룡곤이 말끝을 흐리자 투덜거리듯 말을 내뱉었다.

"단주가 아직 저 친구에 대해서 잘 모르는 것 같은데 아주 똥고집이라오!"

"예? 똥고집이요?"

"그렇소! 순한 것 같아 보여도 고집이 보통이 아니라오. 질긴 쇠심줄은 아예 비교도 안 되는 옹고집에다가 막무가내로 고집불통이란 말이외다."

'허……!'

흑룡곤이 할 말을 잃은 듯 입을 다물고 말았다.

두 사람을 보고 있노라면 도무지 이해가 되지 않았다. 서로 친한 듯하면서도 아닌 것 같고, 아옹다옹하면서도 친밀한 관계를 유지하고 있는 것을 보면 참으로 기묘한 관계가 아닐 수 없었다.

그가 고개를 갸웃거리는 사이 장산의 신형은 작은 점이 되어 멀어져 갔다.

장산은 암벽 사이의 입구를 지나서 아래쪽에 위치한 분지를 걷고 있었다.

잠시 후, 그의 신형이 멈춰 서더니 전방에 탁 트인 벌판을 주시하기 시작했다.

'누가?'

그의 눈빛은 밤하늘의 별처럼 반짝이고 있었다.

전방에는 상당한 간격을 두고 목조건물들이 무리를 이루고 있었다. 그중 중앙에 자리한 큰 전각으로부터 강한 예기가 흘러나왔다.

하지만 그 기운은 살기를 느낄 만큼의 날카로운 기세가 아니었다. 마치 그곳으로 오라는 듯 인위적인 기세를 일으키고 있는 느낌이었다.

'으음!'

전방을 바라보던 장산의 신형이 천천히 움직이기 시작했다.

'꽃밭이라……'

전각 앞에 이르자 그의 신형이 멈춰 섰다. 그리고는 앞마당에 펼쳐진 꽃밭을 바라보기 시작했다.

'많은 정성을 쏟았구나!'

그곳에는 누군가의 정성이 가득 담긴 꽃밭에서 각종 꽃들이 봉오리를 터뜨리며 한껏 제 멋을 자랑하고 있었다.

꽃밭은 형형색색의 꽃들이 어우러진 가운데 깔끔하면서도 소박한 풍경이었다. 그 광경을 바라보고 있으니 주인의 단아한 심성을 느낄 수 있었다. 그렇게 한참 꽃밭의 아름다움에 빠져 있을 때였다.

끼이익!

전각의 문이 열리며 한 노인이 모습을 드러냈다.

그는 장산을 힐끗 쳐다보더니 산책하듯 꽃밭 사이를 가로
지르며 다가왔다.

'이분이?

순간, 장산의 신형이 서서히 굳어지기 시작했다.

그는 본능적으로 노인이 자신의 외조부임을 알 수 있었다.
기억에도 없는 생소한 모습이지만 단 한 번의 만남으로 자신
의 핏줄이라는 사실을 느낄 수 있었다.

'외조부님!'

그는 가슴 한구석으로부터 무엇인가 뜨거운 응어리가 솟
구쳐 오르는 것을 느꼈다. 자신도 모르게 세찬 감정이 복받쳐
올랐던 것이다. 멍하니 넋을 잃고 바라보는 사이 외조부의 담
담한 목소리가 들려왔다.

"자네는 누구인가?"

"예……?"

장산이 당황스런 표정을 짓자 빙그레 미소를 떠올리며 말
했다.

"나는 건곤야(乾坤爺) 하우영이라고 하네."

'태극천주 건곤야 하우영!'

현 태극천주이자 장산의 외조부로 마맥과 혈맥의 세력 사
이에서 인고의 세월을 보내온 인물이었다.

또한 태극천선의 후예를 사위로 맞이하고, 혈맥의 반란을

겪는 등, 격동의 세월을 살아온 비운의 천주이기도 했다.

장산이 머뭇거리자 건곤야가 말을 꺼냈다.

"이 근처에 사는 이는 아닌 것 같은데 남의 집에 왔으면 자신이 누구인지는 밝혀야 할 게 아닌가?"

"아, 예! 저, 저는……."

장산은 갑자기 말문이 막히는 것을 느꼈다.

짧은 시간 동안 수많은 생각이 오고 갔지만 이상하게도 적당한 말은 떠오르지 않았다. 그저 당신의 외손자라는 말만이 입 안에서 빙빙 맴돌기만 할 뿐이었다.

잠시 후, 장산의 신형을 살펴보던 건곤야가 차분한 목소리로 물었다.

"자네, 혹여 도문 쪽의 무공을 익혔는가?"

"예? 아, 예……."

장산이 말을 더듬자 너털웃음을 터뜨렸다.

"허허허! 왜 그리 긴장하는 것인가? 내 궁금해서 물어보았던 것이니 신경이 쓰인다면 대답하지 않아도 되네. 그나저나 대단하구먼! 젊은 나이에 벌써 그러한 경지에 오르다니!"

"아, 아닙니다. 운이 좋았을 뿐입니다. 아직 가야 할 길도 멀고요."

문득 건곤야의 얼굴에 이채가 서렸다.

"흐음! 운이 좋았고, 아직 갈 길이 멀다?"

　그는 장산의 전신을 다시 한 번 찬찬히 훑어보더니 기특하다는 듯한 표정을 지었다.

　"젊은 나이에 고강한 무공을 지녔을 뿐만 아니라 겸손하기까지 하다니… 훗날 무림을 호령할 절대자가 한 명 탄생하겠어!"

　그의 칭찬에 장산의 얼굴이 붉어졌다.

　"과찬의 말씀이십니다."

　"허허허. 과찬이 아닐세. 남 위에 군림할 만한 힘을 갖추었으면서도 겸허하게 처신할 수 있다는 것 자체가 진정한 영웅의 풍모가 아니겠는가? 하지만 너무 겸손해서는 안 되네. 겸손도 지나치면 만용이 되는 법일세."

　잠시 뜸을 들이더니 천천히 입을 열었다.

　"세상에는 여러 갈래의 길이 있다네. 그리고 사람들은 자의든 타의든 간에 그 어느 한쪽으로 치우치게 되어 있지. 그런데 문제는 자신이 택한 길이 옳다고 생각하는 것일세. 그리고 그 길을 위해서라면 모든 수단과 방법을 가리지 않고 목숨마저 도외시하는 경향이 있지. 사실 돌아보면 피안(彼岸)인 것을……. 사람들은 그러한 점들을 느끼지 못한다네. 그저 자신의 뇌리에 각인된 생각의 지배를 당할 뿐이지."

　"예? 무슨 말씀이신지?"

　장산이 이해하지 못하겠다는 표정을 짓자 미소를 띠며 말을 이었다.

"자신이 어느 쪽에 속해 있든 한발 물러서서 객관적인 시각으로 바라보아야 한다는 말일세. 그래야 정확한 판단을 내릴 수가 있지. 그렇지 않으면 자신이 옳다고 믿는 늪에 빠져서 허우적거릴 뿐, 헤어 나올 수가 없다네."

그는 잠시 생각에 잠기더니 고개를 들어 하늘을 바라보았다.

"언제부터인가 이곳도 자연스럽게 마맥과 혈맥으로 나뉘게 되었지. 그리고 서로 간에 많은 피를 보았네. 하지만 그것으로 만족스럽지 않았는지 이제는 모두 무림으로 떠나 버렸네. 이곳에 있는 이라고 해봐야 노부와 영욕에 관심없는 한 명의 노우(老友)만이 남아 있을 뿐이지."

'으음!'

순간, 장산의 표정이 굳어졌다.

외조부의 말인즉, 단 한 명을 제외하고는 이미 무림으로 떠났다는 말이나 다름없었다.

얼마 전, 태공이 이곳의 혈맥과 마맥이 모두 무림으로 향할지도 모른다는 말이 현실로 다가온 것이다.

그것은 이번 행보가 외조부와의 만남뿐만 아니라 그들의 무림 진출을 막을 수 있을지 모른다는 실낱같은 희망을 앗아가는 이야기가 아닐 수 없었다.

'결국, 방법이 없는가?'

그랬다. 이제는 선택의 여지가 없었다.

검제와 같은 고수 여러 명을 상대하는 일만이 남아 있을 뿐
이었다.

'응……?'

잠시 생각에 잠겨 있던 장산의 시선이 외조부를 향했다.

그에게서 알 수 없는 미묘한 기운이 감지되었던 것이다. 그
것은 일종의 육체적 파장이었다. 감정의 기복을 심하게 일으
킬 때 나타나는 미세한 움직임이었던 것이다.

'혹시?'

그랬다. 외조부 역시 자신을 알고 있다는 생각이 스쳐 지나
갔다.

비록 직접적인 언급은 안 했지만 감정의 기복을 통해서 그
느낌을 전달받을 수 있었다. 뿐만 아니라 자신을 바라보는 인
자한 눈빛에서도 그러한 사실들을 알 수가 있었다.

'후읍!'

장산은 깊은 심호흡을 한 후, 용기를 내었다.

이제는 더 이상 머뭇거릴 필요가 없었다. 자신이 당신의 외
손자라는 사실을 떳떳이 밝힐 일만 남아 있었다.

'외조부님!'

그는 눈빛을 반짝이며 외조부를 직시했다. 그리고는 막 자
신의 신분을 밝히려고 할 때였다.

갑자기 외조부의 담담한 목소리가 들려왔다.

"세상은 종종 알 수 없는 길로 흘러간다네. 그리고 그 길은

돌이킬 수가 없지. 내 마음은 그렇지 않지만 내 존재가 이미 그 길에 들어서 있거든."

"예? 무슨 말씀이신지?"

장산이 눈을 끔뻑거리자 입을 열었다.

"뿌리는 분명 한 나무에서 자라지만 그 가지는 각자의 생존을 위해서 자라게 되어 있네. 그것은 우리 인간사도 마찬가지일세. 비록 한 핏줄일지언정 자라난 환경에 따라서 다른 방향으로 성장하게 되어 있지. 그리고 그 벌어진 간격은 되돌릴 수가 없다네. 시일이 흐를수록 너무나 거리가 벌어져 본래의 뿌리로 돌아갈 수가 없다는 말일세."

"무슨 뜻인지 자세히 말씀해 주시겠습니까?"

장산이 이해하지 못하겠다는 표정을 짓자 천천히 말을 이었다.

"자네가 이곳에 온 목적이 있을 것일세. 그러나 현 무림에 몸을 담고 있는 이상, 자네가 속한 위치와 처한 현실 사이에는 좁혀질 수 없는 거리가 존재하고 있지. 그것이 자의든 타의든 간에 말일세. 따라서 그 어느 한쪽을 포기해야 한다면 자네는 어떻게 할 것인가? 지금이라도 태극검문을 등질 수 있겠는가?"

"그……."

장산이 대답을 못하자 그의 눈빛이 반짝였다.

그는 좀 전까지의 평범한 노인의 모습이 아니었다. 한 번 기세를 일으키면 사위를 뒤덮을 만큼 강한 기도를 뿌리는 무인의 모습이었다.

"노부는 이제 노우와 함께 이곳에 남을 것이네. 떠나간 이들도 다시는 돌아오지 못하도록 아예 이곳을 폐쇄할 작정이지."

순간, 정산이 다급한 표정을 떠올리며 입을 열었다.

"제, 제가 이곳에 온 이유는……."

하지만 그의 말은 더 이상 이어지지 못했다.

외조부가 빠르게 말을 자르고 나선 것이다.

"자네! 아직도 내 말이 무슨 뜻인지 모르겠는가? 노부는 이 세상과의 모든 인연을 끊으려는 것이네! 그것이 어떤 일이 되었든지 간에 말일세!"

"……."

장산이 멍하니 바라보자 조금은 가라앉은 목소리로 말을 이었다.

"이제 무슨 말인지 알아들었다면 자네가 사는 세상으로 돌아가게. 이후, 태극천이란 이름을 기억 속에서 지워 버리도록 하게. 그리고 여태껏 살아왔던 것처럼 그냥 그렇게 살아가면 되는 것일세."

그는 그 말을 남긴 후, 신형을 돌려세웠다. 그리고는 천천히 발걸음을 옮겼다.

쓸쓸히 멀어져 가는 그의 등 뒤로 진한 아쉬움이 묻어나오는 공허한 목소리가 들려왔다.

"허허허! 한평생을 살다 보니 남는 것은 오직 초라한 노구 뿐이구나! 돌아서면 피안인 것을 그 간단한 이치를 왜 몰랐다는 말인가?"

그것으로 끝이었다. 더 이상의 말은 없었다.

그의 신형은 어느새 처음 모습을 드러낸 정문 안으로 사라지고 말았다. 그가 사라진 전각의 정문 또한 굳게 닫힌 후, 다시는 열리지 않았다.

'외조부님!'

장산의 신형은 정문을 향한 채 움직일 줄 몰랐다.

그의 말은 자신과의 만남을 거부한다는 말이었다. 세상과의 단절을 의미할 뿐만 아니라 혈육과의 인연마저 끊겠다는 강한 의지의 표현이었다.

'아아!'

장산의 신형이 휘청거렸다.

외조부의 결정이 못내 가슴 아팠던 것이다.

물론 그 마음은 이해가 되었다. 자신과의 만남으로 인해서 태극검문의 무공이란 위치에 오른 손자의 미래를 염려한 것이다.

태극천의 고수들이 혈교의 배후로 정파의 적대 세력이 된 마당에 천주라는 위치는 그들과의 관계에서 자유로울 수 없었다.

현 상태에서 천주와 자신이 친혈육이란 점이 만천하에 공개된다면 그것은 단지 두 사람만의 문제가 아니었다. 정파의 기둥이라는 태극검문의 위명조차 뒤흔드는 엄청난 회오리를 몰고 올 것이 불 보듯 뻔한 일이었다.

'이것이 진정 마지막 만남이란 말입니까?

장산의 눈시울은 붉어져 있었다.

외조부께서 자신을 위해서 세상을 등지기로 결심을 한 것이다. 그로서는 이십여 년 만에 만난 외손자에게 해줄 수 있는 처음이자 마지막 선물이었다.

'세상이 원망스럽습니다!'

장산은 가슴이 아팠다.

친혈육이면서도 왜 서로 다른 길을 가야 하는지, 왜 헤어져야 하는지, 그저 모든 것이 원망스럽고 한스러울 뿐이었다.

'조부님! 저는 혈천무제의 후손입니까? 아니면 백문의 후예입니까?

장산은 모든 것이 혼란스러워지는 것을 느꼈다.

눈가로는 투명한 이슬이 번져 가고, 신형은 퍼붓는 소낙비에 흔들리는 나뭇잎처럼 세차게 흔들렸다. 잠시 후, 소리없이 목 놓아 오열하는 그의 신형은 홀로 외로이 서 있는 장승으로 변해갔다.

얼마만큼의 시간이 흘렀을까? 전각의 이층 창문을 통해서 멀어져 가는 장산의 신형을 바라보는 한 쌍의 눈동자가 있었다. 바로 건곤야였다.

그의 모습은 장산을 대면할 때와는 확연히 달라 있었다. 그리도 모질게 돌아섰던 모습과는 달리 주름 진 노안 위로는 굵은 이슬이 빗물처럼 흘러내리고 있었다.

'정말 잘 자라주었구나! 그런데 이 할아비가 너를 위해서 해줄 수 있는 일이 아무것도 없구나! 부디, 부디 잘살기 바란다!'

휘이이잉!

그의 서글픈 마음을 달래주듯 어디선가 불어온 한 줄기 바람이 창문 사이를 스쳐 지나갔다.

흑혈쌍웅(黑血雙鷹)

봄기운이 완연한 가운데 안경대전의 낭보도 잠시, 무림은 거센 폭풍우에 휘말렸다.

그 시작은 바로 무림맹과 혈교가 대치하고 있는 북부 전선에서부터였다.

"북부 전선이 불붙었다! 혈교가 대대적인 공세에 나섰다!"

"무림맹의 수뇌부와 일류파천이 화산에 배수의 진을 친 채 결사항전을 선언했다!"

북부 전선의 긴박한 움직임은 무림 전역으로 빠르게 펴져 나갔다.

혈맥은 정적 관계에 있던 마맥이 지리멸렬해지자 혈교를

동원해 승부수를 띄운 것이다. 그들의 입장은 그만큼 다급했다. 생각지도 못한 남혈림의 완패 때문이었다.

비록 마맥이 혈교 내의 적대 세력이기는 하지만 그렇게 쉽게 무너지리라고는 전혀 예상치 못했다. 상황이 여의치 않게 돌아가자 곧바로 총공세를 펼칠 수밖에 없었다.

무림의 모든 이의 시선이 화산으로 쏠려 있을 무렵, 생각지도 못한 소문 하나가 무림 전역을 강타했다.

"사천동맹과 신비세력인 광한문(廣恨門)이 파중(巴中)에서 맞부딪쳤다!"

실로 충격적인 소식이 아닐 수 없었다.

특히 혈교와 더불어 북부 전선에 사활을 걸고 있는 무림맹의 입장에서는 그야말로 날벼락을 맞은 셈이었다.

비록 청성과 아미, 점창과 당문을 포함한 사천동맹과 태극검문의 자운당이 가세한 연합 세력이 있지만 광한문이라는 생각지도 못한 세력이 등장한 것이다.

이전에 사천동맹으로부터 의심스런 세력이 있다는 연락을 받은 적이 있지만 그들이 전면으로 부상하리라고는 전혀 예상치 못했다. 혹시나 했던 기우가 현실로 다가온 것이다.

사실, 사천동맹 정도의 세력이라면 크게 걱정할 바는 아니었다. 그들에 비해서 수적으로나 세력으로나 뒤지지 않았던 것이다.

그렇지만 정작 걱정스런 점은 바로 신비에 싸여 있는 태극천의 고수들이었다.

'십마신(十魔神)!'

무림인들은 그들을 일컬어 십마신이라고 불렀다.

안경대전 이후, 널리 알려진 그들의 존재는 전 무림인의 뇌리에 강한 인상을 심어주었다. 뿐만 아니라 이미 공포의 대상으로 각인되어 있었다.

비록 검제가 제거되면서 구마신으로 줄어들기는 했지만 단 한 명이라도 움직인다면 전세에 크나큰 영향을 미칠 수밖에 없었다.

정파 내에서도 그들을 상대할 수 있는 인물은 일류파천과 백미검선, 단 두 사람뿐이었다. 따라서 그들 중 단 일인이라도 광한문에 속해 있다면 사천동맹으로서는 어려운 입장에 처할 수밖에 없었다.

'광한문!'

아직 그들에 대해서 정확히 알려진 내용은 없었다.

태극검문 내에서 난동을 피웠던 추량이란 자가 속해 있고, 그가 전설의 벽뢰파천도를 익히고 있다는 점, 그리고 이상하게도 정파에 대한 극도의 증오심을 가진 단체라는 특징만이 알려져 있을 뿐이었다.

'태극검문과 사공세가!'

당연히 무림맹의 시선은 남부 전선에서 혁혁한 공을 세운 태극검문과 사공세가에게로 쏠렸다.

당장 혈교의 총공세라는 발등에 불을 끄기도 다급한 상황이지만 사천 쪽에 신경을 쓰지 않을 수 없었던 것이다. 현재로서 최선의 선택은 두 문파가 나서주는 일이었다.

하지만 내심 기대를 걸고 있는 그들은 아직 이렇다 할 움직임을 보이지 않고 있었다. 따라서 그들의 속은 시커멓게 타들어갈 뿐이었다.

그렇게 무림은 점차 한 치 앞도 내다볼 수 없는 미궁 속으로 빠져들고 있었다.

대파산의 광대한 산줄기가 사천으로 흘러내린 끝자락에 승룡촌(乘龍村)이라고 불리는 마을이 자리하고 있다.

이곳이 승룡촌이라고 불리게 된 이유는 아주 오래전에 마을 뒷산의 호수에서 한 마리 커다란 용이 승천했다고 해서 지어진 이름이었다.

하지만 이 마을이 정작 세인들에게 널리 알려진 이유는 바로 지리적 이점 때문이었다.

'산중일로(山中一路)!'

사천에서 광대한 대파산의 산줄기를 넘어 호북에 들어서기 위해서는 산자락의 끝에 놓여 있는 이곳, 승룡촌을 지나야만 했다.

그런 이유로 오래전부터 상인들을 비롯한 외지인의 발길이 꾸준히 이어지는 지역이었다. 따라서 작은 규모의 마을임에도 입구에는 번듯한 객잔 하나가 들어서 있었다.

땅거미가 기울고 있는 시각, 어둠이 내리고 있는 회색빛 하늘 아래로 한 무리의 인원이 마을의 입구로 들어서고 있었다. 바로 장산 일행이었다.

그 선두에는 광검이 흑룡곤과 함께 나란히 걷고 있었다. 광검이 걸음을 멈춰 서더니 주변을 두리번거리며 장산에게 시선을 향했다.

"이보게, 백미 장산이! 이곳에서 하루 쉬어 가세나!"

그들의 십여 장 앞에는 승룡객잔(乘龍客棧)이라고 쓰여 있는 빛 바랜 현판 하나가 바람에 흔들리고 있었다.

장산이 전방을 바라보더니 고개를 끄덕이며 대답했다.

"예, 그렇게 하시지요."

그의 힘없는 목소리가 들려오자 광검이 답답하다는 표정을 지었다.

"백미 장산이! 제발 기운 좀 차리게! 태극천 내에서 무슨 일이 있었는지 모르겠지만 자네가 풀이 죽어 있으니 우리 모두 우울해지지 않는가? 자네가 기운을 차려야 우리도……."

그의 말은 더 이상 이어지지 못했다.

"자, 그만 하고 어서 들어갑시다!"

갑자기 흑룡곤이 말을 끊으며 앞장을 섰다.

'엥……?'

상황은 거기서 그치지 않았다.

장산을 비롯한 단원들이 무표정한 얼굴로 자신을 스쳐 지
나간 것이다.

'이럴 수가?'

답답함이 배어 있던 그의 얼굴이 어이없다는 표정으로 변
해갔다.

나름대로 침울한 분위기를 반전시켜 보겠다는 생각이 시
작도 하기 전에 끝을 맺은 것이다. 한마디로 개무시를 당한
것이다.

'왜들 저러는 게야?'

광검의 인상이 찌푸려졌다.

멍석도 제대로 깔려야 판을 벌릴 수 있는 법, 홀로 남아 있
으니 기가 막힐뿐더러 일행이 보여준 행동에 왠지 모르게 섭
섭함 마저 느껴졌다.

'에잉! 속 좁은 인간들 같으니라고!'

그는 불만으로 가득 찬 얼굴로 투덜거리더니 객잔 안으로
들어갔다.

저녁때가 되어서인지 객잔 안은 사람들로 붐볐다. 그 한쪽
귀퉁이에 장산 일행이 자리하고 있었다.

그들 중 수북이 쌓여 있는 빈 접시 뒤로 배를 쓰다듬고 있
던 광검이 괴음을 토해내며 말을 꺼냈다.

"꺼억! 조그만 마을인데도 오가는 사람들이 제법 많구먼!"

그의 얼굴에는 좀 전에 보이던 불만스러운 표정은 찾아볼

수 없었다.

뱃속이 든든해지니 심사가 편해지고 마음이 넉넉해졌던 것이다.

하지만 어느 누구도 자신의 말에 반응이 없자 서서히 인상이 일그러지기 시작했다. 또다시 무시를 당했다는 생각이 들었던 것이다.

'대체 왜들 이러는 게야?'

그의 인내심이 한계에 달하며 막 불만을 토로하려고 할 때였다.

그들의 옆 자리에 앉아 있는 상인들의 목소리가 들려왔다.

"이봐! 자네 광한문에 대해서 들어보았는가?"

벌렁코사내의 물음에 탁자의 건너편에 앉아 있던 매부리코사내가 고개를 끄덕였다.

"물론일세! 요즘 그 일 때문에 성도의 상인들이 난리가 나지 않았는가?"

"성도? 아니, 싸움은 파중에서 벌어지고 있는데 왜 성도에서 난리가 났다는 말인가?"

그의 물음에 매부리코사내가 한심하다는 표정을 지었다.

"쯧쯧쯧! 자네 참 한심하구먼!"

"잉? 한심하다니? 그게 무슨 말인가?"

"이 사람아! 지금 청성과 아미, 점창과 당문, 그리고 태극검문의 자운당까지 몽땅 파중으로 몰려가서 싸움을 벌이고 있는 판이니 성도의 상권이 어찌 돌아가고 있겠는가?"

"상권? 아니, 상권이 무슨 관계가 있다는 말인가?"

재차 이어지는 질문에 매부리코사내의 인상이 심하게 구겨졌다.

"허, 정말 답답한 친구로구먼! 이 사람아! 성도에서 상인들의 돈줄을 움켜쥐고 있는 이들이 누구인가? 바로 당문이 아닌가 말일세! 그들이 직간접적으로 모두 연결되어 있는데 큰 싸움이 벌어졌으니 성도의 상권이 당연히 위축될 수밖에 없지 않는가?"

"아, 그거야⋯⋯."

"현재 일괄적으로 물품을 공급하던 대상단도 그렇고, 간신히 유지하던 중소 상인들의 형편이 말이 아닐세!"

"⋯⋯."

벌렁코사내가 대답을 못하자 목청을 돋우었다.

"지금 병장기를 제공하는 철기점을 제외한 모든 물품의 공급이 중단되다시피 하고 있는 실정이라는 말일세!"

"엥? 그게 참말인가?"

"그렇다네! 내가 이십여 년째 거래하고 있는 포목상이 한 군데 있는데 사정이 너무도 어렵다고 하기에 이번에 가져다 준 물품 값을 한 차례 연기해 주고 오는 길일세!"

"허! 심각한 일이로구먼!"

벌렁코사내가 고개를 설레설레 흔들자 매부리코사내가 말

을 이었다.

"암, 심각한 일이고말고! 뿐만 아니라 더욱 걱정이 되는 것은 바로 파중 대전의 결과일세!"

"파중 대전의 결과?"

"그렇다네. 지금 광한문에는……."

사내는 말을 하다말고 주위를 둘러보더니 조용한 목소리로 말했다.

"자네만 알고 있도록 하게. 그 십마신인가 뭔가 하는 악신(惡神)들 말일세. 그들이 광한문을 돕고 있다는 소문이 은밀히 나돌고 있다네."

"뭐라고? 십마신이 광한문을 돕고 있다고?"

벌렁코사내가 기겁을 하며 목청을 돋우자 매부리코사내가 재빨리 손가락을 입에 가져다 대며 낮은 목소리로 말했다.

"쉿! 조용히 하게!"

"아, 미안하네. 내 전혀 생각지 못한 일이라서……."

"으음! 아무튼 지금 벌어지고 있는 전투에서 사천동맹이 패할 경우, 성도의 상권은 궤멸을 당하고 말 걸세!"

슬쩍 주위를 둘러보더니 조용히 입을 열었다.

"자네 녹수촌(綠水村)이란 마을을 알고 있지? 그 광한문이 자리하고 있는 연화봉(蓮花峰)의 뒤쪽에 위치한 조그마한 마을 말일세."

벌렁코사내가 고개를 끄덕이자 조심스럽게 말을 이었다.

"앞으로 그곳에 절대로 얼씬거려서는 안 되네. 들리는 소문에 의하면 그 일대가 마굴(魔窟)로 변했다는 것일세. 그 근처를 지나간 이들의 모습이 감쪽같이 사라진다는 게야. 그래서 혹자는 그 마을에 악신들이 머물고 있는 것이 아니냐는 추측이 나돌고 있는 실정일세. 그러니 내 말 꼭 명심하라고!"

"아, 알겠네! 내 자네의 말대로 그 인근에는 절대로 얼씬거리지 않도록 하겠네!"

벌렁코사내의 말을 끝으로 두 사람 사이에는 침묵이 이어졌다.

그들은 심각한 표정으로 남은 술잔을 기울이더니 객실이 자리한 이층으로 사라져 갔다.

그들이 떠나가자 광검이 조용히 있을 리 없었다. 두 눈을 동그랗게 뜬 채 장산에게 시선을 향했다.

"백미 장산이! 태극천의 고수들이 광한문에 있다는 소리를 들었는가? 그들이 지금 녹수촌이라는 장소에 머물고 있다지 않는가?"

"으음!"

장산이 고개를 끄덕이며 생각에 잠겼다.

그는 떠나오기 전, 한평과 나눈 대화를 떠올렸다.

"나름대로 태극천에 관해서 조사를 해본 결과, 한 가지 홍미로운 사실을 발견했습니다."

"흥미로운 사실이요?"

장산의 물음에 한평이 고개를 끄덕였다.

"예, 그렇습니다. 태극천 내에는 마맥과 혈맥만이 존재하고 있는 것 같지만 그렇지가 않습니다."

"그럼 다른 계파가 존재하고 있다는 말입니까?"

"글쎄요…… 계파라기는 뭐하지만 흑혈쌍웅이라는 자들 때문이지요."

"흑혈쌍웅이요?"

장산의 눈이 휘둥그레졌다.

그들이라면 자신도 잘 알고 있었다. 예전에 태극검문으로 귀환하던 중 진령을 찾으러 나섰다가 큰 낭패를 당한 적이 있었다.

그 당시 해월이 재치를 발휘하지 못했더라면 자칫 난감한 상황에 처할 뻔한 사건이 아닐 수 없었다.

'으음!'

장산이 민감한 반응을 보이자 한평이 입을 열었다.

"문주님과 무공님께서도 한 차례 만난 적이 있는 자들일 겁니다. 그런데 입수한 정보에 의하면 광한문의 배후가 그들일 가능성이 높습니다."

"예? 그들이 혈교가 아닌 광한문과 관련이 있다고요?"

장산이 멍한 표정을 짓자 천천히 말을 이었다.

"그렇습니다. 입수한 내용 중에는 두 사람의 신상에 관한 내용도 포함되어 있었는데 묘한 공통점을 지니고 있더군요. 그들에게는 나란히 이복형이 있었는데 태극천의 내분 때 모두 잃었다고 합니다."

장산이 고개를 갸웃거렸다.

한평이 왜 그들의 이복형에 대해서 언급하고 있는지 이해가 되지 않았던 것이다.

"그럼, 그 내용이 광한문과 인연을 맺게 된 무슨 연관성이라도 있나요?"

그의 물음에 한평이 고개를 끄덕였다.

"예, 그렇습니다. 두 사람이 혈맥에 속하기는 하지만 그들과는 사이가 좋지 않았습니다. 바로 죽은 이복형들 때문이지요."

"예? 무슨 말씀이신지?"

장산이 의아하다는 표정을 짓자 입을 열었다.

"두 사람은 모두 성정이 잔인했던 이복형으로부터 말로는 표현할 수 없을 만큼 고통을 받고 자랐습니다. 뿐만 아니라 상대적으로 낮은 무공으로 인해서 혈맥 내에서도 심한 멸시를 당해왔고요. 따라서 혈맥에 대한 공동체 의식을 전혀 느끼지 못하고 있습니다. 오히려 증오의 대상이라고 할 수 있지요. 또한 혈맥 역시 그들의 존재에 대해서 탐탁지 않게 여기는 실정이고요."

잠시 숨을 고르더니 천천히 말을 이었다.

"그들이 태극천 내에 있을 때 마맥과 어울릴 수 없는 형편이니 줄곧 둘이서만 친하게 지냈다고 합니다. 의형제까지 맺은 상황이고요. 따라서 엄밀히 말하면 그들은 마맥도 혈맥도 아닌 독자적인 세력이라고 할 수 있습니다. 그리고 그러한 성장 배경이 자신들의 꿈을 펼칠 수 있는 광한문으로 향하게 된 직접적인 원인이 되었고요."

문득 장산의 얼굴에 궁금한 표정이 떠올랐다.

그들이 왜 질녀의 태극일원도(太極一圓圖)를 노렸는지에 대한 의구심이었다.

"그럼, 그들이 질녀의 태극일원도를 노린 이유는 무엇입니까?"

한평이 고개를 끄덕이며 대답했다.

"그것은 자신들의 무공을 끌어올릴 어떤 돌파구가 필요했기 때문이지요. 그 돌파구가 바로 태극일원도였습니다. 만약 그것을 손에 쥘 수만 있다면 무림에 우뚝 설 수 있을 뿐만 아니라 혈맥의 멸시로부터 벗어날 수 있다고 생각한 것이지요."

장산이 고개를 갸웃거리며 물었다.

"하지만 한 가지 이해가 되지 않는 점이 있군요. 그들이 혈맥으로부터 핍박받는 입장이었다고는 하지만 왜 벽뢰파천도를 익히지 않은 걸까요? 벽뢰파천도가 혈맥들에게 전수되어

왔다는 사실은 이미 공공연한 비밀이 아닙니까?"

"물론입니다. 벽뢰파천도가 혈맥 사이에서 비밀리에 전수되어 왔다는 이야기는 저도 들어서 알고 있습니다. 하지만 거기에는 나름대로 문제가 있었을 겁니다."

"문제라고 하심은……?"

"제아무리 태극천의 고수들이라고 할지라도 벽뢰파천도는 아무나 익힐 수 없는 무공이었기 때문이지요."

"그럼, 그 때문에 태극일원검에 집착했던 것입니까?"

한평이 미소를 떠올리며 입을 열었다.

"그렇습니다. 그들에게 벽뢰파천도는 그저 그림의 떡이었을 겁니다. 어떻게 얻기는 했지만 직계가 아닌 이상, 정확한 구결을 알 수 없을뿐더러 워낙 난해한 무공이다 보니 대성한다는 것 자제가 극히 어려웠을 테니까요. 그것은 비단 그들만의 얘기가 아닙니다. 다른 혈맥들도 마찬가지였겠지요. 벽뢰파천도는 그냥 전설의 무공일 뿐입니다."

"그렇다면 추령이란 자가 벽뢰파천도를 익힐 수 있었던 이유는 흑혈쌍웅 때문이겠군요?"

한평이 천천히 고개를 끄덕였다. 그리고는 차 한 모금을 마시더니 말을 이었다.

"예, 그렇습니다. 그들은 벽뢰파천도를 포기하고 다른 쪽으로 눈을 돌렸지요. 그 도법은 광한문도 중에서 자질이 있는 이들에게 전수해 주고, 자신들은 대성할 가능성이 있는 태극일원검을 노렸던 것입니다. 이후, 태극일원도가 태공에 의해서 외부로 유출된 사실을 알고는 다른 혈맥들의 눈을 피해서 몰래 찾아 나선 것이지요. 결국, 일장춘몽으로 끝을 맺었지만요."

잠시 뜸을 들이더니 장산의 동공에 초점을 맞추었다.

"반면 추령이라는 자가 태극지회에서 난동을 부린 까닭은 광한문의 지시라기보다는 개인적인 소행일 가능성이 높습니다. 태극검문 내의 누군가에 대해서 원한을 가지고 있었던 것이지요. 비록 대성하지는 못했지만 전설의 무공인 벽뢰파천도를 익혔으니 아마도 태극지회라는 잔칫상을 뒤엎으며 떳떳이 복수를 하고 싶었을 겁니다. 그러한 심산으로 참가했다가 예상외로 일이 커진 것이지요. 아무튼 그가 나름대로 소기의 목적을 달성했는지 모르겠지만 우리에게는 광한문의 존재를 알게 해준 고마운 인물이기도 합니다."

그의 말이 끝나자 비로소 장산의 고개가 끄덕여졌다.

그동안 의혹으로만 느껴오던 흑혈쌍웅이 진령을 암습한 이유와 추령이라는 자가 잔뜩 분탕질을 한 원인을 알게 된 것이다.

"그랬군요. 그렇게 된 일이었군요. 그래서 흑혈쌍웅이 현 가장을 멸문시킨 것도 모자라 악양에서 진을 친 채 질녀를 노렸던 것이고, 추량이라는 자가 자신의 신분을 숨긴 채 태극지회에 참가해서 난동을 부렸던 것이로군요."

"예, 그렇습니다. 아무튼 태극천을 방문한 후, 사천으로 향할 때는 흑혈쌍웅이라는 존재를 의식하셔야 합니다. 그들이 비록 검제보다는 한 단계 아래의 인물들이지만 여간해서는 떨어져 다니지 않는 자들이니까요. 그들을 상대할 때는 두 사람을 함께 상대할 수도 있다는 점을 항상 기억해 두셔야 합니다."

"으음! 무슨 말인지 알겠습니다."

장산의 말을 끝으로 두 사람 사이에는 침묵이 이어졌다.

'으음! 문공의 말이 거의 확실한 것 같구나!'

장산이 고개를 끄덕이며 식은 찻잔을 입에 가져다 대었다.

'윽!'

하지만 씁쓸한 차맛이 입 안에서 맴돌자 자신도 모르게 정신이 번쩍 들 때였다.

"이보게, 백미 장산이!"

광검의 고함이 우레가 되어 귓속으로 파고들었다.

"예……?"

장산이 왜 그러냐는 듯한 표정으로 바라보자 그의 얼굴이 일그러졌다.

달 항아리만 한 얼굴은 어느새 주름이 가득한 수세미로 변해 있었다.

"아니, 왜라니? 그 무슨 자다가 봉창 두드리는 소리인가?

십마신이 광한문에 있으니 어떻게 하면 좋겠느냐고 물어보고 있지 않은가?”

“아, 예. 그 점에 대해서는 너무 걱정하지 마십시오.”

순간, 광검의 얼굴이 더욱 일그러졌다.

그의 얼굴에는 어이가 없다는 기색이 역력했다.

“걱정하지 말라니? 그건 또 무슨 뚱딴지같은 소리라는 말인가? 물론 자네가 검제를 꺾었다고는 하지만 지금은 그때와 상황이 다르지 않은가? 이번에는 기습을 가할 수 있을지 아닐지 불분명한 상황인데다가 만약 그들이 하나가 아닌 여럿이라도 된다면 어떻게 당해낼 것인가? 자네가 아무리 기고 날아도 무리라는 말일세!”

그가 입을 삐죽이자 장산이 빙그레 미소를 떠올렸다.

“왕 형이 그토록 걱정해 주시니 고맙습니다. 하지만 조금 전에 말했듯이 너무 걱정하지 마십시오. 광한문을 돕고 있는 태극천의 고수가 누구인지 알고 있으니까요.”

“엥? 그 말이 참말인가?”

광검의 고리눈이 재빨리 장산에게 향했다.

그는 잠시 눈동자를 굴리더니 궁금하다는 표정을 지으며 물었다.

“그들이 대체 누구인가?”

“왕 형께서도 익히 알고 있는 이들입니다.”

“내가 알고 있다고? 누구인가? 그들이 누구인가 말일세!”

그의 재촉에 장산이 대답했다.

"바로 흑혈쌍웅입니다."

"엥? 흑혈쌍웅? 혹여 문주님과 태극검문으로 향할 당시 자네와 해월 도장이 멸문한 현가장에서 마주쳤다는 그 미치광이들 말인가?"

"예, 그렇습니다. 바로 그들입니다."

"허……!"

광검이 묘한 표정을 떠올렸다.

"그럼, 그들이 태극천의 고수였다는 말인가?"

"예, 그렇습니다. 저도 이곳으로 오기 전, 문공의 말을 들었을 때 반신반의했는데 조금 전의 얘기를 듣고 나니 그들이 확실하다는 생각이 들더군요."

"그건 또 무슨 말인가? 문공이 떠나오기 전, 그 사실에 대해서 말해줬다고?"

"예, 그렇습니다."

순간, 광검의 안색이 싹 변하더니 입술을 삐죽였다.

"이거, 정말 섭섭하구먼! 함께 길을 떠나는 것을 알면서도 어찌 나만 쏙 빼놓은 채 자네들끼리만 쏙닥거릴 수 있다는 말인가? 나는 여태껏 속 빈 강정처럼 영문도 모른 채 잔뜩 걱정만 하고 있었던 꼴이 아닌가?"

"그게 아니라……."

장산의 말은 이어지지 못했다.

광검이 말을 끊고 나서며 고함을 내질렀다.

"됐네, 됐어! 내 이제부터는 여기 앉아 있는 현천수호단주와 문 내의 일에 대해서는 일체 상관하지 않을 테니 자네들끼리 다 해먹으라고!"

광검이 팔짱을 끼며 고개를 획 돌렸다.

그러자 졸지에 광검과 한편이 된 흑룡곤이 눈을 끔벅거렸다.

잠시 후, 장산이 씁쓸히 식은 찻잔을 기울이며 광검을 바라보았다.

"왕 형이 무엇인가 곡해를 한 것 같습니다."

"흥! 곡해는 무슨 얼어 죽을 놈의 곡해라는 말인가? 이제부터 나는 신경 쓰지 않을 테니까 문공이 도착하면 자네들끼리 알아서 하란 말일세!"

광검이 시선을 돌린 채 퉁명스럽게 말하자 달래듯 살살 말했다.

"우리가 어찌 왕 형을 외면할 수 있겠습니까? 문공이 말은 했지만 확실치 않다고 했지요. 그저 유의해야 할 부분이라고만 했습니다. 그래서 제가 말을 꺼내지 않았던 것이고요. 저 역시 조금 전에야 상인들의 대화를 듣고 난 후, 그들의 배후가 흑혈쌍웅이라는 확신을 가지게 된 것입니다. 그러니 어서 오해를 푸세요."

순간, 광검의 눈이 가자미눈으로 변하더니 힐끔 시선을 돌렸다.

"흠흠! 그러니까 자네 말은 나를 무시한 게 아니라 확실치 않아서 함구하고 있었다는 이야기인가?"

"예, 그렇습니다. 제가 어찌 왕 형을 무시할 수 있겠습니까? 천부당만부당한 말입니다."

장산이 짐짓 말도 안 된다는 표정을 짓자 비로소 광검의 얼굴에 환한 표정이 떠올랐다.

"허허허! 그럼 그렇지! 어찌 자네가 동향 사람인 나를 멀리할 수 있겠는가?"

곧이어 술잔을 연거푸 비우더니 만족스런 얼굴로 말을 이었다.

"태극천의 방문 건도 그렇고, 내 나름대로 광한문에 대해서 골몰하다 보니 신경이 날카로워졌던 것일세. 자네가 넓은 아량으로 이해해 주게나!"

"물론입니다. 오해가 풀려서 다행입니다."

슬그머니 고개를 돌리는 장산의 인상은 심하게 구겨져 있었다.

가뜩이나 머리가 아픈데 젖을 달라고 보채는 아기처럼 칭얼대는 광검의 비위까지 맞추자니 절로 짜증이 났던 것이다.

아무튼 그의 인내심 덕분에 일행은 다시 화목한 분위기를 되찾을 수 있었다.

"하하하! 어서 한잔 드세나!"

하지만 그 화기애애한 분위기는 광검만의 독차지였다.

장산과 흑룡곤의 목소리는 아예 들리지도 않았다. 혼자서 호탕하게 웃고 떠들어대며 시끄럽기 그지없었다.

'녹수촌이라……!'

광검의 일방적인 목소리를 뒤로한 채 장산은 굳은 표정으로 생각에 잠겼다.

*   *   *

장대한 대파산의 산자락이 흘러내린 끝 지점에 파중의 외곽으로 이어지는 넓은 벌판이 펼쳐져 있었다. 벌판은 끝이 안 보일 만큼 드넓은 지형이지만 유독 한군데만은 시선을 끌었다. 바로 우뚝 솟아오른 연화봉이었다.

'연화봉(蓮花峰)!'

예로부터 연화봉은 그 연꽃과 같은 신비한 자태로 인해서 파중을 포함한 인근 지역에서는 세존이 머물고 계신 천상계(天上界)라고 불리며 매우 신성시하는 장소였다.

하지만 최근에는 인근 주민들에게 지옥과도 같은 장소로 변해 있었다. 사천동맹과 광한문이 정면으로 부딪치면서 그곳에 피가 마를 날이 없는 것이다.

주민들 사이에서는 세존께서 진노하셔서 지나는 이들을 모조리 잡아다가 열화지옥(熱火地獄)으로 끌고 간다는 흉흉한 소문마저 나돌고 있었다.

　멀리 연화봉이 내려다 보이는 야산의 언덕에 족히 백여 명은 넘는 듯한 무리가 진을 치고 앉아 있었다.
　그들의 선두에는 눈썹의 절반이 허옇게 센 청년과 천하의 미공자, 그리고 제법 준수한 용모의 청년이 마파람을 맞으며 전방을 주시하고 있었다. 바로 장산과 한평, 그리고 사공천이었다.
　전날, 한평과 사공천이 현천수호단과 벽검단을 이끌고 합류한 것이다.
　두 사람은 장산과 약속한 날짜보다 나흘이나 빨리 도착했다. 생각보다 사천대전이 장기화 될 수 있다는 우려 때문이었다.
　전방을 살피던 한평의 시선이 장산을 향했다.
　"상황이 심상치 않게 돌아가고 있군요. 사천동맹이 수적인 우세에도 불구하고 전혀 힘을 쓰지 못하고 있습니다."
　장산이 고개를 끄덕이며 말을 받았다.
　"예, 그렇습니다. 아무래도 따로따로 움직이다 보니 응집력을 발휘하지 못하고 있는 것 같습니다."
　문득 한평이 한숨을 내쉬었다.
　"후유! 그것은 각자의 속내가 다르기 때문이지요."
　사공천이 의아하다는 표정을 지으며 물었다.

“각자의 속내가 다르다니요?”

“이곳은 다른 지역과는 달리 사천 내에 청성과 아미, 그리고 당문이 함께 자리하고 있습니다. 같은 정파이기는 하지만 서로의 성향이 다른 구대문파와 사대세가가 공존하고 있는 상황이지요.”

“그거야 이미 알고 있는 내용이 아닙니까? 그런데 그게 무슨 의미가 있습니까?”

사공천의 반문에 한평이 입을 열었다.

“현재 사천 내의 모든 상단과 표국은 당문의 영향력하에 있습니다. 그들의 입김이 매우 거센 지역이지요. 따라서 청성과 아미와는 보이지 않는 알력이 존재합니다. 그들 역시 자파를 꾸려가기 위해서 돌봐주어야 할 상단과 표국이 있는데 당문에서 자꾸만 세력을 넓히니 문제이지요. 참으로 복잡한 상황이 아닐 수 없습니다.”

“그렇다면 문공의 말씀은……?”

“예, 그렇습니다. 바로 그 점이 지금과 같이 단합된 모습을 보이지 못하는 까닭이지요. 무림맹에 속해 있다면 모를까, 사천동맹이란 그저 허울 좋은 연합에 지나지 않습니다. 각 문파의 자존심이 걸려 있을뿐더러 보이지 않는 알력을 해결해 줄 존재가 없으니까요.”

“으음! 듣고 보니 일리가 있군요!”

사공천이 고개를 끄덕이자 천천히 말을 이었다.

“사실 그런 문제는 그들만의 얘기가 아닙니다. 오랫동안
정파가 우위에 있으면서도 주기적으로 사파가 창궐할 수 있
었던 이유와 일맥상통하는 얘기이지요. 평온한 세월이 이어
질 때면 각 문파는 자신들의 세력을 키우는 일에만 관심이 있
습니다. 몇몇 문파를 제외하면 자신들의 잇속이 없는 일에는
아예 나서려고 하지 않지요. 결국, 호미로 막을 수 있는 일을
가래로 막게 되는 이치와 같습니다.”

그의 말을 끝으로 삼 인 사이에는 침묵이 흘렀다.

한평이 언급한 정파 내의 문제점은 정곡을 찌르는 말이었
다. 그 사실을 뻔히 알면서도 그렇게 될 수밖에 없는 현실이
안타까울 뿐이었다.

잠시 후, 어디선가 솔바람이 불어오자 정신을 차린 장산이
물었다.

“그런데 우리가 이곳에 온 것을 사천동맹에 알리지 않아도
될까요?”

그의 물음에 한평이 고개를 저었다.

“안 됩니다. 솔직히 와서 보니 우리가 오는 것을 알리지 않
는 것이 정말 잘했다는 생각이 듭니다.”

“그렇다면 예정대로 하겠다는 말입니까?”

“그렇습니다. 이곳으로 오면서 알아보니 흑혈쌍웅이 광한
문에 머무는 시간이 그리 많지 않다는 사실을 알아낼 수 있었
습니다. 그런데 우리가 온 사실이 알려지면 일을 진행시키기

가 사실상 불가능해지겠지요. 따라서 사태를 주시하면서 일단은 그들을 제거하는 일에 주력해야 합니다. 가능하면 광한문의 정예라고 할 수 있는 광성단(廣聖團)을 제거하는 일도 병행해야 하고요."

"광성단이요?"

장산이 의아하다는 표정으로 묻자 천천히 대답했다.

"광성단은 추량이란 자가 속해 있는 조직으로서 광한문의 수뇌부와 같은 역할을 하고 있습니다. 정확히 열 명으로 구성되어 있는데 전원이 혈천무제의 벽뢰파천도를 익히고 있지요. 만약 흑혈쌍웅과 이들의 일부를 제거할 수 있다면 아무리 분열된 사천동맹이라고 할지라도 광한문을 상대하는데 큰 지장이 없을 겁니다."

듣고 있던 사공천이 궁금한 표정을 떠올리며 물었다.

"문공의 말씀은 직접 나서서 도와줄 의향은 없다는 말씀입니까?"

"예, 그렇습니다. 우리는 이곳에서 전력의 손실을 입어서는 안 됩니다. 가능한 한 전력을 보존해야 하지요. 그 이유는 마지막 승부수를 띄울 장소가 이곳이 아닌 북부 전선이기 때문입니다."

'북부 전선이라……?'

사공천이 생각에 잠기자 한평이 또박또박 말을 이었다.

"어느 쪽이 이기고 지든 현재의 난세는 북부 전선에서 종지부를 찍게 될 것입니다."

그의 말을 끝으로 장 내에는 고요한 침묵이 흘렀다.

서로 간에 말은 없어도 서서히 목적지를 향해서 다가서고 있다는 느낌이 들었던 것이다. 그들의 시선은 멀리 보이는 연화봉을 향한 채 움직일 줄 몰랐다.

우뚝 솟은 연화봉의 뒤쪽에 녹수촌이라 불리는 작은 마을이 자리하고 있다. 이곳은 오지 중의 오지로써 파중은 물론, 인근 지역에서조차 찾아오는 이들이 전혀 없는 외딴 마을에 속했다.

하지만 언제부터인가 이곳이 서서히 변해가기 시작했다. 조그만 마을에 어울리지 않게 큰 장원이 세워지고, 주루까지 들어선 것이다.

'천향루(天香樓).'

그 주루의 이름은 천향루였다.

이곳에는 녹수촌 사람들이 평생을 살아도 보기 힘든 각종 명주(名酒)가 즐비하고, 어여쁜 처녀 귀신들이 환생한 듯한 요염한 여인들도 있었다.

그곳의 고객 대부분은 조장 급 이상의 광한문도였다. 하지만 얼마 전부터 그들의 발길이 뚝 끊기고 말았다. 봉우리 너머에서 벌어지고 있는 사천동맹과의 싸움 때문이었다.

그럼에도 예외인 인물들이 있으니 바로 흑혈쌍웅이었다.

예전같이 이곳에 눌러 사는 경우는 확연히 줄어들었지만 며칠에 한 번씩 피로 물든 의복을 걸친 채 꾸준히 방문하고 있었다.

오늘도 예외는 아니었다. 유시(酉時)에 들어선 그들은 해시(亥時)가 넘도록 여인들과 함께 늘어지게 술판을 벌이고 있었다.

"크으……!"

술잔을 들이켜던 혈웅이 괴음을 토해내며 흑웅을 바라보았다.

"형님! 사천동맹이란 떨거지들의 공세가 최근 들어 뜸해진 것 같습니다. 아무래도 아미의 관음 신니(觀音神尼)라는 계집과 청성의 상청자(上淸子)라는 놈을 제거한 것이 큰 효과를 본 것 같습니다."

그의 말에 흑웅이 고개를 끄덕였다.

"으음, 나도 그런 생각이 들더구나. 그동안 돌아가면서 파상공세를 펼치더니 그 둘을 제거한 뒤로부터는 서로 눈치만 보는 것 같아."

"하하하! 그렇습니다. 놈들이 잔뜩 겁을 집어먹고는 자라목이 되어서 움츠러든 것이 분명합니다."

흑웅이 잠시 생각에 잠기더니 입을 열었다.

"하지만 아무래도 당문을 치는 것이 효과적일 것 같구나. 그래야 남은 놈들이 더욱 심한 압박감을 느낄 것이 아니겠느냐?"

"그렇지만 그렇게 될 경우 놈들이 한곳에 모이게 될 텐데 상대하기가 다소 껄끄럽지 않을까요?"

"물론, 놀란 자라들처럼 머리를 쑥 처박고는 죄다 진지로 모여들어서 잔뜩 움츠려든 채 수성만 하려고 들겠지. 하지만 너무 걱정하지 말아라. 다 방법이 있느니라."

"방법이요?"

혈웅이 눈을 동그랗게 뜨자 말을 이었다.

"그래, 바로 아미와 청성의 본산을 노리는 척하는 것이다. 만약 본산이 위협받고 있다는 소식이 전해진다면 그들의 주력은 철수할 수밖에 없을 것이다. 이미 기울어진 난파선이나 다름없는데 최소한 문파의 명맥은 보존해야 될 것이 아니냐?"

"그럼 점창은 어떻게 하실 겁니까?"

"점창이야 워낙 거리가 먼데다가 소수의 인원만 보내왔으니 크게 신경 쓸 것 없다. 아무튼 그 계책이 성공할 경우, 사천동맹은 그야말로 속 빈 강정에 지나지 않을 게야."

"흐흐흐! 참으로 좋은 생각이십니다. 일단 놈들이 본산으로 기어들어 간다면 옴짝달싹할 수 없겠지요. 그럼 하나씩 정리해 나가면 되겠군요."

혈웅은 말을 마친 후 만족스런 표정으로 술잔을 기울였다. 그리고는 술병을 들어 잔을 채우려고 할 때였다.

“응? 술이 떨어졌네.”

술병에는 한 방울의 술도 남아 있지 않았다.

그러자 그의 시선이 옆 자리에 앉아 있는 농염한 모습의 여인에게 향했다.

“홍화(紅花)야, 어서 가서 술 좀 가져오너라!”

순간, 여인의 얼굴에 요염한 미소가 떠올랐다.

“어머, 또 드시려고요? 이제 그만 드사와요. 술자리는 마치고 어서 위로…….”

그녀의 말에 혈웅이 음흉한 미소를 떠올렸다.

“호호호! 며칠밖에 안 되었는데 내 품이 그리도 그리웠더냐?”

“아잉, 몰라요!”

그녀는 수줍은 표정으로 고개를 숙였다.

하지만 그의 팔에 기댄 채 슬그머니 잡아끌기에 여념이 없었다.

잠시 후, 그의 붉어진 시선이 흑웅을 향했다.

“형님, 아무래도 저는 이만 일어서야 할 것 같습니다. 편히 쉬도록 하십시오.”

흑웅이 알아들었다는 듯 손을 내젓자 다시 홍화에게 시선을 향했다.

“호호호, 어서 올라가자꾸나!”

“어머머! 몰라요, 벌써부터 몸을 가누지 못하면 어떻게 해요? 소매가 부축해 드릴 테니 어서 기대사와요.”

“에고, 요 귀여운 것!”

두 사람이 이층으로 사라지자 흑웅의 옆 자리에 앉아 있던 여인이 속삭였다.

“어르신! 우리도 이제 그만…….”

그녀가 얼굴을 붉히자 흑웅이 가만히 고개를 가로저었다.

“아니다. 오늘은 내 잠시 바람 좀 쐬어야겠구나.”

“예?”

“허허허, 뭘 그렇게 놀라는 게냐? 내 한 바퀴 둘러본 후, 들어갈 터이니 먼저 가서 기다리고 있으란 말이니라.”

“예에… 하지만 너무 늦으시면 아니 되옵니다.”

“그래, 알았다. 내 늦지 않게 돌아올 터이니 어서 올라가 있어라.”

“예, 그럼 소녀는 이만 물러가겠습니다.”

그녀가 다소곳이 허리를 숙인 채 신형을 돌리자 흑웅의 시선이 창밖을 향했다.

‘뭐였지? 누군가의 인기척이 느껴졌던 것 같은데…….’

그는 서서히 자리에서 일어나 천향루를 벗어났다.

기루를 벗어난 흑웅이 숲길에 들어선 후, 일각가량 지났을 때였다.

‘으음!’

그의 신형이 멈춰 서더니 전방을 주시했다.

어둠 속을 바라보는 그의 미간은 잔뜩 찌푸려져 있었다.

혹시나 하는 마음에 발걸음을 옮긴 것뿐인데 기루에서 느낀 인기척은 분명히 잘못 들은 게 아니었다. 숲길에 들어설수록 누군가의 흔적이 널려 있었던 것이다.

'사천동맹에서 보낸 첩자는 아닐 테고… 대체 누구란 말인가?'

그랬다. 왠지 이해가 되지 않았다.

녹수촌은 연화봉의 뒤쪽에 위치한 분지로 외지인의 발길이 전혀 닿지 않는 지역이었다. 인근에서조차 들리지 않는 외지이기에 광한문도를 제외하면 오가는 이들이 없을 정도로 단절된 장소라고 할 수 있었다.

그런데 마치 따라오라는 듯 크고 작은 흔적들이 널려 있으니 참으로 기괴한 노릇이었다.

'그것참!'

그는 턱수염을 만지작거리며 생각에 잠겼다.

그렇게 한참 고개를 갸웃거리고 있을 때였다.

푸드득!

갑자기 전방에서 새 한 마리가 날아올랐다.

'누구……?'

흑웅의 눈에 이채가 서렸다.

동시에 그의 신형은 긴장감에 휩싸이며 잔뜩 굳어졌다.

하지만 그는 역시 산전수전 다 겪은 노련한 생강이었다. 곧바로 침착한 모습을 회복하며 전방을 향해 굵직한 목소리로 외쳤다.

"누구냐? 어느 놈인데 감히……."

그의 말은 이어지지 못했다.

삼 장가량 떨어진 전방의 숲 속이 흔들리더니 무엇인가 커다란 물체가 움직였다. 그것도 잠시, 난생처음 들어보는 거친 욕설이 들려왔다.

"우라질! 웬 꿔다 논 보릿자루 같이 생긴 노인네가 귀는 밝아 가지고… 귀신은 뭐 하는지 몰라. 저런 늙다리를 잡아가지 않고!"

'저, 저런 발칙한!'

그의 얼굴이 일그러지고 말았다.

단순히 태극천의 기준으로 본다면 말석을 차지하는 그였지만 무림에서의 위상은 또 달랐다. 자신과 상대할 만한 무인들은 손에 꼽을 정도였다.

그런데 웬 미련 곰퉁이 같은 거한이 불쑥 나타나더니 망발을 부리고 있으니 참으로 기가 막혔다. 멍하니 바라보는 사이 또다시 망언이 날아들었다.

"야, 이 노친네야! 어서 좋은 말로 할 때 스스로 목숨을 끊어라!"

"뭐, 뭣이라?"

그의 얼굴이 더욱 일그러지고 말았다.

여태껏 어디에서 이런 망언을 들어보았겠는가? 주름진 얼굴에 더욱더 깊은 골이 파이며 성난 표정으로 변해갔다.

"어디서 이런……."

하지만 그의 말은 이어지지 못했다.

머릿속을 뿌옇게 만드는 또 다른 망언이 거침없이 날아들었다.

"세상을 잘못 살아도 한참이나 잘못 산 노인네로구먼! 이 사내대장부 광검이 무간지옥으로 떨어질 못된 늙은이를 이승에서나 고이 갈 수 있도록 은혜를 베풀어주었더니 미친 소처럼 거센 콧김이나 내뿜고 있어?"

"이, 이런 망할 놈을 보았나?

흑웅의 입에서 거친 욕설이 튀어나왔다.

하지만 그뿐이었다. 상대의 입에서 한 술 더 뜨는 고함이 터져 나왔다.

"늙은이! 미친 소에게는 그저 몽둥이가 최고라는 말이 떠오르는구나!"

"뭐, 뭣이라? 네 이놈!"

흑웅이 더 이상 참지 못하고 막 신형을 날리려고 할 때였다.

"잠깐!"

광검이 손을 들며 제지했다.

갑작스런 그의 행동에 흑응의 신형이 멈칫거렸다.

"못된 늙은이야, 잠시만 기다려라! 그 쓸데없는 노구(老軀)를 황천으로 인도할 저승사자는 따로 있으니까!"

곧이어 뒤도 돌아보지 않은 채 발걸음을 옮기자 흑응의 눈이 동그랗게 변했다.

'가만, 저 청년은……?

거한과 교차하며 나타난 인물은 꽤나 낯익은 인물이었다.

'백미검선!'

그랬다. 요즘 인구(人口)에 한창 회자되고 있는 백미검선이었다.

예전에 악양의 현가장에서 그를 만났다가 자칫 낭패를 당할 뻔했던 기억이 떠올랐다. 뿐만 아니라 그의 용모는 눈썹의 절반이 허옇게 세어 있어서 머릿속에 뚜렷이 각인되어 있었다.

'여길 어떻게……?

그의 동그랗게 변한 눈은 곧 의구심으로 변해갔다.

그도 그럴 것이, 호북의 강릉에 자리한 태극검문에 있어야 할 그였다.

그런데 어떻게 이 한밤중에 광한문의 뒤뜰이라고 할 수 있는 이곳에 나타날 수 있는지 도무지 이해가 되지 않았다. 멍하니 바라보는 사이 그의 목소리가 들려왔다.

"오랜만입니다."

“그……..”

흑웅은 갑자기 할 말을 잃었다.

혹여 술기운이 가시지 않은 것이지 슬쩍 볼을 꼬집어보았지만 역시나 마찬가지였다. 자신이 처한 상황은 분명한 현실이었다.

‘그렇다면?’

그랬다. 상대는 자신을 노리고 있음이 분명했다.

정확히 어떻게 된 일인지는 모르겠지만 이미 함정을 파놓은 채 기다리고 있는 것이다. 그리고 자신은 영문도 모른 채 그물에 걸려들고 말았다.

그런데 이해할 수 없는 점은 자꾸만 위축된다는 사실이었다. 아무리 백미검선이라고는 하지만 태극천의 고수를 제외하면 전혀 꺼림이 없는 자신임에도 마치 호랑이 앞의 사슴이 된 느낌이었다.

‘젠장!’

흑웅은 정신이 확 깨는 것을 느꼈다.

하지만 애써 침착한 모습을 유지하며 입을 열었다.

“그동안 많이 변했구먼!”

장산이 고개를 끄덕이자 천천히 말을 이었다.

“그때 무슨 일이 있어도 반드시 제거를 했어야 하는 건데… 아쉽구먼. 이제는 오히려 내가 사냥을 당하는 꼴이 되고 말았어!”

"그것이 기회를 놓치면 위기가 닥친다는 평범한 진리가 아닐는지요?"

흑웅이 고개를 끄덕였다.

곧이어 중얼거리듯 독백에 가까운 말을 내뱉었다.

"그렇구먼! 다른 선택의 여지가 없구먼!"

그는 말을 마치자마자 갑자기 퉁겨진 화살이 되어 쏘아져 갔다.

쇄애애액!

밤하늘을 가르는 일선(一線)이 피어올랐다.

정말 말로는 표현할 수 없는 극쾌의 검초였다. 어느새 어둠 속 공간에는 기이한 곡선을 그리는 흰빛의 궤적만이 존재할 뿐이었다.

'후후후!'

그의 입가에 뜻 모를 미소가 맺혔다.

극성의 내력을 실은 일검이 상대의 천돌에 이르고 있었다. 이제 곧 상대의 살갗을 파고드는 둔탁한 느낌만이 남아 있을 뿐이었다.

'응……?'

하지만 그것은 고매한 착각이었다.

자신의 검이 천돌을 꿰뚫으려는 순간, 형언할 수 없는 미증유의 거력이 솟구쳐 올랐다.

터— 엉!

마치 쇠종이 부서지는 듯한 꽝음이 터져 나왔다.

"크흑!"

동시에 흑웅의 입에서 고통에 찬 신음이 흘러나왔다.

그는 비릿한 그 무엇이 식도를 타고 솟구치는 것을 느끼며 거세게 튕겨 나갔다.

'으으으!'

대여섯 걸음 물러선 후, 중심을 잡은 그의 얼굴에는 믿지 못하겠다는 표정이 역력했다.

'무슨……?'

그랬다. 도저히 이해가 되지 않았다.

그 짧은 순간 어떻게 자신의 검을 쳐낼 수 있었는지 어이가 없었다.

상대의 검은 아예 보이지도 않았다. 그저 무지막지한 거력이 느껴지는 순간, 세차게 튕겨졌을 뿐이었다.

'망할!'

하지만 생각할 시간이 없었다.

상대의 신형이 움직이는가 싶더니 어느새 한 줄기 기운이 피어오르고 있었다. 동시에 전신은 그물로 옭아맨 듯 강한 압박이 느껴지며 옴짝달싹할 수 없었다.

'이익……!'

그는 어금니를 꽉 깨물며 내력을 극성으로 끌어올렸다.

'크흑!'

전신이 토막나는 듯한 고통이 느껴졌지만 아랑곳하지 않았다.

그저 단 한 번의 기회가 남았다는 생각이 뇌리를 뒤흔드는 가운데 일 초의 검법을 떠올릴 뿐이었다.

"매풍초단!"

그의 입에서 피보라가 뿌려지며 처절한 외침이 터져 나왔다.

동시에 검의 움직임을 따라 흰빛을 토해내는 검신이 솟구쳐 올랐다.

평생을 이복형과 혈맥 사이에서 멸시를 당하며 살아온 그였다. 그 결과 자신의 모든 무공을 집대성하여 창안해 낸 단 일 초의 검법이 바로 매풍초단이었다.

청성의 상청자마저 두 눈을 빤히 뜬 채 손 한 번 제대로 써 보지 못하고 당한 극쾌의 검초였다.

쐐애애액!

백영(白影)은 괴이한 궤적을 그리며 형언할 수 없는 속도로 허공을 갈랐다.

곧이어 허공을 격하며 날아드는 장산의 검과 세차게 마주쳤다.

'어어……!'

순간, 그의 눈에 불신의 빛이 떠올랐다.

극성의 내력이 담긴 매풍초단이건만 마치 솜뭉치를 찌르

는 듯한 느낌이 들었던 것이다.

동시에 검신이 마른 장작 쪼개지듯 산산이 부서지며 상대
의 검신이 불쑥 솟아오르는 것이 보였다.

'아, 안 돼!'

그의 얼굴에 절망의 빛이 떠올랐다.

가슴 깊은 곳에서는 어서 피하라는 경종을 울려대고 있지
만 몸은 마비된 듯 움직여 주지 않았다. 강한 압박이 거세게
몰아치며 온몸을 꽁꽁 옭아맸던 것이다.

"커헉!"

그의 입술을 비집고 거친 비명이 흘러나왔다.

그의 시선은 자신의 거궐에 꽂혀 있는 새하얀 검신을 향하
고 있었다.

"어떻게?"

그의 얼굴에는 믿을 수 없다는 표정이 역력했다.

도저히 상대가 펼친 검을 이해할 수 없었던 것이다. 그 검
은 분명 태극일원검이되 태극일원검이 아니었다. 자신이 알
고 있는 극강의 태극일원검과는 전혀 달랐던 것이다.

"……?"

그는 눈꺼풀이 무거워지는 것을 느끼며 의구심 어린 눈으
로 전방을 바라보았다.

그 시선 속에 담담한 표정으로 검을 내뻗고 있는 장산의 모
습이 보였다.

잠시 후, 급격히 흐려지는 의식 속에 그의 차분한 목소리가 들려왔다.

"검을 펼침에 있어서 빠름이란 하나의 방편이지, 전부가 아닙니다. 초식이나 검로 또한 마찬가지라고 할 수가 있지요. 검은 그저 자신의 마음이 가는 길을 담아내는 도구일 뿐입니다."

"아……!"

순간, 흑웅의 입에서 감탄 섞인 목소리가 흘러나왔다.

동시에 신형이 기울고 있는 그의 얼굴에는 흐릿한 미소가 맺히고 있었다.

털썩!

그의 신형이 쓰러지자 장산이 돌아섰다.

"이보게, 백미 장산이!"

멀리서 광검이 빠른 속도로 달려오며 엄지손가락을 높이 추켜세웠다.

"자네, 정말 대단하구먼! 그런데 조금 전에 한 말이 무슨 뜻인가? 검이 마음을 담아내는 도구라는 뜻 말일세."

그의 물음에 장산이 빙그레 미소를 떠올렸다.

"왕 형, 다급한 순간에 자신도 모르게 몸이 반응하지 않습니까?"

광검이 고개를 끄덕이자 입을 열었다.

"그때 내뻗는 일 권을 생각해 보십시오, 의식하지 않아도

가장 적절한 투로를 향하고 있지 않습니까?"

"아, 그거야……."

광검이 당연하다는 듯한 표정을 떠올리자 천천히 말을 이었다.

"그 부분을 잘 생각해 보시기 바랍니다. 만약 의식하지 않아도 양 권이 자연스럽게 적절한 투로를 향할 수 있다면 굳이 초식에 얽매이지 않아도 될 것입니다. 마음이 움직이는 순간, 양 주먹은 이미 상대를 향하고 있을 테니까요."

장산이 스쳐 지나가자 광검이 심각한 표정을 지었다.

그의 말에서 무엇인가 알 듯 말 듯 느껴졌던 것이다.

"……?"

하지만 거기까지였다.

그 말을 알아듣기에는 아직 그의 능력이 따르지 못했다. 잠시 후, 서서히 인상을 찌푸리더니 양손으로 머리를 힘껏 움켜쥐었다.

'엥?'

그런데 잡히는 것이 없었다.

아무리 힘을 주어도 민머리이니 손에 잡히는 것이 있을 리 만무했다.

그는 퍼뜩 정신을 차리며 투덜거리기 시작했다.

"끄응! 대체 뭔 말이야? 그리고 알 듯 말 듯한 이 느낌은 또 무엇이란 말인가? 에잉! 야박하기는. 기왕 가르쳐 주려면 좀 더 쉽게 설명해 주지 않고서!"

문득 고개를 들어 주위를 둘러보던 그의 눈이 휘둥그레졌다.

일행의 모습이 보이지 않았던 것이다. 모두 자신만을 남겨둔 채 어둠 속으로 사라져 버린 뒤였다.

"이보게, 백미 장산이!"

광검의 고함이 숲길에 울려 퍼졌다.

곧이어 그의 거구는 튕겨진 화살이 되어 어둠 속으로 쏘아져 갔다.

쩍! 쩍! 쩍!

먼동이 터오는 이른 아침이었다.

천향루의 앞마당에 놓여 있는 고목의 가지 위에는 새들이 분주히 오가며 지저귀고 있었다. 마치 하루의 시작을 알려주는 것 같았다.

"하암!"

새들의 요란한 울음에 잠에서 깨어난 혈웅이 한껏 기지개를 켰다.

'허, 고것 참!'

그의 시선은 옆 자리에 누워 있는 여인에게 향하고 있었다.

그곳에는 붉은 앵두빛 입술의 여인이 농염한 자태로 잠들어 있었다. 바로 천향루의 최고 미인으로 불리는 홍화였다.

‘후후후!’

그녀는 그가 광한문에 자리를 잡은 후, 줄곧 살을 섞어온 사이였다.

천향루가 세워질 당시 산길을 지나다가 우연히 도적 떼에게 끌려가던 그녀를 구해준 것이 계기가 되었다. 마땅히 갈 곳이 없던 그녀는 그를 따라서 이곳에 정착했다.

이곳에 온 후, 천향루에 몸을 담았지만 그 누구도 그녀를 건드리는 사람은 없었다. 바로 혈웅의 첩실이라는 소문 때문이었다.

‘에고, 귀여운 것!’

아무튼 그녀는 그에게 특별한 존재였다.

농염한 외모와는 달리 심성이 착하고, 자신을 은인으로 여기며 맹목적으로 따르는 여인이었다.

뿐만 아니라 잠자리에 들 때마다 늘 새로운 느낌을 주는, 무엇인가 말로는 표현할 수 없는 이상적인 여인이었다.

사실 그녀와 함께 있는 시간만큼은 혈웅이 아닌 평범한 사내로 지내는 경우가 허다했다. 그녀를 만난 후 천하의 난봉꾼이란 말이 어색할 정도로 다른 여인에게 눈길 한 번 준 적도 없었다. 그녀에게 푹 빠져 있다고 해도 과언은 아니었다.

문득 이런 사이를 두고 천생연분이라는 것은 아닌지 의구심마저 들었다.

‘그래, 말년은 너와 함께 지내야겠구나!’

그랬다. 그것이 그의 솔직한 심정이었다.

둘이 있을 때면 어디론가 떠나서 알콩달콩 살고 싶다는 생각이 들었다. 그것은 그의 나이와 성정에 전혀 어울리지 않는 묘한 감정이라고 할 수 있었다. 혈응이란 이름에 걸맞지 않는 사치스런 감정이었던 것이다. 그럼에도 자꾸만 그녀에게 마음이 향하는 것은 어쩔 수 없었다.

그는 그녀를 바라보며 빙그레 미소를 지었다. 그리고 한참 행복한 표정을 짓고 있을 때였다.

'응……?'

그의 눈에 이채가 서렸다.

동시에 그의 시선은 창밖을 향했다. 무엇인가 움직이는 듯한 느낌이 들었던 것이다.

'내가 잘못 느꼈나?'

창가에 다가선 그가 고개를 갸웃거렸다.

창밖에는 아무런 이상이 없었다. 새들이 분주히 오가는 평화로운 풍경이 펼쳐져 있을 뿐이었다. 그 장면을 보고 있자니 오히려 가슴 한 구석이 훈훈해지는 것을 느꼈다.

'별일이로세! 마치 죽을 때가 된 느낌이로구먼!'

그랬다. 그는 통제할 수 없는 묘한 감정에 휩싸이는 것을 느꼈다.

그 느낌을 말로 표현하기는 어려웠다. 이전에는 결코 느껴 보지 못한 황홀감이었다. 그렇게 황홀의 나락을 만끽하고 있을 때였다.

‘누구?’

그의 미간이 빠른 속도로 모여들었다.

눈앞에 펼쳐져 있는 풍경에서 아주 미묘한 움직임이 느껴졌던 것이다.

시선을 집중해서 바라보니 한 청년이 일정한 보폭을 유지하며 다가서고 있었다.

‘어떻게?’

그는 눈을 비비며 다시 한 번 바라보았다.

자신의 눈을 의심할 수밖에 없었다. 빤히 보고 있었음에도 눈앞의 청년이 움직인 후에야 비로소 상대를 의식할 수 있었던 것이다.

‘이럴 수가?’

그랬다. 자신이 누구였던가?

태극천의 무인들만 아니라면 천하를 호령하고도 남음이 있을 고수가 아니겠는가?

그런데 믿지 못할 현실이 눈앞에 펼쳐지고 있으니 참으로 황망한 노릇이었다. 멍하니 바라보는 사이 청년이 창문 밖 오 장 거리까지 다가오더니 걸음을 멈추었다.

“누, 누구시던가?”

그는 자신도 모르게 말을 더듬었다.

청년의 출현이 낯설기도 하거니와 어디선가 한 번 만난 적이 있는 듯한 느낌이 들었던 것이다.

청년이 빙그레 미소를 띠며 입을 열었다.

"벌써 잊었습니까? 예전에 악양의 외곽에 위치한 현가장에서 뵌 적이 있었죠."

"악양의 현가장……?"

잠시 의아하다는 표정으로 바라보던 그의 눈이 부릅떠졌다. 그리고는 목청을 돋우었다.

"너, 너는… 공동의 벌거숭이 해월과 함께 있던 바로 그 애송이?"

"그렇습니다. 당시 질녀를 데리고 도주하느라고 정신이 없었지요."

'으음……!'

혈웅의 인상이 심하게 구겨졌다.

그 사건 이후, 그가 태극검문의 무공에 올랐다는 소문은 들어서 알고 있었다.

또한 그가 마맥의 고수인 검제를 물리치고 남혈림을 무너뜨리는데 결정적 역할을 했다는 사실에 대해서도 익히 들어 알고 있었다. 따라서 그 당시 그를 제거하지 못한 일이 못내 아쉽다는 생각을 해오던 참이었다.

'어떻게 저놈이?'

그런데 그가 눈앞에 나타난 것이다.

호북의 강릉에 있어야 할 그가 어떻게 이곳에 나타날 수 있는지 이해가 되지 않았다. 그것도 광한문의 심처라고 할 수 있는 이곳에 모습을 드러내고 있으니 자신의 눈을 의심하지 않을 수 없었다. 마치 귀신에게 홀린 듯한 느낌이었다.

'그렇다면……?

잠시 후, 멍하니 바라보던 그의 눈에 불꽃이 튀었다.

흑웅의 모습이 보이지 않았던 것이다. 이쯤 되면 당연히 모습을 드러내야 할 그이건만 코빼기조차 보이지 않았다. 그것은 곧 그의 신변에 이상이 생겼다는 말이나 다름없었다.

"설마, 형님을……."

그가 당황스런 기색으로 묻자 장산이 고개를 끄덕였다.

"그렇습니다. 어젯밤에……."

"이―놈!"

순간, 혈웅이 고함을 지르며 창문을 날아올라 쏘아져 갔다.

쐐애애액!

동시에 허공을 가르는 일섬(一閃)이 번뜩이며 공기를 찢어발기는 듯한 파공성이 울려 퍼졌다.

'으음……!'

문득 장산의 얼굴에 감탄의 빛이 스쳐 갔다.

전광석화와 같은 몸놀림으로 날아드는 일검이 쾌속할 뿐 아니라 동작 역시 깔끔하기 그지없었다.

정수리를 향해 내리꽂히는 일검에는 군더더기 하나 없었다. 극도의 실전 경험을 쌓은 고수들만이 펼칠 수 있는 이상적인 검초라고 할 수 있었다.

하지만 멍하니 바라볼 수만은 없었다. 어느새 예리한 기운
이 정수리 부근의 살갗을 파고들고 있었다.

"천도음양!"

장산의 입에서 낭랑한 외침이 터져 나왔다.

곧이어 형언할 수 없는 속도로 치솟는 검신을 따라 희뿌연
일선이 피어올랐다. 백영은 어느새 양 갈래로 나눠지며 내리
꽂히는 일검과 세차게 맞부딪쳤다.

번쩍! 텅! 터더더덩, 터엉!

"크흐… 흑!"

쇠종이 연달아 깨지는 굉음과 함께 혈옹의 입에서 거친 비
명이 터져 나왔다.

동시에 그의 신형은 피보라를 뿌리며 거세게 튕겨 나갔다.
그리고는 쏘아져 온 속도 그대로 천향루의 외벽에 부딪치며
나가떨어졌다.

"우웩!"

잠시 후, 비틀거리며 일어서던 그는 한 사발의 피를 토해냈
다.

그의 얼굴은 하얗다 못해 파리한 기색마저 감돌고 있었다.
이미 내부에 상당한 충격을 받은 듯 신형을 유지하기조차 어
려워 보였다.

"너… 너!"

그는 검을 땅에 꽂아 신형을 의지한 채 두 눈을 부릅떴다.

하지만 말을 꺼내기도 힘에 겨운 듯 인상만 찌푸리고 있었다.

그 모습을 바라보던 장산이 무표정한 얼굴로 한 걸음, 한 걸음 다가섰다. 그리고는 막 그의 신형 앞 일 장까지 다가섰을 때였다.

"안 돼요!"

갑자기 혈웅의 뒤쪽에 위치한 창가에서 찢어질 듯한 목소리가 터져 나왔다. 바로 홍화였다.

그녀의 요염해 보이는 외모와는 달리 신형을 바르르 떨며 겁에 잔뜩 질린 모습이었다. 뿐만 아니라 커다란 눈망울에는 넘쳐나는 이슬로 가득 차 있었다.

잠시 후, 그녀는 떨리는 신형을 유지한 채 조금만 목소리를 말했다.

"제, 제발… 살려주세요!"

그녀의 호소에 장산의 신형이 멈춰 섰다.

그러자 용기를 얻는 듯 그녀가 재빨리 말을 이었다.

"무슨 일인지 모르겠지만 제발 어르신을 딱 한 번만 살려주세요!"

'어르신?'

장산이 의아하다는 표정으로 바라보자 더욱 목소리를 높였다.

"저분께서 무사님에게 어떤 원한을 샀는지 모르겠지만 저에게는 누구보다도 소중한 분이세요. 그러니 제발, 제발 한 번만 용서해 주세요, 네?"

"그게 무슨 말이오?"

장산의 미간이 꿈틀거리자 그녀의 신형이 움찔거렸다.

하지만 곧바로 양손으로 눈물을 훔치며 말을 꺼냈다.

"저의 고향은 성도 인근에서 멀리 떨어지지 않은 한 야산의 중턱에 자리한 초령촌이란 곳이에요. 그리 넉넉지는 않지만 차(茶)를 재배해 가며 살아가는 평화로운 마을이었지요. 그러던 어느 날, 생각지도 못한 일이 벌어지고 말았어요. 도적 떼들이 마을을 덮친 거예요. 그들은 우리의 전부라고 할 수 있는 차뿐만 아니라 소녀를 비롯한 동네 아낙네들마저 끌고 가려고 했어요."

회상에 잠기는 듯 그녀의 시선이 하늘로 향했다.

창천을 바라보는 그녀의 커다란 눈망울에는 다시금 이슬이 빠른 속도로 차오르고 있었다.

"당시 촌장님을 비롯한 동네 어르신들이 목숨을 걸고 우리를 막아섰어요. 하지만 그들의 무자비한 칼부림에 목숨을 잃고 말았지요. 그들은 거기서 그치지 않았어요, 거치적거린다는 이유로 마을 사람들을 닥치는 대로 살해했어요. 그런데, 그런데… 그 일이 따지고 보면 저 명문 정파라고 자처하는 당문 때문이에요."

"뭐요? 당문 때문이라고요?"

장산이 놀란 표정을 바라보자 직시하며 또박또박 말을 이었다.

"예, 그래요! 우리 마을에서는 인근에 자리한 당문 지부에 매년 일정액의 상납금을 바쳐 왔어요. 적은 이윤을 감수해 가면서까지 그들의 영향력하에 있는 상단에게 납품도 해왔고요. 뿐만 아니라 차를 운송할 때에는 지부의 무사가 동행하는 조건으로 적지 않은 운송비도 지불해 왔어요. 그것은 그들이 우리 초령촌이 위험에 처했을 경우, 도와주겠다는 약속이 있었기 때문이에요. 하지만……."

그녀의 눈빛에서 한광(寒光)이 쏟아지기 시작했다.

"그곳의 지부장으로 있는 은비신침(隱秘神針) 당광이란 자가 우리를 배신했어요. 도적 떼가 습격한 사실을 알면서도 일부러 구하러 오지 않은 거예요. 아니, 모른 척했다는 말이 맞을 거예요. 그 때문에 온 마을은 황폐화되고 말았고요. 우리는 분명히 신의를 지켰음에도 정작 위기가 닥치자 우리를 배신하고 제 욕심을 채운 거예요. 만약 그들이 나서주기만 했어도 우리 초령촌이 그렇게 허무하게……. 흑!"

그녀는 말을 하다 말고 감정이 복받쳐 오르는지 양손으로 얼굴을 가리며 눈물을 흘렸다.

'어떻게?'

장산의 고개가 갸웃거렸다.

　그녀의 말이 이해가 되지 않았던 것이다. 당문이라면 아무리 지부라고 할지라도 마을을 습격한 도적 떼 따위는 손쉽게 해결할 수 있었다.

　그럼에도 모른 척했다는 부분은 그녀의 말대로 무엇인가 다른 이유가 있을 수밖에 없었다.

　"아니, 은비신침이라면 당문 내에서도 직계에 속하는 인물인데 그가 왜?"

　그의 물음에 홍화가 입을 열었다.

　"당광이란 자가 우리 초령촌을 노렸던 것이에요."

　"응? 그게 무슨 말이오? 초령촌을 노리다니?"

　장산의 물음에 그녀가 또박또박 대답했다.

　"초령촌은 비록 작지만 몽정차(夢停茶)를 재배하기 이상적인 지형이에요. 아시다시피 몽정차는 그 상품 가치가 높은 것에 반해, 재배할 수 있는 지역은 극히 드물어요. 그래서 그자가 사욕을 부린 것이지요. 도적들의 행패를 눈감아주는 대신, 그 지역을 넘겨받은 것이에요."

　"어떻게 그런 말도 안 되는……."

　장산이 어이가 없다는 표정을 짓자 빠르게 말을 이었다.

　"정말이에요. 지금 초령촌 일대를 조사해 보세요. 모두 그의 소유로 변해 있어요. 비단 저뿐만 아니라 광한문에는 당문에서 영향력을 발휘하는 이들에게 당한 사람들이 부지기수예요. 겨우 목숨을 건지거나 무일푼으로 쫓겨난 이들이 태반이란 말이에요. 그래서 목숨을 걸고 사천동맹과 맞서는 것이에요.”

‘으음!’

장산의 미간에 깊은 골이 파였다.

사천 전역이 거의 당문의 지배하에 있다는 말은 들었지만 설마 이런 문제들까지 엉켜 있을 줄은 몰랐다.

그녀의 말이 사실이라면 광한문이 등장하게 된 일차적 원인 제공자는 다름 아닌 당문이라고 할 수 있었다. 거기에 흑혈쌍웅이 가세하면서 사태는 걷잡을 수 없이 번져 나갔을 것이다.

‘난형난제(難兄難弟)라……’

그랬다. 광한문의 사태는 전혀 다른 방향으로 흘러가고 있었다.

예상과는 달리 상황이 묘하게 꼬여 가고 있는 것이다. 이들의 발호는 혈교와는 달리 그 밑바탕에 가진 자에 대한 증오심이 깔려 있었다.

그 분노가 흑혈쌍웅과 같은 이들로 인해서 밖으로 표출된 것이다.

‘그렇다면……?’

이들의 증오심이 모든 정파를 향한 것일까?

그건 아니었다. 그녀의 말을 유추해 보면 그들의 증오심은 당문을 집중적으로 향하고 있었다. 아미와 청성, 그리고 점창에 대한 언급은 아예 없었다.

'복잡한 문제로구나!'

장산은 머리가 아파오는 것을 느꼈다.

사천의 분쟁은 단순히 정사 간의 대결이 아니었다. 군림과 증오, 그리고 정파 간에 알력이 복잡하게 꼬여 있는 형국이었다.

이제야 왜 사천동맹이 그리도 단합된 모습을 보이지 않고 제각기 움직이고 있는지 조금은 이해가 되었다.

'으음!'

생각에 잠겨 있던 그의 시선이 천천히 혈웅을 향했다.

그의 앞에는 어느새 튀어나온 홍화가 양팔을 넓게 벌린 채 애처로운 눈빛으로 자신을 바라보고 있었다.

'저 정도라면……'

장산의 고개가 끄덕여졌다.

그의 상태를 보아하니 내상을 회복한다고 해도 예전같이 무공을 사용하기는 어려워 보였다. 그저 흉내나 낼 수 있을 것이다. 즉, 고수로서의 삶은 끝난 것이다.

장산이 고개를 저으며 두 사람 사이를 스쳐 지나려고 할 때였다.

"이보게, 백미 장산이!"

광검이 목청을 돋우며 쏜살같이 뛰어왔다.

장산이 신형을 돌려세우자 그가 눈을 부릅뜨며 고함을 질렀다.

"아니, 사연이 아무리 그렇다 치더라도 저놈을 그냥 두고 가면 어떻게 한다는 말인가?"

그의 물음에 장산이 조용히 대답했다.

"그냥 놔두세요. 어차피 몸을 추스른다 해도 예전과 같은 무공을 펼치기는 어려울……."

그의 말은 더 이상 이어지지 못했다.

광검의 쩌렁쩌렁한 고함이 터져 나왔다.

"안 돼! 저런 놈은 사, 삭… 뭐야?"

"삭초제근입니다."

"그래, 맞아. 삭초제근을 해야 한다는 말이네."

"하지만……."

장산이 난처한 표정을 짓자 빠르게 말을 이었다.

"절대로 안 되네! 관용도 개… 그래, 개과천선할 인간들에게 베풀어야지, 저놈은 절대로 안 된다는 말이네. 괜히 살려두었다가는 훗날 뒤에서 남에게 못된 해코지나 할 놈이란 말일세."

"……."

장산이 난처한 표정을 짓자 콧구멍을 벌름거리며 거센 콧김을 내뿜었다.

"흥! 이제야 문공이 자네 혼자 가는 것이 믿지 못해서 나를 딸려 보낸 이유를 알겠구먼! 세상 물정을 아무리 몰라도 그렇지, 그렇게 어수룩해서야 어떻게 험한 세파를 헤쳐 나갈 수 있겠나? 자네가 못하겠다면 그냥 지켜보도록 하게! 내가 대신 처리해 줄 테니까!"

곧이어 혈웅을 바라보며 목청을 돋우었다.

"야, 이 치사한 놈아! 어디서 잔꾀를 부리고 있느냐? 어서 썩 그 치마폭에서 벗어나지 못할까?"

그의 고함에 혈웅이 비틀거리는 신형을 간신히 일으켜 세웠다. 그리고는 흐릿해지는 눈을 치켜뜨며 광검을 바라보았다.

"대체 네놈은… 누구?"

그것이 마지막이었다.

광검의 신형이 주춤거리는가 싶더니 곧바로 튕겨지듯 쏘아져 갔다.

"왕 형!"

그의 갑작스런 행동에 장산이 제지하고 나섰다.

하지만 이미 때는 늦고 말았다. 그의 신형은 어느새 혈웅 가까이에 이르고 있었다.

퍽! 퍼버벅, 퍽! 퍼억!

"쿠웩! 캑! 캑!"

거친 파공성과 함께 장내를 뒤흔드는 비명이 터져 나오기 시작했다.

"이놈! 내가 바로 저승사자인 광검 어르신이다! 오늘 맛 좀 봐라!"

퍼벅벅! 퍽! 퍼억!

"꽥! 사, 살려… 쿠웩!"

"야, 이 괴물 같은 인간아, 그만 해! 저분이 용서했는데 왜 때리고 난리야! 이익……!"

"으악! 이 계집이 어딜 물어 뜯어듣고 난리야? 어서 썩 비키지 못해?"

"못 비켜!"

"너, 비록 계집이라고 할지라도 자꾸만 이러면 이 사내대장부 광검이 가만히 안 둔다!"

퍽! 퍼버벅! 퍽!

"쿠… 쿠웩! 캑! 캑!"

"안 돼! 이 괴물아, 나도 죽여라! 죽여! 이익……!"

"으악! 야, 이 계집아! 어딜 할퀴고 지랄이야! 어서 그만두지 못해?"

돌아선 장산의 귓가로 광검의 고성과 혈웅의 비명, 그리고 광검을 물어뜯으며 울부짖는 홍화의 외침이 들려왔다.

'후유……!'

잠시 멈춘 채 하늘을 바라보던 장산이 고개를 저었다. 그리고는 천천히 발걸음을 옮겼다.

사천동맹(四川同盟)

멀리 연화봉의 고아한 자태가 한눈에 내다보이는 드넓은 평원에는 일 장가량 높이의 목책이 둘러서 있고, 목책의 곳곳에는 사천동맹이라 쓰여 있는 깃발이 바람에 펄럭이고 있었다.

그 중앙에는 단단한 통나무를 쌓아 올린 큰 목조건물이 자리하고 있었다.

그 안에는 십여 명의 사내가 장방형의 탁자를 마주한 채 앉아 있었다. 새벽에 이곳에 도착한 장산 일행이었다.

그들의 앞에는 식은 찻잔이 하나씩 놓여 있었다. 씁쓸한 차 한 모금을 들이커던 장산의 시선이 광검을 향했다.

"왕 형! 좀 어떠십니까?"

평소의 당당하던 모습과 어울리지 않게 고개를 푹 숙이고 있던 광검이 슬며시 고개를 들었다. 그리고는 왕구슬만 한 눈동자를 또르르 굴리며 주위를 두리번거리기 시작했다.

'끄응!'

하지만 한순간, 인상이 확 구겨지고 말았다.

모든 이의 얼굴에 웃음이 떠올라 있었던 것이다. 그 분노의 화살은 곧바로 장산을 향했다. 잔뜩 인상을 쓴 채 쏘아보더니 목청을 돋우었다.

"이게 다 자네 때문일세! 자네 때문이라고!"

그는 말을 마치자마자 팔짱을 낀 채 고개를 홱 돌렸다.

'쩝!'

장산의 얼굴에 난처한 기색이 떠올랐다.

그도 그럴 것이, 광검의 얼굴은 그야말로 가관이었다. 달 항아리만 한 얼굴 전체가 동그란 이빨 자국과 손톱자국으로 가득 차 있고, 얼마나 강하게 할퀴고 물어 뜯겼는지 각 상처마다 피딱지가 더덕더덕 붙어 있었다.

그 모습을 바라보던 장산이 무심코 말을 건넸다.

"그래도 그만하기가 천만다행입니다."

순간, 광검이 고리눈을 부릅뜨며 냅다 고함을 내질렀다.

"뭐라고? 그만하기가 천만다행이라고? 이 사람아, 지금 누구 약을 올리는 게야? 이게 다 자네 때문이야! 이 사내대장부 광검이 나이도 어린 계집에게 행패를 당한 게 다 자네 때문이란 말일세! 으이고, 내 팔자야!"

그는 말을 하다 말고 화가 치밀어 오르는지 또다시 고개를 휙 돌렸다.

장산이 계속 눈만 끔뻑거리고 있자 다시 고개를 돌리더니 말을 이었다.

"아니, 그 못된 늙탱이를 제거하러 갔으면 제대로 일을 수행해야 할 게 아니야? 자네가 무슨 인간의 선악(善惡)을 판결 내리는 염라대왕이라도 된다고 용서를 하고 말고 하는가? 결국, 자네의 뒤치다꺼리를 하다 보니 내가 이 모양 이 꼴로 변한 게 아닌가? 그것도 그 어린 계집… 으으으!"

그는 말하다 말고 무엇인가 생각난 듯 두 주먹을 움켜쥔 채 바르르 떨었다.

"거, 생각하면 할수록 약이 오르네! 그 여우 같은 계집이 반반하게 생겨 가지고 어찌 그리도 표독스러울 수 있다는 말인가? 아니지, 여우가 아니라 아예 들고양이야, 들고양이! 으이고! 내 그 계집이 여자만 아니었다면 한주먹에 그냥 콱!"

그의 일방적인 성토가 끝나자 장내는 고요한 절간으로 변해갔다.

모두가 당시의 상황에 대해서 소상히 알고 있는 상태이기에 달리 말을 꺼내는 사람은 없었다. 그저 울지도 웃지도 못하며 두 눈만 끔뻑거리고 있을 뿐이었다.

잠시 후, 한평이 어색한 분위기를 바꿔보려는 듯 광검에게 말을 건넸다.

"그래도 사룡께서 뒷정리를 확실히 해주신 덕분에 이곳 일을 쉽게 처리할 수 있게 되었습니다."

그의 칭찬에 광검의 표정이 다소 누그러졌다.

그는 잠시 좌중을 둘러보더니 천천히 팔짱을 풀며 입을 열었다.

"흠흠! 하긴, 내가 그 계집 때문에 혈응이란 놈의 멱을 따지는 못했지만 그 정도면 아마도 남은 생을 침상에서만 보내야 할 게요. 그 계집 없이는 제 손으로 똥오줌도 가려내지 못할 테니까!"

잠시 뜸을 들이더니 한평에게 시선을 향했다.

"그런데 한 가지 궁금한 것은 왜 갑자기 이곳으로 오자고 한 게요? 그것은 예정에 없던 일 아니오? 혹여 놈의 목숨을 취하지 않아서 그런 게요?"

좌중의 시선이 일제히 한평에게 쏠렸다.

그들 또한 광검과 같은 생각을 하고 있었다. 예정대로라면 흑혈쌍웅을 제거한 후, 사천동맹에 통보해 주면 그만이었다. 실질적인 장애물인 흑혈쌍웅을 제거해 주었으니 나머지는 그들의 몫이었다.

자신들은 은신하고 있다가 전면전으로 치달으면 광한문의 배후를 기습해서 혼란을 야기시키는 역할이었다. 이전에 남부 전선에서도 그러한 계책을 사용해서 단번에 전세를 역전시키고 승리를 이끌 수 있었다.

그런데 이번에는 진로를 바꾸어 갑자기 사천동맹을 찾았으니 의구심이 드는 것은 당연했다.

결국, 그것은 혈웅의 목숨을 취하지 못한 것과 관련이 있었다. 자신들의 존재가 드러났으니 그들의 후미를 공략하는 계책은 물 건너간 것이라고 할 수밖에 없었다.

자신에게 쏠린 시선을 의식한 듯 한평이 침착한 목소리로 입을 열었다.

"꼭 그렇지만은 않습니다. 물론 처음에는 남부 전선에서 시도했던 것처럼 흑혈쌍웅을 제거한 후, 사천동맹을 암암리에 지원한다는 계획이었지요. 하지만 무공과 사룡으로부터 이곳의 사정에 대해서 듣고 난 후, 계획의 수정이 불가피하게 되었습니다."

잠시 뜸을 들이더니 천천히 말을 이었다.

"면밀히 조사해 보니 홍화라는 여인이 했던 말이 사실로 드러났습니다. 그동안 당문의 횡포가 외부에 잘 알려지지 않았을 뿐이지요. 따라서 이곳의 상황은 남부 전선이나 북부 전선과는 전혀 다릅니다. 가능한 한 양자 간에 피해를 최소화하는 선에서 처리할 생각이지요."

순간, 모든 이의 얼굴에 궁금한 표정이 떠올랐다.

그들의 눈빛에는 어서 그에 설명을 해달라는 의미가 담겨 있었다.

"이곳은 정파와 사파의 대결이라기보다는 사천의 패자를
자처하는 당문과 그 피해 집단으로 구성된 광한문과의 대결
구도로 볼 수 있습니다. 또한 같은 사천동맹의 구성원이면서
도 아미와 청성에서는 당문을 그리 탐탁지 않게 여기는 상황
이고요. 그들이 나선 이유는 광한문으로 인해서 피해를 보고
있는 자신의 영향권 내의 표국이나 상단의 요구 때문인 것으
로 파악되었습니다. 점창은 마지못해 일부 제자들을 파견한
상태이고요."

순간, 사공천이 궁금한 표정을 떠올리며 물었다.

"그럼 그들이 적극적으로 광한문과의 대결에 임하지 않고
있는 이유가 그 때문이었습니까?"

그의 물음에 한평이 고개를 끄덕였다.

"그렇습니다. 비록 사천동맹의 구성원으로 나서고 있지만
전력을 다한다는 것은 부담스런 일이니까요. 자신의 문파에
손실이 발생할 경우, 가뜩이나 당문에게 치우친 사천의 영향
력이 더 줄어들 수밖에 없습니다. 뿐만 아니라, 얼마 전 흑혈
쌍웅에게 관음 신니와 상청자를 잃는 바람에 더욱더 위축된
상태이고요."

"그럼 전날 우리가 도착했을 때 아미와 청성에서 유달리
반겨준 원인이 바로 그런 이유 때문이었군요?"

"예, 그렇습니다. 그들로서는 전혀 생각지도 못한 희소식

이었지요. 솔직히 아미와 청성의 전력은 예전에 비해서 현저히 떨어집니다. 전대 장문인이었던 아미 신니(阿媚神尼)와 무허자(無虛子)라는 걸출한 인물들이 세상을 떠난 후, 수십 년간 내리막길을 걸어왔으니까요. 따라서 이곳의 전세가 장기전으로 흐를 경우, 그들의 입장은 난감하기 그지없습니다. 더 이상 피해를 입었다가는 옛 명성을 회복하는 일은 고사하고 문파의 존폐마저 위협받는 상황에 놓일 테니까요.”

듣고 있던 장산이 조심스럽게 물었다.

“아무래도 사천 지역이 당문의 절대적인 영향력하에 있는 것보다는 아미와 청성도 일정 부분의 영향력을 행사하는 것이 좋겠지요?”

한평이 당연하다는 듯 입을 열었다.

“물론입니다. 독주라는 것은 내부가 되었든 외부가 되었든 간에 병폐를 낳기 마련이니까요. 내부에 잠재되어 있는 문제점들을 적절히 조절하고 통제할 수 있는 장치가 마련되지 않은 한, 그러한 병폐는 강한 반발을 불러옵니다. 작금의 사태 또한 따지고 보면 당문이 그러한 문제점들을 해결하지 못하고 실력 행사를 하는 바람에 더더욱 키워왔다는 느낌을 지울 수 없으니까요.”

“으음! 그렇군요!”

장산이 고개를 끄덕이자 천천히 말을 이었다.

“아무튼 그런 상황에서 우리가 등장한 것입니다. 아미와 청성에서는 쌍수 들고 환영할 만한 일이지요. 혹혈쌍응을 제거해 주었으니 원수는 갚은 셈이고, 혹여 당문까지 견제해 줄 수 있다면 금상첨화이기 때문입니다. 반대로 당문의 입장에서는 생각지도 못한 껄끄러운 존재가 등장하게 된 셈이지요.”

“참, 자운당과는 따로 연락을 취했습니까?”

장산의 물음에 한평이 빙긋 웃었다.

“오늘 아침 일찍 자운당주인 자운천검께서 직접 찾아오셨습니다.”

“예? 자운당주가 직접 찾아왔다고요?”

“예, 그렇습니다.”

“뭐라고 하던가요?”

“하하하, 그동안 고생이 많았는지 다시 태극검문으로 보내 달라고 사정을 하더군요.”

순간, 장산의 눈이 휘둥그레졌다.

“아니, 어떻게 그 높은 자존심을 꺾고 그런 말을…….”

그가 이해하지 못하겠다는 표정을 짓자 한평이 빙그레 미소를 떠올렸다.

“곰곰이 생각해 보니 이게 아니라는 생각이 들었겠지요. 그 중심에는 천무당이 있고요. 태극검문을 떠나간 삼 당 중에 일륜당만이 자신의 위치를 지키고 있을 뿐, 자신과 같은 처지라고 할 수 있는 천무당은 몰락의 길을 걸었으니까요. 천무당이 지리멸렬하게 된 후, 심정의 크나큰 변화를 가져왔나 봅니다."

"으음! 그렇다면 앞으로 어떻게 하면 좋겠습니까?"

"같이 움직이는 것도 그렇고 해서 한 가지 일을 제안했습니다. 그 일을 완수해야만 돌아올 수 있다고 했지요."

장산의 얼굴에 궁금한 표정이 떠올랐다.

"그게 무슨 일입니까?"

"하하하, 그 내용에 대해서는 조금 있다가 말씀드리도록 하겠습니다."

장산이 고개를 끄덕이다 말고 무엇인가 생각난 듯 질문을 던졌다.

"그건 그렇고, 이곳의 일은 어떻게 처리할 예정입니까? 좋은 방법이 있습니까?"

"그것은……."

목조건물 안에는 한평이 나지막한 목소리가 흘러나왔다.

그의 말이 이어지는 동안 일행은 눈빛을 반짝이며 귀를 기울이기에 여념이 없었다.

짙은 어둠이 사위를 뒤덮은 시각, 사천동맹의 진지 안쪽에 자리한 목조건물 안에는 이 인의 초로인이 심각한 표정으로 앉아 있었다.

현 당문을 이끌고 있는 난화신침(亂花神針) 당정과 총관인 유령비(幽靈飛) 곽만이었다.

그들의 앞의 탁자에는 굵은 촛대가 놓여 있고, 그 위로 피어오르는 붉은빛의 촛불은 건물의 내부를 훤히 밝히고 있었다.

한참 동안 흐르던 침묵을 깬 이는 난화신침이었다.

그는 까칠한 턱수염을 쓸어내리더니 입을 열었다.

"으음! 태극검문에서 자운당을 파견한 것도 모자라서 문공과 무공이 직접 현천수호단을 이끌고 오다니… 거기에 사공세가의 정예인 벽검단도 함께 왔으니 참으로 골치가 아프구먼!"

유령비가 고개를 끄덕였다.

"예, 그렇습니다. 겉으로는 사천동맹을 지원한다는 명분을 내세우고 있지만 왠지 어떤 목적이 있을 거라는 생각을 지울 수가 없습니다."

난화신침이 잠시 생각에 잠기더니 말을 이었다.

"맞는 말이야! 만약 어떤 목적이 없었다면 머나먼 이곳까지 뭐 하러 왔겠는가? 북부 전선도 아닌 이곳, 사천으로 말일세. 문제는 그 목적이 무엇이냐는 것이지."

유령비가 무엇인가 생각난 듯 물었다.

"혹여 저들이 이곳 사정에 대해서 정확히 파악하고 온 것은 아닐까요?"

"으음, 그럴 수도 있겠지! 하지만 그 부분에 대해서 알았다고 할지라도 달라질 게 무엇이 있겠는가? 우리와 등을 돌리면서 광한문을 도울 수는 없지 않은가 말일세."

"하긴 그렇군요."

난화신침이 잠시 유령비를 바라보더니 천천히 창밖으로 시선을 돌렸다.

그의 얼굴에는 답답해하는 기색이 역력했다.

"일이 잘 풀리지 않는구먼! 이곳에서 세력을 보존해 가며 사천의 맹주 자리를 굳힌 후, 혈교의 발호로 큰 손실을 입은 정파 내에서의 주도권을 잡겠다는 계획이었는데……."

그는 잠시 말끝을 흐리더니 탄식하듯 말했다.

"솔직히 우리가 얼마나 노력해 왔는가? 아미와 청성의 주력을 이끌어내고, 점창도 합류시키고, 무림맹의 지원 요청도 무마해 가면서 잘 버텨오지 않았는가? 그런데 그 흑혈쌍웅이란 예상치 못한 놈들 때문에 차질이 빚어지더니 이제는 급기야 태극검문과 사공세가까지 끼어든 형국이 되고 말았어. 어찌 답답하지 않을 수 있겠는가?"

그의 말을 끝으로 장내에는 침묵이 흘렀다.

잠시 후, 난화신침이 무엇인가 생각난 듯 유령비를 직시했다.

"그런데 그 태극검문의 무공이란 청년 말일세! 생각할수록 대단하다는 느낌이 드는구먼. 내 직접 나선다 할지라도 누구 하나 자신할 수 없는 흑혈쌍웅이건만 그리도 간단히 제압할 수 있다니, 정말 대단한 인물인 것 같아!"

그의 말에 유령비가 고개를 끄덕였다.

"예, 소인 또한 그렇게 생각하고 있었습니다. 비록 혈웅이 반병신으로 살아남았다고는 하지만 결국 그 둘 모두를 제거한 것이 아닙니까? 흑혈쌍웅이 아무리 십마신 중 말석을 차지하는 이들이라고 하지만 그렇게 간단하게 제압할 수 있을 줄은 미처 생각지 못했습니다. 솔직히 그가 남부 전선에서 눈부신 활약을 했다는 소문을 들었을 땐 반신반의했는데 그 내용이 결코 과장된 게 아니었습니다."

난화신침이 턱수염을 만지작거리더니 입을 열었다.

"맞는 말이야! 다만 태극검신의 진전을 이었다고는 하지만 어떻게 그 젊은 나이에 그러한 무공을 익힐 수 있는지 의아할 따름일세."

그는 말을 하다 말고 뾰족하게 솟은 턱수염 한 가닥을 골라 잡았다.

그리고 무엇이 마음에 들지 않았는지 홱 잡아 뽑더니 잔뜩 찌푸린 얼굴로 말을 이었다.

"그나저나 혼자서 십마신 중 삼 인을 제거한 것이 아닌가?"

"물론 그들 중 삼 인을 제거했지만 태극천에 남은 광성자와 무림에 모습을 드러내지 않는 태공이란 자를 제외하면 절반을 처리한 것이나 마찬가지입니다."

"그렇구먼! 홀로 절반을 처리한 셈이로구먼! 그런데 혼자서 북 치고 장구 치고 알아서 다하니 무림제일고수로 불리는 일류파천보다도 오히려 한 수 위라는 생각이 든다네!"

그의 말에 유령비가 맞장구를 쳤다.

"예, 소인 역시 그런 생각을 하고 있었습니다. 다만 걱정되는 점은 그러한 고수가 이곳에 와 있다는 사실이지요. 그것도 어떤 목적을 가지고서요."

"으음!"

난화신침이 고개를 끄덕이며 생각에 잠겼다.

'백미검선이라……'

그의 머릿속은 복잡하기 그지없었다.

솔직히 장산이 흑혈쌍응을 제거해 준 것은 쌍수 들고 환영할 일이지만 그만큼 그의 존재는 사천동맹, 아니, 당문에게는 크나 큰 위협이었다.

또한 흑혈쌍응이란 골치 아픈 문제가 해결되자 곧바로 태극검문과 사공세가란 난적이 출현했으니 머리가 지끈거릴 뿐이었다.

'그것참!'

문제는 그들이 이곳에 온 까닭이었다.

하지만 아무리 생각해 봐도 그 이유를 알 수가 없었다.

어디 그뿐인가? 그들이 이곳에 온 지 며칠 지나지 않았음에도 벌써 사천동맹 내에서의 당문의 영향력은 현저하게 줄어들고 있었다.

아미와 청성에서는 아예 드러내 놓고 그들을 따를 뿐 아니라 점창마저 돌아선 느낌이니 자신들은 찬밥 신세가 된 기분이었다. 한마디로 날아들어 온 돌멩이가 박힌 돌을 뽑아낸 형국이었다.

'어디 만나서 속내나 한번 알아볼까?'

그랬다. 문득 그들을 만나봐야겠다는 생각이 들었다.

그들이 이곳에 온 지 수일이 지났지만 첫날을 제외하면 가급적 그들과의 마주침을 피해왔다. 그들과의 만남 자체가 껄끄러웠던 것이다.

'가만히 있다가는……'

하지만 이대로 넋 놓고 있을 수만은 없었다.

그동안 거리낌없이 행사해 오던 사천동맹 내에서의 주도권을 잃어가고 있으니 다 해진 짚신짝처럼 불안하기 그지없었다.

자칫 늑대를 피하려다가 호랑이를 만난 격이 될 수도 있었다. 흑혈쌍웅이란 골칫거리가 사라지고 나니 백미검선이란 난적이 출현한 셈이었다.

'가만?'

그는 무엇인가 생각난 듯 유령비에게 시선을 향했다.

"어젯밤에 아미와 청성에서 문공이란 자를 만났다고 했지 않은가?"

“그렇습니다.”

“그래, 그들 사이에 무슨 얘기가 오갔는가?”

유령비가 잠시 생각에 잠겼다. 그리고는 고개를 갸웃거리며 대답했다.

“딱히 의심할 만한 점은 느끼지 못했습니다. 그들이 움직이고 있다는 보고를 받은 후, 소인이 직접 동태를 살펴보러 갔는데 얼핏 주고받는 이야기를 들어보니 형식적인 이야기를 나누고 있더군요. 관음 신니와 청성자의 복수를 해준 것에 대한 고마움을 표시하고 있었습니다. 아무튼 서로 주고받는 대화나, 아미와 청성에서 선물 보따리 하나씩을 챙겨 들고 간 것을 보면 단순히 인사치레에 불과하다는 느낌이었습니다. 다만 한 가지……”

난화신침의 눈에 이채가 서렸다.

“다만 무엇인가? 어서 말해보도록 하게!”

그의 재촉에 유령비가 입을 열었다.

“전날 밤, 아미와 청성에서 천수 신니(千手神尼)와 상운자(常雲子)가 방문했습니다. 딱히 의심스런 행동을 보이지는 않았지만 문을 나서는 순간, 그들의 얼굴에 만족스런 표정이 떠올라 있었지요. 당시 소인은 그 표정들이 왠지 모르게 꺼림칙한 느낌이 들었습니다. 마치 우리를 제외하고 모종의 밀약을 맺은 느낌이었다고나 할까요?”

“모종의 밀약이라?”

난화신침의 눈빛이 반짝였다.

뿐만 아니라 정색을 하며 분위기까지 싸늘해지자 유령비가 어색한 표정을 지으며 말했다.

"문주님, 너무 신경 쓰지 마십시오. 확실한 사실이 아닙니다. 그저 소인의 개인적인 느낌이었을 뿐입니다."

난화신침이 고개를 가로저었다.

그는 잠시 생각에 잠기더니 입을 열었다.

"아니야! 나 역시 처음에는 그냥 가볍게 생각하고 지나쳤는데 자네의 말을 다시 듣고 보니 왠지 모르게 꺼림칙한 생각이 드는구먼."

"예? 꺼림칙하다니요?"

난화신침이 주변을 둘러보더니 조용히 말을 이었다.

"자네도 한번 생각해 보게. 제 문파 하나 간수하기 어려운 아미와 청성일세. 아미 신니와 무허자가 세상을 떠난 후, 독문 무공을 대성할 인재는 나오지 않고, 세력마저 급격히 위축된 그들이 아닌가?"

유령비가 고개를 끄덕이자 난화신침이 확신에 찬 표정으로 말했다.

"이미 수년 전부터 상납금을 바쳐 오던 표국이나 상단이 하나둘씩 떠나가고, 지리적으로 가깝다는 이유로 차마 발을 끊지 못하는 일부 상단과 표국의 상납금에 의존하고 있는 실정일세. 실제로 그들이 사천동맹에 가입하게 된 이유가 바로 그 때문이 아니겠는가? 분명히 그에 대한 이야기가 오갔을 것이네."

'그렇다면?'

유령비의 눈에 이채가 서렸다.

난화신침의 말을 듣고 보니 자신의 느낌이 괜한 기우가 아니었다.

그들이 사천 내에서의 영향력이 급속도로 줄어든 상태에서 광한문과의 대결로 예상치 못한 전력의 손실을 입게 되면 자칫 문파의 명맥마저 보존하기 어려운 상황에 처할 수 있었다.

그렇게 될 경우, 사천의 영향력은 급속도로 당문에게 귀속될 수밖에 없었다. 그것이 바로 당문이 바라는 노림수였던 것이다.

'그런데……'

하지만 상황이 묘하게 흘러가고 있었다.

아미와 청성의 입장에서는 자신들의 고민을 일시에 해결해 줄 든든한 지원군을 만난 것이다. 바로 태극검문과 사공세가였다.

솔직히 같은 정파라고는 하지만 구대문파에 속하는 그들이 당문에게 고개를 숙인다는 것은 굴욕적인 일이라고 할 수 있었다.

그럴 바에야 차라리 구대문파나 사대세가, 그 어느 쪽에 치

우치지 않으면서도 무림의 기둥으로 군림하고 있는 태극검문
과 친밀한 관계를 유지하는 편이 이득이었다.

그들이 태극검문과 관계를 꾸준히 유지한다면 당문을 견
제하고 실리도 챙길 수 있으니 어찌 보면 일석이조라고 할 수
있었다.

'그렇다면?'

그랬다. 그들의 속내는 뻔했다.

자신들의 원한을 갚아준 은혜를 갚는다는 명분을 내세워
서 전날 밤에 문공을 방문을 한 후, 만족스런 얘기가 오간 것
이다.

생각이 거기에 이르자 유령비가 재빨리 입을 열었다.

"문주님! 저들이 만약 모종의 밀약을 맺었다면 어떻게 해
야 할까요?"

'으음!'

난화신침이 턱수염을 만지작거리며 깊은 생각에 잠겼다.

비록 그들이 어떤 모종의 밀약을 맺었다고 할지라도 딱히
내놓을 해결책이 떠오르지 않는 것이다.

만약 지금 상황에서 그 부분에 대해서 잘못 언급했다가는
문제를 해결하기는커녕 오히려 내분을 조장한다는 오명을 뒤
집어쓸 수도 있었다.

'그것참!'

그의 얼굴에는 난감해하는 기색이 역력했다.

　태극검문과 사공세가의 정예가 진지에 합류한 지 얼마 되지 않았지만 마치 주객이 전도된 듯한 느낌이었다. 그렇게 한참 동안 고민에 빠져 있을 때였다.

　‘가만?’

　갑자기 머릿속으로 빠르게 스쳐 가는 생각이 있었다.

　사천동맹의 대대적인 공세에 관한 이야기였다. 흑혈쌍웅의 문제가 해결되었으니 여세를 몰아 광한문과의 대결에 종지부를 찍자는 의도로 며칠 전, 수뇌부 회의에서 합의를 본 사항이었다.

　“이보게, 총관! 우리 사천동맹이 총공세를 펼치는 날이 언제라고 했지?”

　“이레 후인 단오(端午)날입니다. 그런데 그 질문은 왜 갑자기 꺼내시는지요?”

　“어쩌면 그날…….”

　그가 말끝을 흐리자 유령비가 고개를 갸웃거렸다.

　“문주님, 대체 왜 그러십니까? 저들이 그날 무슨 흉계라도 꾸밀 수 있다는 말씀이십니까?”

　난화신침이 고개를 끄덕이며 입을 열었다.

　“그렇다네! 만일 저들이 모종의 밀약을 맺고 우리에게 해코지를 한다면 아마도 그날이 될 걸세.”

　유령비가 눈을 끔뻑거리자 난화신침이 그의 동공에 초점을 맞추었다.

"잘 생각해 보게! 저들이 우리를 외면하는 방식으로 문제를 해결하기에는 시간이 너무 촉박하지 않은가? 지금이야 태극검문과 사공세가가 이곳에 머무르는 것이 문제될 소지가 없지만 그날, 광한문이 무너진다면 이야기가 달라질 것이 아닌가? 더 이상 이곳에 머무르고 있을 명분이 없어지지 않느냐는 말일세."

"그렇다면 그날 무엇인가를 노리겠군요?"

유령비가 맞장구를 치자 천천히 말을 이었다.

"그렇다네! 저들이 흉계를 펼칠 수 있는 가장 적절한 시점은 바로 총공세가 펼쳐지는 단오날이란 말일세!"

"그렇군요! 문주님의 말씀이 옳은 것 같습니다. 당시 느꼈던 소인의 생각이 괜한 기우가 아니었군요."

"그나마 천만다행일세! 자네 덕분에 무심코 지나칠 뻔한 큰 내막을 알아낼 수 있었으니 말일세!"

"그 무슨 칭찬의 말씀을……."

유령비의 얼굴이 붉어졌다.

곧이어 양팔을 휘휘 내저으며 입을 열었다.

"모든 게 다 문주님의 현명하신 판단력 덕분입니다. 그나저나 저들이 어떤 식으로 나올까요?"

"으음! 그 부분에 대해서는 좀 더 생각해 봐야겠네. 여러 경우의 수를 생각해 둬야지 않겠나?"

난화신침이 잠시 생각에 잠기더니 주변을 둘러보며 낮은

목소리로 말했다.

"자네가 한 가지 수고 좀 해줘야겠네!"

"어서 말씀하십시오."

"지금 당장 우리 수뇌부를 만나도록 하게. 단, 저들이 눈치 채지 못하도록 자연스럽게 방문해야 할 걸세. 그들을 만나면 현 상황에 대해서 정확히 알려주도록 하게. 그리고 의견을 취합한 후, 빠짐없이 가져오도록 하게!"

"예, 알겠습니다! 명대로 거행하겠습니다!"

유령비는 그의 별호에 걸맞게 빠른 걸음으로 사라져 갔다.

잠시 후, 장내에는 난화신침만이 홀로 남은 채 깊은 침묵 속에 빠져 있었다.

'으음!'

그는 커다란 의자에 몸을 깊숙이 묻었다.

갑자기 극도의 피로감이 몰려왔던 것이다. 하지만 시선은 전방을 향한 해 조금의 미동도 없었다.

'어떻게 걸어온 길인데… 사천의 맹주 자리를 그리 쉽게 내어줄 수는 없지! 암, 그렇고말고!'

그의 굳은 표정과 함께 장내에는 무거운 침묵이 이어졌다.

*　　　*　　　*

둥! 둥! 둥!

연화봉의 가파른 산봉우리 아래 펼쳐진 파중의 드넓은 벌판에는 사천동맹의 연합군이 질서정연하게 대열을 이루고 있었다.

그들의 뒤쪽에서는 사기를 북돋아주기라도 하듯 북소리가 요란하게 울려 퍼지고 있었다. 바로 사천동맹의 총공세가 이루어지는 날이었다.

그들의 모습에서 예전과 같이 두려워하는 표정은 찾아볼 수 없었다. 모두 자신감에 찬 얼굴로 일제히 연화봉 기슭을 바라보고 있었다.

그곳에는 일 장 높이의 돌과 목책으로 둘러싸인 진지가 세워져 있었다.

그리고 곳곳에 한(恨)이라고 쓰여진 깃발들이 바람에 펄럭이고 있었다. 바로 광한문의 진영이었다.

하지만 목책 위로 상반신을 드러낸 광한문도의 얼굴은 왠지 모르게 긴장감이 흘렀다. 모두 굳은 표정으로 사천동맹의 대열을 바라보고 있었다.

반면 목책의 정중앙에는 날카로운 인상의 사내가 눈썹을 꿈틀거리며 맞바람을 맞고 있었다. 잠시 후, 그의 시선이 나란히 서 있는 사내에게 향했다.

"이보게, 추량! 오늘 이곳에서 뼈를 묻어야 할 것 같구먼!"

"으음! 아무래도 그래야 할 것 같습니다."

흑도살 추량!

태극지회에 참가해 태극검문을 온통 휘저어놓은 인물이었
다.

그는 용담호혈이라고 할 수 있는 태극검문을 광분의 분위
기로 몰아간 것도 모자라서 유유히 한밤중에 탈출에 성공한
인물이었다. 이후, 자운당의 대대적인 추적을 받으면서도 무
사히 광한문까지 귀환하는 데 성공했다.

당시 그로 인해서 무림의 기둥이라고 불이던 태극검문의
명성은 하루아침에 땅에 떨어졌고, 적지 않은 후유증까지 남
겨야 했다.

하지만 장산과 진령에게는 오히려 전화위복을 만들어준
계기가 되었으니 그와는 악연과 복연이 교차하는 묘한 관계
라고 할 수 있었다.

날카로운 인상의 사내가 입을 열었다.

"오늘 비록 한 줌의 재가 될지언정 나 구류도(九流刀) 정찬
은 우리가 걸어온 길을 결코 후회하지 않을 것이네."

"물론입니다, 단주님! 다만 저 정파의 탈을 쓴 위선자들을
모조리 도륙하지 못하고 이승을 떠나야 한다는 점이 안타깝
고 한스러울 뿐입니다."

"그런데……."

단주라고 불린 사내가 말끝을 흐렸다.

구류도 정찬!

현 광한문의 수뇌부인 광성단의 단주이자 실질적으로 문주 역할을 하는 인물이었다.

그는 광한문의 제일고수로 흑혈쌍웅 중 흑웅과의 인연으로 광성단에 입단하게 되었다. 그의 벽뢰파천도는 사성에 이르고 있었다.

추량이 무슨 말이냐는 듯한 표정을 짓자 천천히 입을 열었다.

"저들 중에 흑공과 혈공을 꺾은 백미검선이란 청년 고수가 있겠지?"

추량이 차분한 음성으로 대답했다.

"당연히 있을 겁니다."

그러자 구류도가 궁금하다는 표정을 떠올렸다.

"대체 어떤 인물일까? 직접 만나보고 싶구먼. 어떻게 흑공과 혈공, 두 분을 그리도 간단하게 제압할 수 있었는지 도무지 이해가 되지를 않네."

곧이어 무엇인가 생각난 듯 눈빛을 반짝였다.

"참! 자네는 그를 직접 본 적이 있다고 했지?"

그의 물음에 추량이 고개를 끄덕였다.

"예, 그렇습니다. 하지만 직접 만난 적은 없고 먼발치에서

보았을 뿐입니다.”

“그래, 당시 느낌이 어땠는가? 그냥 보기에도 패도적인 인물이었는가?”

“그것이…….”

순간, 추량의 얼굴에 난감한 기색이 떠올랐다.

그가 고개를 갸웃거리며 대답을 못하자 구류도가 의아하다는 표정을 지었다.

“아니, 왜 그러는 것인가? 대답을 못할 정도로 강한 기도를 내뿜던가?”

추량이 고개를 가로저었다.

“아닙니다. 당시의 느낌으로는 반백미의 용모가 특이해서 그렇지 그냥 흔해 빠진 서생 나부랭이로 보였을 뿐이었습니다.”

“뭐라고? 서생 나부랭이로 보였다고?”

구류도가 놀란 표정으로 추량을 바라보았다.

그의 얼굴에는 어이가 없다는 기색이 역력했다.

흑혈쌍웅을 간단히 제압할 정도의 고수라면 보기에도 상당한 기도를 뿌릴 것 같은데 그 예상이 보기 좋게 빗나간 것이다.

‘그렇다면 아예 천의무봉(天衣無縫)의 경지에 들어선 고수라는 말인가?’

그가 잠시 생각에 잠겨 있는 사이 추량의 굵직한 목소리가 들려왔다.

"당시 현 태극검문의 문주인 진령과 함께 나란히 앉아 있었습니다."

추량은 지난날을 떠올리는 듯 잠시 눈을 감았다. 그리고는 눈을 뜨더니 입을 열었다.

"그런데 뭐라고 할까요? 무림과는 전혀 상관없는 서생이 앉아 있는 느낌이었습니다. 저 역시 그가 태극검문의 무공의 자리에 오르고, 검제라는 고수를 물리쳤다는 소식을 들었을 때 반신반의했을 정도니까요."

듣고 있던 구류도가 턱수염을 만지작거리더니 한숨을 내쉬었다.

"휴우! 그렇다면 우리의 눈으로는 가늠할 수 없는 경지에 이른 인물이구먼!"

"아마도 그럴 것입니다."

추량의 말을 끝으로 두 사람 사이에는 침묵이 흘렀다.

뿐만 아니라 얼굴에는 얼핏 체념의 빛이 스쳐 갔다. 두 사람의 예상대로라면 오늘의 일전에서 목숨을 보존하는 일은 희망사항에 불과했다. 전 문도가 장렬히 산화하는 일만 남아 있었다.

하지만 오래지 않아 두 사람의 얼굴에는 담담한 표정이 떠올랐다. 모든 것을 포기하고 나니 오히려 마음이 홀가분해졌던 것이다.

잠시 후, 침묵을 깬 이는 규류도였다.

"자네, 그 원수라던 육합권(六合券) 왕소란 자는 어떻게 처리했나?"

순간, 추량의 얼굴에 비릿한 미소가 떠올랐다.

"흐흐흐! 조사해 보니 놈이 천무당 소속으로 당원들을 훈련시키는 천무관(天武官)의 다섯 사범 중 하나로 있더군요."

"그래? 무공은 그리 강하지 않다고 하더니만 나름대로 꽤나 출세했구먼!"

"예, 그렇습니다. 아주 교활한 놈이었으까요. 놈을 어떻게 처리할까 고민하다가 제 부친께 했던 그대로 돌려주었습니다."

"응? 어떻게?"

"우선 복날의 개 패듯 두들겨 팬 다음, 양팔을 하나씩 분질러 놓았지요, 그랬더니 눈물인지 콧물인지 핏물과 뒤범벅되어서는 무릎걸음으로 기어오더군요. 그리고는 살려달라고 애걸복걸하는데……."

"그랬는데?"

추량이 잠시 생각에 잠겼다.

그리고 이내 만족스런 표정을 지으며 입을 열었다.

"흐흐흐! 남은 두 다리마저 차근히 밟은 다음, 기혈을 봉해 놓았지요. 아마도 이승을 떠날 때까지 처절한 고통 속에 발버둥치다가 죽어갈 것입니다."

"으음! 아주 제대로 갚아주었구먼!"

구류도가 고개를 끄덕이자 천천히 말을 이었다.

"예, 그렇습니다. 처음에는 고통을 주다가 멱을 따야 직성이 풀릴 것 같더니만 고통 속에 처절히 울부짖는 모습을 보니 생각이 바뀌더군요."

"그래서 불구로 만들어놓고 기혈을 봉해놓았다는 말인가?"

"그렇습니다. 간단히 죽음을 선사하는 것보다야 죽을 때까지 생지옥을 경험하면서 후회의 나날을 보내게 만드는 것이 더 나은 복수가 될 테니까요."

"그럼 이제 죽는다 할지라도 후회는 없겠구먼."

순간, 추량의 얼굴에는 다부진 각오가 새겨졌다.

"물론입니다. 조금 전에 말씀드렸듯이 저 위선 덩어리로 똘똘 뭉친 놈들을 제거하지 못하고 눈을 감아야 하는 것이 안타까울 따름이지요."

그의 말을 끝으로 두 사람 사이에는 다시 침묵이 이어졌다.

하지만 그 침묵은 오래가지 못했다. 전방을 주시하던 규류도의 눈동자가 빛을 발하기 시작했다.

"으음! 드디어 운명의 시간이 다가오는구먼!"

추량 역시 시선을 전방으로 향한 채 입을 열었다.

"그렇습니다. 이제 시작이군요. 놈들의 좌측 대열을 이루는 아미와 우측 대열을 이루는 청성이 움직이고 있네요."

사천동맹의 움직임을 예의 주시하던 구류도가 좌측을 향해 목청을 돋우었다.

"놈들이 세 갈래로 나뉘어 진격해 온다! 지금 즉시 광성단의 양운도(陽雲刀) 이청과 마환도(魔還刀) 양홍, 추풍도(追風刀) 서문영은 좌측을 맡아라!"

"복명!"

삼 인이 일제히 외치자 우측으로 시선을 향했다.

"파랑도(波浪刀) 염천과 흑도(黑刀), 혈도(血刀) 형제는 우측을 맡아라!"

"복명!"

삼 인이 이구동성으로 대답하자 이번에는 뒤쪽을 바라보며 목청을 돋우었다.

"너희 폭우도(暴雨刀) 주세빈과 유수도(流水刀) 곽운창은 이곳 중앙에서 흑도살 추량을 도와라!"

"복명!"

호명을 받은 이 인이 신속히 움직이자 그의 시선이 다시 전방을 향했다.

'어려운 싸움이 되겠구나!'

그랬다. 문득 승산이 없다는 생각이 들었다.

이전에 개별적으로 상대할 때는 그 위용을 잘 느끼지 못하겠더니만 지금의 다가서고 있는 사천동맹의 움직임은 그야말로 중무장한 철기군을 보는 것 같았다.

‘왜 그랬을까?

그가 느끼는 의문점이었다.

이전에 그들은 이상하게도 연합 세력을 구축하지 않을뿐더러 왠지 모르게 소극적으로 싸움에 임해왔다. 따라서 광한문에서는 큰 부담 없이 상대할 수 있었다.

하지만 오늘은 무슨 일인지 전열을 가다듬은 후, 일제히 움직이고 있는 것이다.

가만히 대열을 바라보고 있으니 이제야 왜 저들이 당당히 구파일방과 사대세가의 일원으로 불리고 있는지 그 이유를 알 수 있었다.

‘으음!’

구류도의 미간에 깊은 밭고랑이 파였다.

사천동맹의 전열에서 내뿜는 기세가 갈수록 거세지고 있는 것이다. 실로 정파를 대표하는 연합 세력의 위용이 아닐 수 없었다.

그렇게 생각에 잠겨 있는 사이 사천동맹의 무인들이 진지 앞 삼십여 장 앞까지 다가왔다.

‘응?

하지만 예상과는 달리 그들의 대열이 일제히 멈춰 섰다. 그러고는 누군가가 천천히 걸어나왔다.

‘저자는?

구류도가 안력을 돋우어 바라보니 눈이 부실 만큼 절세의 용모를 지닌 미공자가 시선을 가득 메워왔다.

'문공 한평!'

그랬다. 그는 최근에 천통유(天通儒)라는 별호를 얻으며 무림에 한참 명성을 떨치고 있는 인물이었다.

'저자가 왜?'

그가 의구심에 찬 시선으로 지켜보는 사이 한평이 걸음을 멈춰 그 자리에 섰다.

그는 천천히 광한문의 진영을 둘러보더니 굵직한 목소리를 토해냈다.

"나는 태극검문의 문공인 한평이라 하오!"

"뭐, 뭐야?"

"지금 뭐라는 게야?"

광한문도 사이에서 웅성거리는 소리가 들렸다.

그도 그럴 것이, 잔뜩 긴장한 채 결사항전을 준비하고 있는데 난데없이 나타나서 자신을 소개하고 있으니 어이가 없는 것이다.

'이놈이?'

문득 놀림을 당하고 있다는 생각이 들자 추량이 참지 못하고 나섰다.

"이놈! 어디서 간계(奸計)를 부리는 것이냐?"

그의 노성이 울려 퍼지자 한평이 양팔을 들더니 어깨를 으쓱거렸다.

"호오! 누군가 했더니 태극검문을 온통 휘저어놓고 부리나케 꽁무니를 뺀 흑도살이구려!"

"뭐, 뭣이라?"

추량의 인상이 심하게 구겨졌다.

곧이어 눈썹이 역팔자로 크게 휘어지더니 장내가 떠나갈 듯 목청을 돋우었다.

"어디서 가당찮게 격장지계를 펼치고 있느냐? 어서 썩 꺼지지 못할까?"

하지만 한평의 표정에는 일말의 변화도 없었다.

오히려 빙그레 미소를 떠올리더니 입을 열었다.

"왜 그리 흥분하시오? 당신이 꽁지를 말고 내뺀 것은 분명한 사실이지 않소?"

"이, 이……!"

추량의 얼굴이 벌겋게 달아오르자 천천히 말을 이었다.

"왜, 내 말이 틀렸소?"

"이익!"

순간, 추량의 낯빛이 활활 타오르는 화염으로 변해갔다.

"거, 너무 흥분하지 마시오! 당신과 얘기하려고 나선 것이 아니니 좀 빠져 주시오!"

"으으으!"

추량이 신형을 바르르 떨자 무시한 채 시선을 돌려 구류도를 바라보았다.

"당신이 문주를 맡고 있는 구류도요?"

"……?"

구류도가 멍한 표정으로 바라보자 양팔을 들어 넓게 벌리며 말을 꺼냈다.

"내 이 자리에 선 이유는 당신에게 한 가지 제안할 일이 있어서외다."

'한 가지 제안할 일?'

구류도가 고개를 갸웃거리자 또박또박 말을 이었다.

"다름이 아니라 가급적 불필요한 희생을 줄이고 결자해지(結者解之)를 하자는 것이오."

한평의 말에 구류도가 또다시 고개를 갸웃거렸다.

그의 얼굴에는 이해하지 못하겠다는 표정이 역력했다.

그도 그럴 것이, 조금 전만 해도 밀물처럼 밀려들 것처럼 보이더니 갑자기 꼬인 매듭을 풀자고 제안을 해오는 것이다. 이는 곧 전면전을 피하자는 말이나 다름없었다.

'대체 무슨 속셈이지?'

그는 내심 혼란스러워지는 것을 느꼈다.

현 상황에서 전면전을 피할 수 있다면 더 이상의 상책은 없었다.

솔직히 현재의 전력으로써 사천동맹과 맞선다는 것 자체가 이란격석(以卵擊石)임을 잘 알고 있었다. 따라서 전 문도가 결사항전을 다짐하며 오늘의 대전에 임한 것인데 난데없이 예상치 못한 제안을 들고 나오니 머릿속이 혼란스러울 수밖에 없었다.

'으음!'

하지만 귀가 솔깃해지는 것은 어쩔 수 없었다.

광한문 내에는 사천동맹, 특히 당문과는 불구대천(不俱戴天)인 문도들이 부지기수지만 상대적으로 큰 원한이 없는 이들도 많은 편이었다. 따라서 전면전을 피할 수만 있다면 상당수에 이르는 광한문도의 목숨을 보존할 수 있었다.

그가 머뭇거리자 한평의 굵직한 목소리가 장내에 울려 퍼졌다.

"자, 어떻게 하시겠소? 결자해지로 풀겠소? 아니면 전면전으로 끝장을 보겠소?"

"그……."

구류도가 말을 더듬자 옆에 서 있던 추량이 흥분된 목소리로 외쳤다.

"단주님! 저놈의 간계에 말려들면 안 됩니다! 우리 문도의 원한을 어떻게 결자해지로 풀 수 있으며, 설사 그렇다고 할지라도 저들의 보복이 없을 거라는 것을 어떻게 증명할 수 있겠습니까?"

"보복?"

구류도가 의아하다는 표정으로 묻자 재빨리 목청을 돋우었다.

"예, 그렇습니다! 저놈들은 분명히 남은 이들을 놓아주는 척하다가 몰래 뒤따라가서 쥐도 새도 모르게 도륙 낼 것입니다! 저놈이 제안하는 결자해지라는 것은 결국, 우리의 결사항전을 피해서 사천동맹의 피해를 줄이려는 얕은 술책에 지나지 않습니다!"

"으음!"

구류도가 고개를 끄덕이자 한평의 고함이 들려왔다.

"이보시오, 흑도살 추량! 웬만하면 당신은 좀 빠지시오! 지금 문주와 얘기를 나누는 중이오! 생긴 것도 미련해 보이는 사람이 생각하는 수준 또한 겨우내 굶주린 멧돼지만도 못하구려!"

"킥!"

"크크크!"

여기저기서 웃음이 터져 나오자 추량의 얼굴이 터질 듯 벌겋게 달아올랐다.

"이, 이……!"

그가 금방이라도 뛰쳐나갈 듯 신형을 떨자 한평이 재빨리 제지하고 나섰다.

"이보시오! 거, 급살 맞은 멧돼지처럼 벌벌 떨지 말고, 얘기가 끝날 때까지 입이나 다물고 있으시오!"

그는 말을 마치자마자 추량을 무시한 채 구류도에게 시선을 돌렸다.

"자, 어떻게 하겠소? 우리 측의 제안을 받아들이겠소?"

그의 물음에 구류도가 안색을 굳히며 생각에 잠겼다.

눈썹이 오르락내리락거리며 깊은 생각에 젖어 있는 모습이 나름대로 심한 갈등을 느끼고 있는 것 같았다.

그의 시선이 천천히 한평을 향했다.

"그래, 어떤 식으로 결자해지를 하자는 것이오?"

그러자 한평이 기다렸다는 듯 입을 열었다.

"대부분의 광한문도가 사천동맹과 직간접으로 원한 관계에 얽혀 있다는 사실은 이미 들어서 잘 알고 있소! 하지만 개개인을 살펴보면 분명 그 정도의 차이가 있을 것이오! 따라서 양측을 대표하는 무인들을 뽑아서 대결을 펼치는 것이오! 만약 우리가 진다면 봉문을 할 것이며, 광한문이 진다면 깨끗이 사천을 떠나가시오!"

순간, 구류도의 눈빛이 반짝였다.

상대의 제안은 다소 의외였다. 자신들에게 현저하게 유리한 조건인 것이다.

만약 대결에 임하는 무인들의 숫자를 열 명으로 제한하고, 광성단 전원이 출전하게 된다면 충분히 해볼 만한 대결이었다.

뿐만 아니라 일대일의 대결 방식이 아닌 집단전 방식으로 치른다면 동일한 무공을 익힌 자신들이 더욱더 유리할 수 있었다. 분명 원수도 갚고 사천 지역도 차지할 수 있는 일석이

조의 효과를 볼 수 있었다.

'으음!'

그의 고개가 끄덕여졌다.

상대는 지금 광성단의 존재를 과소평가하고 있는 것이 분명했다.

'그렇다면?'

그의 얼굴에 희색이 돌았다.

그랬다. 광한문이 유리하도록 조건을 이끌면 그만이었다.

그는 표정 관리라도 하듯 짐짓 뜸을 들이더니 점잖게 입을 열었다.

"하지만 당신들이 전혀 은원 관계가 없는 고수를 출전시키면 어떻게 되는 것이오? 태극검문에서 출전할 경우, 뻔한 대결이 될 게 아니요?"

그의 말은 백미검선을 일컫는 말이었다.

상대의 제안에 한 가지 걸리는 점이 있다면 바로 백미검선의 존재였다.

만약 사천동맹에서 그를 출전시킨다면 일대일 대결을 펼쳐야만 했다. 한 명의 희생으로 그의 출전을 상쇄시켜야 하는 것이다.

하지만 그러한 방식은 난전 중에 자연스럽게 원수를 베고 소기의 목적을 달성하기 어려울뿐더러 광성단원 개개인이 동귀어진이란 최악의 선택을 해야 하는 악수(惡手)를 둘 수도 있었다.

그가 초조한 표정으로 대답을 기다리자 한평이 입을 열었다.

"그 점에 대해서는 가히 걱정하지 마시오! 우리 태극검문의 무공께서는 출전하지 않을뿐더러 상대에 대한 지명권을 주겠소! 단, 각 문파의 수뇌부 급 이상이 되어야 한다는 조건이오!"

"……?"

구류도가 못 알아듣겠다는 표정을 짓자 천천히 말을 이었다.

"내 말은 당신들이 원한 관계에 있다고 생각하는 이들과 직접 대결을 펼치라는 것이오! 그래야 이기든 지든 납득할 수 있을 게 아니겠소?"

"물론, 그렇지만……."

구류도는 말문이 막히는 것을 느꼈다.

전혀 예상치 못한 제안이었다. 그의 말대로라면 대결에 응하지 못할 이유가 없었다.

이길 경우, 원수도 갚고 사천도 접수할 수 있는 좋은 기회이고, 지더라도 하늘의 뜻이라고 여기며 체념할 수 있는 부분이었다.

'으음!'

그의 고개가 천천히 끄덕여졌다.

솔직히 따지고 보면 문도 전체가 사천동맹에 불구대천의 원한을 가진 것도 아니었다.

광한문을 세우자 생계의 터전을 잃거나 소문을 듣고 흘러 들어 온 이들도 상당수에 속했다.

뿐만 아니라 문도들의 원한은 대부분 당문의 몇몇 고수에게 집중되어 있으니 굳이 굴러 들어온 복을 차내면서까지 몰살이라는 최악의 패를 선택할 필요는 없었다.

'다만!'

그랬다. 이제 한 가지만 다짐받으면 만사형통이었다.

"좋소, 당신의 제안에 따르겠소! 하지만 그전에 한 가지 다짐을 받아둘 것이 있소이다!"

"그것이 무엇이오?"

한평의 질문에 큰 목소리로 외쳤다.

"만약 우리가 패해서 이곳을 떠나갈 경우, 해코지를 않겠다는 것을 어떻게 보장하겠소?!"

그의 물음에 한평이 되물었다.

"어떻게 해주길 바라는 것이오?"

그의 반문에 구류도가 목청을 돋우었다.

"우리 광한문에서는 사천동맹의 약속은 필요없소! 당신이 정파의 기둥이라는 태극검문의 명성을 걸고 이 자리에서 확약을 해주기 바라오!"

순간, 한평의 표정이 굳어졌다.

그의 말은 자신들이 패할 경우, 사천을 벗어날 때까지 광한 문도의 퇴로를 맡아달라는 말이나 다름없었다. 적대 관계에 있는 태극검문에게 오히려 도움을 청하고 있으니 실로 묘한 요구가 아닐 수 없었다.

하지만 그의 침묵은 오래가지 않았다.

한평이 고개를 끄덕이며 입을 열었다.

"좋소! 태극검문의 명예를 걸고 약속하겠소이다!"

"으음, 고맙소! 그럼 당신의 말을 믿겠소!"

구류도의 안면에 만족스런 미소를 떠오르자 천천히 말을 이었다.

"자, 그럼 어떤 방식으로 대결을 펼칠 것인가에 대해서 논해보도록 합시다!"

"좋소이오!"

구류도의 대답을 끝으로 양측의 분위기는 묘하게 흘러갔다.

아비규환 속에 눈을 뜨고 볼 수 없는 목불인견의 아수라장이 될 것 같던 분위기가 사라지고, 양측을 대표하는 무인들이 사천의 운명을 건 한판 승부를 벌이는 묘한 상황으로 바뀐 것이다.

이각쯤 지나자 서로 간에 대결 방식이 정해졌다. 바로 최종 승자전이었다.

'최종 승자전!'

양측에서 열 명씩 선발한 후, 그 어떤 제한 없이 집단전을 펼치는 방식이었다.

일대일로 붙든 일대다로 붙든 아무런 상관이 없었다. 여의치 않으면 대결 중에 암습을 가해도 무방할뿐더러 최후의 일인이 남으면 승리하는 무차별적인 대결 방식이었다.

'광성단과 당문의 수뇌부!'

광한문에서는 광성단 전원이 출전하고, 난화신침을 비롯한 당문의 모든 수뇌부가 뽑혔다.

마치 약속이라도 한 듯 광한문에서 일제히 당문의 수뇌부를 지명하고 나선 것이다.

그런데 당문에서는 이상하게도 아무런 불만도 토로하지 않았다. 아미와 청성에서 단 한 명의 인물도 지명되지 않은 채 수뇌부 전원이 출전하게 된 당문이지만 난화신침을 비롯한 수뇌부는 담담한 모습이었다. 아니, 오히려 잘되었다는 표정으로 잔뜩 벼르는 느낌마저 들었다.

'후후후!'

구류도를 노려보는 난화신침의 얼굴에는 비릿한 미소가 떠올랐다.

그는 머릿속으로 전날 밤에 벌어진 전체 수뇌부 회의를 떠올리고 있었다.

수뇌부 회의 주재하던 한평이 입을 열었다.

“내일 광한문과의 대결에서 전면전이 아닌 결자해지 방식을 취할 것입니다. 만약 그 제안이 성사된다면 광한문에서는 일대일 방식이 아닌 집단전 방식을 요구해 올 것입니다. 아마도 광성단 전원이 나서게 되겠지요. 그리고 그들은 자신들과의 상대로 당문의 수뇌부 전원을 지명할 것입니다.”

순간, 좌중의 모든 시선이 난화신침에게 향했다.

그는 시선을 의식한 듯 좌중을 둘러보더니 천천히 말을 꺼냈다.

“문공의 말은 놈들의 목표가 우리 당문이 될 것이라는 뜻이오?”

“예, 그렇습니다. 실질적으로 이번 사태의 직접적인 원인은 반(反)당문의 성격을 띤다고 할 수 있으니까요.”

“크흠!”

난화신침이 헛기침을 하자 한평이 말을 이었다.

“솔직히 사천동맹과 광한문의 대결이라기보다는 당문과 광한문의 대결 양상이라고 보는 것이 정확하지 않겠습니까? 현 상태에서 더 이상의 피해가 속출한다는 것도 바람직하지 않고요. 우리에게 중요한 곳은 북부 전선입니다. 이곳의 일을 조속히 매듭지은 후, 북부 전선으로 향해야 합니다.”

한평의 발언에 난화신침이 떨떠름한 표정을 지었다.

“하지만 다른 문파는 가만히 놔둔 채 우리 당문만 대결에 임한다는 것은 좀 그렇구려!”

그러자 한평이 입을 열었다.

"글쎄요. 피차간에 솔직해지는 것이 좋겠습니다. 꼬인 매듭은 원인을 제공한 주체가 풀어야 하지 않을까요?"

"크흠! 흠흠!"

난화신침이 헛기침을 하며 곤혹스런 표정을 짓자 한평이 눈빛을 반짝였다.

"이번 결자해지 방식에서 당문의 일방적인 희생을 원하는 것은 아닙니다. 사천의 복잡한 사태를 해결하고, 더 나아가 사천의 진정한 패자를 가리는 분수령으로 삼자는 것이지요."

"사천의 진정한 패자를 가리는 분수령?"

난화신침이 의아하다는 표정으로 바라보자 또박또박 말을 이었다.

"오늘 회의가 열리기 전에 여기 계신 천수 신니, 상운자 어르신과는 미리 합의를 보았습니다. 만약 당문에서 광한문과의 문제를 깨끗이 매듭짓는다면 아미와 청성은 향 후 십 년간 당문의 그 어떤 활동에 대해서도 일체 토를 달지 않겠다는 조건이지요."

"아미타불!"

"무량수불!"

천수 신니와 상운자가 지그시 눈을 감았다.

그러자 난화신침의 눈에 이채가 서렸다. 그의 시선은 어느새 천수 신니와 상운자를 번갈아 바라보고 있었다.

‘호오! 예상밖이로구나!’

두 사람은 아무런 반박도 않은 채 눈을 감고 도를 구하고 있었다.

뿐만 아니라 자신의 눈길을 애써 외면하는 모습이었다. 그것은 곧 그의 말을 인정한다는 말이나 다름없었다.

‘물론 그렇게만 해준다면야……’

난화신침의 얼굴에 비로소 미소가 맺혔다.

그의 얼굴 위로 환한 웃음이 번져 가는 사이 한평의 목소리가 들려왔다.

“그럼, 합의를 본 것으로 알고 광한문의 수뇌부인 광성단에 대해서 잠깐 언급하겠습니다.”

난화신침이 고개를 끄덕이자 입을 열었다.

“그들은 흑혈쌍웅이 전수해 준 전설의 무공 벽뢰파천도를 익혔습니다. 하지만 잘 아시다시피 그 무공은 워낙 난해한지라 태극천의 고수들조차 익히지 못한 전설의 무공이지요. 저희가 알아본 바에 의하면 문주를 맡은 구류도가 사성 가까이 익혔다고 합니다. 따라서 그 위력이 어느 정도인지는 아직 미지수지요. 아무튼 당문에서는 그 점에 유의하고 대결에 임해주시기 바랍니다.”

그의 충고에 난화신침이 큰 웃음을 터뜨렸다.

“허허허! 너무 걱정하지 마시오. 우리 당문이 괜히 사대세가의 한자리를 차지하고 있겠소이까? 혹여 태극천의 고수들이 직접 나선다면 모를까, 놈들이 전설의 무공, 아니, 그 할아비의 무공을 익혔다 할지라도 우리의 상대가 될 수 없을 것이오.”

잠시 좌중을 둘러보더니 자신에 찬 목소리로 목청을 돋우었다.

“우리가 광성단인지 광우단(狂牛團)인지 하는 놈들을 깨끗이 정리해 줄 테니 여러분은 좀 전의 약속이나 잊지 마시길 바라오!”

‘그래, 이제 멍석도 제대로 깔렸으니 여기서 끝장을 보자꾸나!’

난화신침의 얼굴에 떠올라 있던 비릿한 미소가 싸늘한 냉소로 변해갔다.

잠시 후, 그의 차가운 시선과 구류도의 강력한 시선이 마주치는 순간이었다.

“이놈! 명년 오늘이 네놈의 제삿날인 줄 알아라!”

“흥! 가소로운 놈! 하늘 높은 줄 모르고 날뛰는 놈의 말로가 무엇인지 내 오늘 똑똑히 가르쳐 주마!”

두 사람이 목청을 돋으며 빠른 속도로 맞부딪쳐 갔다.

“쳐라!”

“놈들을 쓸어버려라!”

뒤를 이어 양측의 무인들 역시 쇄도해 갔다.

챙! 챙! 챙!

이십여 명의 무인이 서로 뒤엉키자 장내는 난장판으로 변해갔다.

"야, 이 천박한 놈아! 살기가 싫은가 보구나? 감히 당문을 향해 도를 겨누다니… 죽어라!"

"이익! 이 쥐새끼 같은 놈! 찢어진 입이라고 함부로 나불거리는구나! 명년 오늘이 네놈의 제삿날인 줄 알아라!"

"쓸모없는 잡초 같은 인생아! 어서 순순히 목을 내밀지 못할까?"

"어디서 더러운 주둥이를 놀리고 있느냐? 가증스런 네놈의 목을 깨끗이 베어주도록 하마!"

곳곳에서 고성이 터져 나오며 병장기 부딪치는 소리로 가득했다.

장내는 어느새 한 치 앞도 내다볼 수 없는 혼란 속으로 빠져들며 난전으로 치닫기 시작했다.

'으음!'

한편, 그들의 치열한 대결을 바라보는 이가 있으니 바로 장산이었다.

광성단의 무공에 대한 궁금증이 일었을까? 그의 시선은 계속해서 광성단원의 움직임을 지켜보고 있었다.

하지만 시간이 흐를수록 그의 눈빛에는 이채가 서렸다. 그

들의 움직임이 의외라는 생각이 들었던 것이다. 그렇게 생각
에 잠겨 있는 사이 뒤쪽으로부터 광검의 요란한 목소리가 들
려왔다.

"형님! 저 광성단이란 놈들 좀 보슈! 정말 대단하지 않소?
당문의 무인들이 암기를 날리지 못하도록 바싹 붙어서 거칠
게 밀어붙이고 있구려!"

그의 말에 호접은선이 고개를 끄덕였다.

"그렇구면! 일대일의 대결이라면 모를까, 난전에서는 당연
히 당문이 유리할 것이라고 생각했는데 그 예상이 보기 좋게
빗나가고 말았어. 암기의 사용이 자유롭지 못하니 일방적으
로 밀리고 있구면."

사공천 역시 한마디 거들고 나섰다.

"그렇습니다. 거리를 주지 않고 밀착해 상대하며 몰아붙이
는 것이 상당히 효과를 보고 있는 것 같습니다. 마치 암기를
사용하는 이들과의 대결에서는 어떻게 상대하는 것이 효과적
인 것인가를 가르쳐 주는 것 같군요."

그들의 대화가 이어지는 사이 한평이 조용한 걸음으로 장
산에게 다가왔다.

장산의 시선이 향하자 낮은 목소리로 말했다.

"당문은 자충수를 둔 꼴이 되었습니다. 집단전이라면 누구
보다도 유리할 것이라는 생각을 했을 테니까요. 하지만 세상
에는 종종 예외라는 것이 있지요."

그의 말에 장산이 고개를 끄덕였다.

"으음! 그런 것 같습니다. 하지만 이해가 되지 않는 점이 있군요. 아무리 암기의 사용이 여의치 않다지만 저 정도로 밀릴 줄은 상상조차 하지 못했습니다. 당황한 나머지 아예 본연의 실력조차 제대로 발휘하지 못하고 있는 것 같군요. 한 번 수세에 몰리더니 계속해서 일방적으로 밀리고 있습니다."

문득 한평의 입가에 미소가 맺혔다.

"그런데 저들의 움직임에서 무엇인가 이상한 점이 느껴지지 않습니까?"

그의 물음에 장산의 눈에 이채가 서렸다.

"그렇지 않아도 처음부터 광한문도의 움직임을 보면서 이상하다는 느낌을 받았습니다. 언뜻 보면 막싸움을 벌이는 것 같지만 실제로는 일정한 형태로 움직이고 있으니까요. 마치 어떤 진을 펼치고 있는 것 같습니다."

그의 시선이 다시 장내를 향했다. 그리고는 감탄하듯 탄성을 자아냈다.

"허, 대단하군요! 마치 실바람이 불어오다가 갈수록 회오리바람으로 변해가는 것 같습니다! 상상외로 강력한 기운이 형성되고 있네요!"

그는 말을 하다말고 무엇인가 생각난 듯 두 눈을 동그랗게 뜨며 물었다.

"설마……?"

그의 시선이 꽂히자 한평이 고개를 끄덕였다. 그리고는 조용히 입을 열었다.

"저들이 펼치고 있는 것은 다름 아닌 건곤무생십혈진(乾坤無生十血陣)이란 것입니다. 태극천에서 삼라만변대라천멸진을 응용해 만든 진으로, 하늘과 땅 사이의 생명체는 모조리 멸한다는 절대사진(絶對死陣)이지요. 웬만한 고수들은 진이 펼쳐진다는 사실조차 모르다가 단 한 번의 폭발적인 진세에 의해서 추풍낙엽으로 떨어져 나간다고 합니다. 흑혈쌍웅이 벽뢰파천도와 함께 전수해 준 것으로 추측됩니다. 가만……."

잠시 장내를 주시하더니 말을 이었다.

"당문주 난화신침의 얼굴에 당혹스런 표정이 떠오르는 것을 보니 서서히 진세가 극으로 치달아가고 있군요. 진세가 극에 달하면 아마도 당문의 수뇌부는 살아남기 어려울 것입니다. 아니, 광성단의 무공에도 한계가 있으니 잘하면 동귀어진으로 끝나겠지요."

"……?"

장산이 놀란 눈으로 바라보자 담담한 표정을 지었다.

"냉정한 말이 될 수도 있지만 당문의 세력은 약화되어야 합니다. 그렇지 않고서는 사천의 안정이란 요원할 뿐이지요. 제이의 광한문이 탄생할 수밖에 없다는 말입니다. 따라서 아미와 청성의 힘으로 견제가 가능한 정도로 세력이 약화되어야 합니다. 그 적절한 힘의 균형은 바로……."

그의 말은 이어지지 못했다.

장산이 빠르게 말을 끊고 나섰다.

"하지만 저들은 정파를 대표하는 사대세가 중 한 곳이 아닙니까? 굳이 그렇게까지 할 필요성이 있는지 이해가 되지 않습니다. 지금이라도……."

그가 신형을 움직이려고 하자 한평이 재빨리 제지하며 입을 열었다.

"현재는 난세입니다. 만약 저들이 정파의 일원이라면 당연히 혈교의 준동에 나서야 하지요. 혹여 그것이 부담스럽다면 간접적이라도 도움을 주어야 마땅하고요. 하지만 자세히 알아보니 그런 의중이 전혀 없더군요. 오히려 난세를 이용해 세력을 견고히 구축하려는 야심을 품고 있었습니다."

"……?"

장산이 멍하니 바라보자 천천히 말을 이었다.

"저들은 자신의 역할을 외면하고 있습니다. 작금의 난세를 기회 삼아 세력을 확장시키는 일에만 혈안이 되어 있지요. 따라서 난세가 끝나면 그 화살은 세력이 약화된 정파를 향하게 될 것입니다."

"하지만 그것은 모든 문파가 마찬가지가 아닐까요?"

"물론입니다. 하지만 문제는 그릇이지요. 당문은 여러 문파를 담아내기에 그릇이 너무 작습니다. 이곳에서조차 포용력을 상실한 채 극단적인 대립만을 야기하고 있는데 그 행보가 구파일방과 남은 세가를 향한다고 생각해 보십시오. 걷잡을 수 없는 문제가 발생하게 될 것입니다.”

“하지만…….”

장산이 막 말을 꺼내려고 할 때였다.

갑자기 그의 신형 주위로 미풍이 밀려드는가 싶더니 투명한 막이 형성되었다.

‘헉!’

한평이 기류에 밀려나면서 놀란 눈으로 바라보는 사이 장산이 재빨리 뒤를 향해 목청을 돋우었다.

“모두 십 장 밖으로 물러나세요!”

곧이어 장산은 한평의 허리를 끌어안은 채 미끄러지듯 물러섰다.

그의 예상치 못한 행동에 주변의 인물들이 깜짝 놀리며 물러나는 순간이었다.

“전원 현 위치에서 추혼비접망(追魂飛蝶網)을 펼쳐라!”

난화신침의 다급한 목소리가 들려왔다.

추혼비접망!

당문의 절기 중 하나인 추혼비접을 이용한 필살의 협공이었다.

일단 이 협공이 펼쳐지면 반경 오 장 안은 온통 나비 모양의 암기로 뒤덮이며 혈우(血雨)에 휩싸인다고 알려져 있었다.

추혼비접이 당문 최후 비전인 만천화우(滿天花雨)에 비해 위력이 떨어지는 것은 사실하지만 장소에 구애됨이 없이 그 어떤 상황에서도 펼칠 수 있는 장점을 지니고 있었다.

특히 지금과 같은 난전 속에서는 일정한 대열을 이루지 않아도 살상을 극대화할 수 있는 효과적인 암기에 속했다. 더욱이 지금은 수뇌부 전원이 동시에 펼치는 추혼비접망이었다. 따라서 그 위력은 상상하기조차 어려웠다.

장산을 비롯한 사천동맹 전원이 긴장된 표정을 떠올리며 장내를 주시하는 순간이었다.

"추혼일명탈(追魂一命奪)!"

"벽뢰탄강(碧雷彈强)!"

양측에서 커다란 외침이 터져 나왔다.

쐐액! 쐐애액!

번쩍! 번쩍! 푸쉬시식!

갑자기 수많은 은빛의 화린(花鱗)이 물보라가 퍼져 나가듯 장내를 뒤덮으며 그 사이로 피어오른 짙푸른 열 줄기 도영(刀影)이 화린 사이를 갈랐다.

팅! 티디딩, 팅! 쾅! 콰과과광!

"으악! 으아악!"

"크악! 크아악!"

마치 쇠종이 터지는 듯한 굉음과 함께 십수 명의 단말마가
이어졌다.

동시에 장내는 한 치 앞도 내다볼 수 없는 자욱한 흙먼지로
뒤덮이고, 그 사이로는 붉은 핏물이 솟구쳐 올랐다.

"사, 살려… 줘!"

"으악! 내 팔, 내 다리!"

"크흑! 끄으으!"

잠시 후, 흙먼지가 가라앉자 참혹한 장면이 그대로 드러났
다.

장내에는 당문이나 광한문의 무인들 할 것 없이 절반에 가
까운 이들이 송장으로 변해 나뒹굴고 있었다.

그리고 그 사이로 가슴이 갈라져 조개 입처럼 벌어지거나
팔다리가 잘려 나간 당문의 무인들이 허우적거리고, 암기 세
례를 받아서 전신이 털북숭이로 변한 광성단원이 고통에 찬
표정으로 꿈틀거리고 있었다.

반면, 그들의 한가운데에는 피범벅이 된 난화신침과 구류
도가 힘에 겨운 듯 비틀거리며 서 있었다. 서로를 노려보는
그들의 핏발 서린 눈동자에서는 살을 에는 듯한 한기가 쏟아
지고 있었다.

그들 중 먼저 입을 연 것은 난화신침이었다.

"너, 너……! 쿠웩!"

하지만 그는 말을 맺지 못한 채 한 사발의 선혈을 토해내며

그대로 한쪽 무릎을 꿇었다.

"흐흐흐! 고작 그 정도… 우욱, 우웩!"

구류도 역시 마찬가지였다.

그 역시 검을 땅에 꽂아 간신히 신형을 의지한 채 비웃음을 흘리다가 시뻘건 선혈을 토해내고 말았다.

잠시 후, 난화신침이 인상을 잔뜩 찌푸린 채 힘겹게 입을 열었다.

"으으으! 네놈만은… 저승의 동반자로 삼으리라!"

그가 차가운 음성을 토해내자 구류도가 가소롭다는 표정을 지으며 웃었다.

"푸하하하, 콜록! 콜록! 같잖은 놈 같으니라고… 내 단칼에 네놈의 목을 베어주마!"

두 사람은 역시 한 문파를 이끄는 수장들다웠다.

이미 내부가 심하게 진탕되어 기혈이 마구 뒤틀린 상태에서도 비틀거리며 신형을 곧추세웠다. 그리고는 끝이라도 보려는 듯 남은 내력을 극성으로 끌어올렸다.

"크흑!"

"커헉!"

하지만 말로는 표현할 수 없는 고통으로 인해 인상이 심하게 일그러졌다.

그럼에도 그들은 아랑곳하지 않았다. 여기서 멈추었다가는 단 일 초도 펼칠 수 없기 때문이었다.

그들은 북설(北雪)을 방불케 하는 한광(寒光)을 쏟아내며 어금니를 부러져라 꽉 깨물었다. 동시에 시야가 온통 뿌옇게 흐려지는 가운데 들끓는 진기를 쥐어짜 내며 자신들의 최절초를 펴올렸다.

"만천화우!"

"파천멸(破天滅)!"

두 사람의 입에서 피보라가 뿌려지며 처절한 외침이 터져 나왔다.

쐐애애액!

번쩍! 번쩍!

소름 끼칠 듯한 거친 파공성과 함께 번뜩이는 섬광이 빠르게 사위로 퍼져 나갔다.

"아……!"

순간, 난화신침의 입에서 탄성이 흘러나왔다.

비록 극성으로 펼치지는 못했지만 자신의 만천화우가 하늘을 뒤덮으며 꽃 비를 뿌리는 광경은 참으로 아름다웠다. 그 형언할 수 없이 꽃 비가 떨어져 내리는 극히 짧은 시간, 그는 넋을 잃고 말았다.

'으음!'

하지만 그것은 잠시뿐이었다.

갑자기 가물거리는 시야 속으로 꽃 비를 가르는 뜨거운 일선(一線)이 보였다.

그리고 그 일선의 기운은 정수리를 향해 형언할 수 없는 속도로 떨어져 내렸다.

'하늘은 우리편이 아니었던가?'

문득 그의 얼굴에 체념의 빛이 떠올랐다.

마음은 피하라고 경종을 울려대고 있지만 몸이 말을 듣지 않았다. 그의 몸 안에는 이미 한 올의 진기도 남아 있지 않았던 것이다.

'후후후!'

왠지 허무한 삶이었다는 생각이 드는 순간이었다.

'응?'

갑자기 그의 눈이 휘둥그레졌다.

무엇인가 솜뭉치처럼 부드러운 기운이 미풍처럼 밀려들었던 것이다.

순간, 희한하게도 눈앞에 펼쳐지던 장면들이 일시 멈춰 섰다. 가시 돋친 꽃 비도, 그것을 가르던 뜨거운 일선도 모두 정지했다.

'저럴 수가?'

그의 얼굴이 놀람으로 가득 찼다.

부드러운 미풍에 밀려서 하늘을 뒤덮은 꽃 비와 불기둥을 연상케 하던 일선이 사라지기 시작했다. 무엇인가 보이지 않는 기이한 기운이 꽃 비와 일선을 감싸 안더니 서서히 밀어내고 있는 것이다.

너무도 어이없는 광경에 난화신침이 주저앉은 채 넋을 잃었다. 그렇게 멍하니 바라보고 있을 때였다.

'저자는?'

누군가가 두 사람 사이로 내려섰다. 바로 장산이었다.

그는 쥐고 있던 검을 다시 검집에 꽂았다. 그리고는 난화신침과 구류도를 번갈아 바라보며 입을 열었다.

"여기서 멈추시지요!"

"그 무슨……?"

"예……?"

두 사람이 의아하다는 표정을 짓자 천천히 말을 이었다.

"이쯤에서 그만 하십시오. 더 이상의 승부는 무의미합니다. 그저 의미없는 죽음일 뿐이지요."

난화신침이 고개를 갸웃거리며 물었다.

"무의미하다는 말이 무슨 뜻이오?"

장산이 그를 직시하며 대답했다.

"조금 전, 제가 막아서지 않았다면 두 분은 모두 무사하지 못했을 것입니다."

"……!"

난화신침은 할 말을 잃은 듯 입을 다물었다.

그의 말은 사실이었다. 구류도도 꽃 비를 피하지 못했겠지만 자신은 분명 죽은 목숨이었다. 따라서 장산에 의해서 목숨을 구원받았다고 할 수 있었다.

그가 말이 없자 장산이 손가락으로 주변을 가리키며 목청을 돋우었다.

"자, 한번 주위를 살펴보십시오! 지금 양측의 무인들이 저러한 상황인데 두 분이 양패구상한다고 한들 달라질 것이 무엇이 있겠습니까?"

"하지만……."

난화신침이 무엇인가 말을 꺼내려다가 그치자 장산이 물었다.

"괜찮습니다. 말씀해 보세요."

난화신침이 어색한 표정을 떠올리며 물었다.

"이 싸움은 사천동맹을 대표하는 당문과 저 광한문 놈들과의 대결이오. 그런데 지금 이 상태에서 싸움을 끝낼 경우, 어떻게 하란 말이오? 저놈들에게 당위성을 부여하겠다는 말이오?"

그의 말은 이번 대결을 끝내지 않는 이상 아무런 의미가 없다는 뜻이었다.

생각 같아서는 광한문도 전원을 도륙 내고 싶지만 여의치 않을 경우, 사천 지역에서라도 쫓아내야만 했다.

그런데 이 상태로 끝을 맺는다면 그들이 사천 내에서 활보하는 것을 그냥 지켜보아야만 하는 것이다. 따라서 그의 제안은 당연히 수긍할 수 없는 문제였다.

장산이 고개를 끄덕였다. 그리고는 차분한 목소리로 입을 열었다.

"문주님의 말씀이 무슨 뜻인지 알겠습니다."

그는 말을 마친 후, 구류도에게 시선을 향했다.

"이번 결정은 당신에게 달려 있소!"

다소 엉뚱하게 느껴지는 말에 구류도가 눈을 끔뻑거리며 물었다.

"그게 무슨 말이오?"

"당신이 광한문을 이끌고 있는 수장이니 묻는 것이오. 이번 대결에 상관없이 문도들을 이끌고 이곳 사천을 떠나갈 의향이 있소?"

"그⋯⋯."

구류도는 말문이 막히는 것을 느꼈다.

백미검선이 자신에게 광한문도를 이끌고 떠나가기를 종용하고 있는 것이다.

'으음!'

그의 미간에는 깊은 밭고랑이 파였다.

솔직히 그가 방해하지 않았다면 난화신침을 두 동강 낼 수 있었을 것이다. 물론 자신 역시 꽃 비 세례를 받으며 어떻게 되었을지 장담할 수 없었지만⋯⋯.

그렇다면 결국 이번 대결에서 승리를 거머쥔 쪽은 없다고 할 수 있었다.

'재대결을 펼칠 수도 없고⋯⋯.'

그랬다. 그것이 그가 고민스러워하는 대목이었다.

사천동맹에는 아직도 아미와 청성, 그리고 점창의 수뇌부가 존재하고 있었다.

하지만 광한문의 사정은 달랐다. 실질적인 수뇌부라고 할 수 있는 광성단원이 저 지경으로 변했으니 그들을 상대할 만한 고수들이 없는 것이다.

'그렇다면?'

그랬다. 못 이기는 척하고 백미검선의 말을 따르는 것이 상책이었다.

그러나 돌다리도 두들기고 건너야 하는 법, 한 가지 다짐을 받아두어야 할 문제가 있었다.

"우리가 만약 이곳을 떠나갈 경우, 누가 우리의 안전을 책임져 줄 것이오? 단지 구두상의 약속만으로는 신뢰할 수가 없구려!"

장산이 고개를 끄덕이며 대답했다.

"그 점에 대해서는 염려하지 마시오. 당신들이 떠나간다면 사천을 벗어날 때까지 우리 태극검문의 자운당이 보호해 줄 것이오."

그는 말을 마친 후, 난화신침에게 시선을 향했다.

"자, 어떻게 하시겠습니까? 광한문도가 이곳 사천을 떠나는 조건으로 마무리를 지으시지요."

"으음!"

난화신침이 일어서다 말고 인상을 찡그렸다.

그의 몸 상태는 보기에도 심각해 보였다. 신형을 세우기는 했지만 지탱하는 것조차 힘에 겨운 듯 몇 차례 부르르 떨며 겨우 중심을 잡았다.

잠시 후, 심호흡을 하더니 입을 열었다.

"좋소! 저들이 사천 지역을 떠난다면 그 문제에 대해서는 더 이상 왈가왈부하지 않겠소. 다만……."

"다만 무엇입니까?"

"지난번에 언급한 아미와 청성의 문제에 대해서는 어떻게 할 것이오?"

그의 물음에 장산이 답변했다.

"그 문제에 대해서는 전에 말씀드린 것과 동일합니다. 아미와 청성, 그 어떤 곳도 당문이 하는 일에 상관하지 않은 것입니다. 다만 당문에서도 두 문파가 하는 일에 대해서는 관여하지 마십시오."

'두 문파에 대해서 관여하지 말라고?'

난화신침은 언뜻 마지막 말이 귀에 거슬렸다.

하지만 곧 고개를 가로저었다. 그들의 세력으로는 사천 내에서 그 어떤 영향력도 행사하기 어려웠다.

'그럼 이쯤에서……'

그는 왠지 모르게 꺼림칙한 생각이 들었지만 그냥 무시하기로 했다.

"좋소! 그럼 지금부터는 태극검문에서 알아서 하시오! 우리 당문은 더 이상 저놈들과의 일에 상관하지 않겠소이다!"

그의 말이 끝나자 장산의 얼굴에 비로소 미소가 맺혔다.

"좋습니다! 그럼 오늘로서 사천동맹과 광한문의 대립은 종지부를 찍은 것으로 생각하겠습니다."

곧이어 구류도를 바라보며 입을 열었다.

"당신은 이제 부상자들을 데리고 진지로 복귀하도록 하시오. 내일 중으로 자운당주인 자운천검께서 당원들을 이끌고 귀 문을 방문할 것이니 그분과 논의해서 적당한 날을 택해 떠나도록 하시오."

"으음! 알겠소이다!"

구류도가 고개를 끄덕이자 천천히 말을 이었다.

"거친 회오리바람이 몰아치고 소낙비가 퍼부어도 하루를 넘기지 못하는 법이라오. 그 때문에 내 몸과 마음이 아프더라도 가능하면 순리를 따르도록 하시오. 따지고 보면 내 자신이 그 자리에 서 있었기 때문에 맞이하게 된 폭풍우가 아니겠소?"

구류도가 멍한 표정으로 장산을 바라보았다.

그의 얼굴에는 이해하지 못하겠다는 기색이 역력했다. 그 궁금증은 곧 질문으로 이어졌다.

"그게 무슨 말이오?"

"무슨 말이냐……? 증오도, 원망도, 모든 것이 내 마음속에 있다는 말이외다!"

"……?"

구류도가 고개를 갸웃거리자 장산이 씩 웃었다.

"잘 가시오! 그리고 다음에 만나면 바지춤을 풀어놓고 술 한잔 나누도록 합시다!"

그의 시선이 잠시 바닥에 나뒹굴고 있는 추량을 향했다.

태극검문을 한바탕 휘저어놓았을 뿐 아니라 자운당의 거센 추격마저 뿌리치고 예까지 온 그였지만, 결국 차디찬 땅바닥에 나뒹구는 한 구의 시신이 되고 말았다.

그동안 이어진 그의 험한 여정에 비하면 참으로 허망한 죽음이 아닐 수 없었다.

추량의 시신을 바라보던 장산의 시선이 다시 구류도를 향했다.

"자, 그럼!"

그가 고갯짓으로 인사를 하며 돌아서자 구류도의 얼굴에 실낱같은 미소가 스쳐 갔다.

'백미검선! 그 특이한 용모만큼이나 기이한 인물이구려! 내 당신이 한 말이 무슨 뜻인지 모르겠지만 다음에 만난다면 술 한잔하자는 말만큼은 꼭 기억하겠소이다!'

그는 멀어져 가는 장산의 뒷모습을 바라보며 눈을 떼지 못했다.

휘이이잉!

　남은 앙금을 날려 버리기라도 하듯 어디선가 세찬 바람이 불어왔다.

　그리고 그 바람은 사위로 퍼져 나가며 멀어져 가는 이들의 등을 시원하게 해주었다.

第十章

모든 것이 꿈이런가 하노라

마맥(魔脈)

산천초목이 그 푸르름으로 더해가는 무렵, 소리없는 소문 하나가 무림 전역으로 빠르게 퍼져 나갔다.

"파중대전이 끝났다!"

"사천 지역은 태극검문의 중재로 인해서 큰 피해 없이 안정을 되찾았다!"

또다시 이어진 태극검문의 발 빠른 행보에 무림은 열광하기 시작했다.

하지만 그 와중에 알려진 당문의 행보는 눈살을 찌푸리기에 충분했다.

"사천 분쟁의 모든 원인은 당문의 후안무치한 욕심 때문이었다!"

　"당문은 무림의 위기를 외면했을 뿐 아니라 광한문과의 대결을 이용해 난세 후, 정파 내의 영향력을 행사하려다가 쪽박을 찼다!"

　소문들은 흉흉하기 그지없었다.

　그로 인해 오랜 역사를 자랑하던 당문의 명성은 하루아침에 곤두박질치고 말았다.

　거기에 광한문과의 대결에서 난화신침을 제외한 수뇌부 전원이 사망 또는 회복 불가능한 부상을 입는 바람에 그 세력 또한 크게 위축되었다.

　결국 사천 지역의 패자로 군림하려던 애초의 계획은 고사하고, 그동안 누려오던 사대세가의 지위마저 잃어버린 꼴이 되고 말았다. 심지어는 호사가들 사이에서 시정잡배의 집합소로 매도당하기까지 했다.

　'상단과 표국의 반란!'

　그 틈을 타서 사천 내의 거대 상단과 표국이 독자적인 행보에 나서기 시작했다.

　그러자 그동안 당문의 독단적인 행보에 불만을 품어오던 중소 상단과 표국 역시 일제히 반기를 들며 아미와 청성을 지지하고 나섰다.

　결국 당문에 의해서 발발한 파중 대전은 그들의 희망과는 달리 명성뿐 아니라 실리마저 잃어버리는 최악의 결과를 초래하고 말았다.

이제 그들이 예전의 명성을 회복하기란 그저 요원하기만 했다.

한편, 태극검문과 함께 또다시 떠오른 태양이 있으니 바로 백미검선이었다.

이제 사람들은 그가 무림의 구성(求星)임을 믿어 의심치 않았다.

특히 그에 대한 소문은 일부 호사가들 사이에서 빠르게 퍼져 나갔다. 그를 현 무림의 최고수이자 무림삼성 중 일인인 일류파천의 명성 위에 올려놓기를 주저하지 않는 것이다.

예전에 무림삼천의 명성이 무림삼성으로 자연스럽게 넘어갔듯이 이제 무인들 사이에서도 세대교체가 이루어지고 있는 느낌이었다.

'척마멸사(斥魔滅邪)!'

한편, 남부 전선에 이어서 사천 지역의 평정이 가져다준 심리적 효과는 실로 대단했다.

북부 전선에서 무림맹이 혈교에게 밀리고 있는 상황이지만 무림인들은 걱정하지 않았다. 오히려 전체 판세를 가늠하는 향배가 될 북부 전선을 모두들 흥미로운 시선을 바라보고 있었다.

그것은 그동안 동시다발적으로 벌어지던 혼란이 빠르게 수습됨으로써 북부 전선에 전력투구할 수 있는 발판이 마련

됨과 동시에 백미검선이라는 신성 때문이었다.

　아무튼 그 모든 희망 앞에는 무림의 기둥이라고 불리는 태극검문과 백미검선이 있었다.

*　　　*　　　*

　섬서(陝西)의 양대 명산으로 손꼽는 화산(華山)과 종남산(終南山)의 중간 지점에는 교통의 요충지 위남이 자리하고 있다.

　예로부터 이곳은 서안에서 동쪽으로 향하는 중요한 길목일 뿐 아니라 서주(西周) 시대에는 온갖 크고 작은 성을 축조해 방비하던 군사적 요충지에 속했다.

　지금도 야산 곳곳에 무너져 내린 성터가 자리하고 있는 것을 보면 당시 지정학적으로 얼마나 중요한 위치를 차지하고 있었는지 알 수 있었다.

　하지만 무림에서 이곳이 유명한 이유는 따로 있었다. 바로 공포의 혈천무제와 관련된 전설이 내려오는 지역이기 때문이었다.

　오랜 세월이 흘렀지만 그의 존재가 주는 무게감은 실로 대단했다.

　특히 그에 대한 전설이 현실이 되고, 추측할 수 없는 무공을 지닌 태극천의 고수들이 쏟아져 나오면서 그를 떠올리는 무림인들의 시각은 변해갔다.

정사(正邪)의 개념을 뛰어넘어 한 무인으로서 경외지심을 느끼게 된 것이다.

그러던 어느 날, 그 전설의 장소로 갑자기 수많은 무인이 몰려들었다.

위남의 외곽에 자리한 야산의 중턱에는 고성(古城)으로 보이는 옛 성터가 자리하고 있었다.

곳곳에 무너져 내린 성벽의 잔재가 널려 있고, 외로이 서 있는 높은 망루만이 이곳이 한때 중요한 격전지였음을 가르쳐 주고 있었다.

그 성터의 안쪽에는 오래된 전각 한 채가 세워져 있었다. 오랜 세월이 흘렀음에도 자신의 위용을 뽐내듯 당당한 모습으로 서 있었다.

그 안에는 승복과 도복을 포함한 각양각색의 의복을 걸친 십수 명의 무인이 장방형의 탁자를 중심으로 앉아 있었다.

그들 중 상석에 앉아 있는 무승(武僧)의 시선이 백미청년에게 향하며 입을 열었다.

"무공! 실로 오래간만입니다, 아미타불!"

그의 말에 옆 자리에 앉아 있던 도인 역시 한마디 거들었다.

"세월이란 참으로 빠르구려! 벌써 일 년이란 세월이 흘렀소이다! 그나저나 이제는 빈도의 눈으로는 가늠할 수 없는 경지에 이르렀구려, 무량수불!"

두 사람의 온화한 인사말에 백미청년이 환한 웃음을 떠올렸다.

"후배 역시 현오 대사님과 청송 진인을 다시 만나게 되어 기쁘기 한량없습니다."

그랬다. 두 사람은 바로 천혈림의 마수로부터 구해준 소림 방장 현오와 깊은 인상을 남겨주었던 무당 장문인 청송 진인이었다.

세 사람이 무당에서 첫 만남을 가진 후, 일 년의 시공을 뛰어넘어 다시 한자리에 모인 것이다. 첫 만남에서 서로 간에 인상이 좋았던 까닭인지 그들의 얼굴에는 연신 웃음이 가시지 않았다.

하지만 현 무림의 상황은 그들 간에 즐거운 대화를 나누기에 여의치 않았다.

만면에 흐뭇한 미소를 띠고 있던 현오가 좌중을 둘러보며 입을 열었다.

"저 젊은 청년이 바로 태극검문의 무공이자 현 무림의 난제를 해결해 줄 구성인 백미검선이외다!"

그의 소개가 끝나자 장산이 신형을 일으켜 세우며 정중히 포권을 취했다.

"무림말학 장산이 고명하신 구파일방의 장문인들을 뵈옵니다!"

그가 인사를 마치자 여기저기서 중후한 목소리가 흘러나
왔다.

"허허허! 만나서 반갑소이다. 빈도는 화산의 매화검노(梅
花劍老)라 하오."

"만나서 반갑구려! 빈도는 공동을 이끌고 있는 운허라고
하오이다. 대제자인 해월로부터 많은 이야기를 들었소이다."

"곤륜의 백학(白鶴)이오!"

"종남을 이끌고 있는 화룡자(火龍子)이외다!"

"끌끌끌! 노부가 바로 거지들의 왕초인 황죽개(黃竹丐)외
다! 그동안 소문으로만 들어왔는데 직접 보고 나니 무공뿐만
아니라 영웅으로서의 자질도 겸비하고 있구려! 시간 나면 어
디서 진하게 술이나 한잔합시다! 내 비록 나이는 들었지만 젊
은 사람들 못지않은 주량과 풍류를 자랑한다오!"

각자 자신을 소개하는 그들의 목소리에는 만족스런 음성
이 깔려 있었다.

백미검선이 젊은 나이에 일류파천을 능가하는 명성을 지
니게 되자 혹여 패도적인 인물은 아닌지 내심 기대 반, 걱정
반으로 참석한 그들이었다.

하지만 그들의 눈앞에 보이는 백미검선은 그야말로 겸손
한 인물이었다. 자신들의 근심은 괜한 기우에 지나지 않았다.

장산이 좌중을 향해서 다시 한 번 정중히 허리를 굽히며 포
권을 취했다.

"앞으로 선배님들의 많은 지도, 편달을 바랍니다!"

"아미타불!"

"무량수불!"

그의 정중한 언행이 이어지자 장내에는 불호와 도호가 그치지 않았다.

잠시 후, 열심히 염주 알을 굴리던 광오가 장산에게 시선을 향했다.

"자, 이제 서로 간에 인사도 마쳤으니 앞으로의 일에 대해서 논해보도록 합시다!"

그의 말에 장산이 고개를 끄덕였다.

"예, 그렇게 하시지요."

곧이어 장산은 손을 들어 한평을 가리키며 말을 이었다,

"태극검문의 문공입니다. 이분이 이번 거사에 대해서 자세히 말씀해 주실 겁니다."

그의 소개를 받은 한평이 조용히 자리에서 일어나며 포권을 취했다.

"여러 장문인들을 뵙게 되어서 영광입니다. 태극검문의 문공을 맡고 있는 한평이라고 합니다."

"아미타불!"

"무량수불!"

한평은 장내가 조용해지길 기다리더니 입을 열었다.

"그동안 동시다발적으로 일어나서 무림을 어지럽히던 남

혈림의 야욕과 광한문의 분쟁이 모두 해결되었습니다. 따라서 이제 남은 것은 혈교와의 한판 승부에서 승리를 거두는 일만이 남아 있지요.”

잠시 좌중을 둘러보더니 말을 이었다.

“하지만 문제가 있습니다. 잘 아시다시피 태극천의 고수들까지 가세한 혈교의 전력이 만만치 않다는 데 있습니다. 이곳으로 오는 동안 일류문주이신 일류파천께서 태극천의 고수들 중 한 명인 권제 이운상이란 자와의 대결에서 승리를 거뒀지만 심각한 내상을 입었다는 소식을 전해 들었습니다.”

그의 말에 현오가 나섰다.

“아미타불! 그렇다네, 참으로 안타까운 일이었지! 일류문주께서 엄청난 무공을 선보이며 권제를 압도했지만 마지막에 동귀어진을 시도한 그의 마수를 피하지 못했다네. 이후, 우리 무림맹은 이곳 위남으로 퇴각할 수밖에 없었지. 그나마 다행인 것은 그 대결 이후로 북부 전선이 다소 소강상태에 접어들었다는 사실일세.”

“으음! 그렇게 된 일이군요!”

한평이 고개를 끄덕이더니 좌중을 둘러보았다.

“우선 태극천의 고수들과 혈교의 조직 구성에 대해서 말씀드리겠습니다. 현재 혈교에 합류한 태극천의 고수들은 모두 혈맥 소속입니다.”

순간, 청송 진인의 눈이 동그랗게 커졌다.

"아니, 혈맥 소속이라니? 그게 대체 무슨 말인가?"

한평의 시선이 그의 반짝이는 동공과 마주쳤다.

"그동안 태극천의 고수들에 대해서 궁금해하셨을 겁니다. 제가 아는 선에서 자세히 말씀드리도록 하지요. 우선 그들은 세 부류로 나뉘어져 있습니다. 그러나 서로 간에 공동의 목적을 지니고 있진 않지요."

청송 진인의 눈에 이채가 서렸다.

그의 얼굴에는 궁금하다는 기색이 역력했다.

"지금 자네의 말은 그들의 출신지가 동일한 태극천이지만 무림으로의 진출 목적은 서로 다르다는 얘기인가?"

그의 물음에 한평이 고개를 끄덕였다.

곧이어 좌중을 둘러보더니 장산을 가리켰다.

"예, 그렇습니다. 장문인들께서는 여기 계신 무공님과 남부 전선에서 대결을 펼쳤던 검제라는 태극천의 고수를 기억하실 겁니다."

좌중의 인물들이 고개를 끄덕이자 조용히 입을 열었다.

"그는 태극천의 고수이지만 마맥 소속입니다. 현재 혈교에 머물고 있는 혈맥 소속과는 다르지요. 그동안 남혈림과 북혈림이 같은 혈교이면서도 제각기 독립적인 행보를 보여온 이면에는 바로 그와 같은 태극천 내의 계파가 존재했기 때문입니다."

이번에는 매화검노가 걱정스런 표정으로 물었다.

“그렇다면 혈맥 소속의 태극천 고수가 몇 명이나 되는 것인가? 우리가 알아본 바에 의하면 혈교에 머물고 있는 그들의 수가 죽은 권제를 제외하고도 두 명이나 더 있다고 하던데…….”

그가 말끝을 흐리자 한평이 말을 이었다.

“예, 현재 혈교에 죽은 권제를 제외하고 두 명이 더 있습니다. 그동안 태극천에는 천주를 포함한 고수의 수가 열 명으로 알려져 있었지요. 하지만 그렇지가 않습니다. 혈맥에 알려지지 않은 고수가 한 명 더 있었지요. 따라서 천주를 제외한 고수들만 정확히 열 명입니다. 그들 중 여덟 명이 태극천을 나섰지요. 혈맥과 마맥의 인물들이 각각 세 명씩에다가 사천에서 제거된 흑혈쌍웅이란 자들입니다.”

잠시 뜸을 들이더니 매화검노를 바라보았다.

“그들은 각각 자신들의 뿌리를 찾아서 남혈림과 북혈림으로 향했습니다. 다만 혈맥들이 이미 천혈림을 장악한 후였기에 혈교주인 혈제 송무가 문도들을 이끌고 북부 전선으로 합류한 것이지요.”

“으음! 그런 비사가 있었구먼!”

매화검노의 고개가 끄덕여졌다.

하지만 곧 무엇인가 생각난 듯 궁금한 표정을 떠올리며 물었다.

“그런데 남은 마맥의 고수들은 어떻게 되는 것인가? 그들도 조만간 북부 전선으로 합류하게 되는 것인가?"

그의 물음에 한평이 고개를 저었다.

"그렇지 않습니다. 원래 양측의 사이가 워낙 좋지 않았을 뿐더러 태극천을 나서는 순간, 남남이 되었다고 볼 수 있으니까요. 다만……."

그는 말을 하다 말고 힐끗 장산을 바라보았다.

"만약 그들이 움직인다면 개인적으로 무공님을 찾아올 가능성이 높습니다. 그들은 무(武)를 숭상하고, 강한 무공을 추구하는 조금은 원시적인 형태의 무인들이니까요. 사실 그들에게 정(正)이니 사(邪)니 하는 개념은 관심 밖의 일입니다."

"그렇다면 그들이 이곳으로 무공과 대결하기 위해서 찾아올 것이라는 말인가?"

"예, 그렇습니다. 자신들도 장담 못하는 검제를 물리친 무공님께 구미가 당길 테니까요."

"으음! 그들이 일단 혈교에 합류하지 않는다니 다행이지만……."

매화검노가 말을 맺지 못했다.

그리고 그를 포함한 모든 이의 시선은 일제히 장산을 향했다.

그들이 혈교에 합류하지 않을 것이라는 말은 쌍수 들고 환영할 만한 일이지만, 태극천의 고수들이 어떤 인물들이었던가?

천하제일로 불리던 일류파천이 권제와의 대결에서 승리를 했다고는 하지만 거의 양패구상을 당할 만큼 추측할 수 없는 무위를 지닌 이들이었다.

그런 이들이 한 명도 아닌 두 명이 동시에 장산을 방문한다면 그 결과는 불을 보듯 뻔한 일이었다. 제아무리 떠오르는 신성인 백미검선이라고 할지라도 십중팔구는 목숨을 내놓아야 할 판이었다.

'으음!'

순간, 장산의 얼굴 위로 실낱같은 미소가 스쳐 갔다.

그는 좌중의 인물들이 자신에 대해서 진심으로 걱정하고 있다는 생각이 들었다.

왠지 가슴이 뭉클해지는 것을 느끼자 머리를 긁적이며 입을 열었다.

"여러 장문인들께서 진심으로 걱정해 주시니 몸 둘 바를 모르겠습니다."

"아미타불!"

"무량수불!"

여기저기서 불호와 도호가 쏟아져 나오자 천천히 말을 이었다.

"하지만 너무 걱정하지 마십시오. 인명은 제천이라고 했습니다. 그들과 마주치는 것이 하늘의 뜻이고, 그들과의 대결이 피할 수 없는 운명이라면 순리대로 따라야겠지요."

"무량수불! 하지만……."

청송 진인이 걱정스런 얼굴로 바라보자 장산은 빙그레 미소를 떠올렸다.

"높은 봉우리가 있으면 깊은 골이 있기 마련입니다. 그 길을 지나야 한다면 부딪쳐야겠지요. 만약 그 길을 피하기 위해서 돌아간다면 당장의 위험을 피할 수는 있을지 모르겠지만 그 끝을 알 수 없는 미로 속으로 들어서는 것과 같은 이치입니다."

"무량수불!"

청송 진인이 지그시 눈을 감았다.

그의 말에서 알 듯 말 듯 무언인가 느껴졌던 것이다.

'순리라…….'

그랬다. 그의 말은 순리를 따르겠다는 것이었다.

삶의 깊은 굴곡에서 복(福)을 만난다는 것은 결코 쉬운 일이 아니었다. 애써 잡으려고 해도 탐욕으로 멀어지기 일쑤인 것이다.

하지만 세상의 이치에 마음을 내맡긴 채 무욕(無慾)의 삶을 산다면 제 스스로 찾아오는 것이 또한 복이었다.

무릇 인간사에 오르막길이 있으면 내리막길이 있듯이 복 역시 화(禍)를 극복했을 때 찾아오는 자연스러운 연(然)이라고 할 수 있었다.

'허허허!'

청송 진인은 왠지 부끄러운 생각이 들었다.

한평생 도문(道門)에서 살아왔건만 이제야 순리라는 간단한 이치를 깨닫게 된 것이다. 그렇게 생각에 잠겨 있는 사이 한평의 말이 들려왔다.

"조만간 저들은 대대적인 공습을 가해올 것입니다."

그러자 현오가 나서며 물었다.

"자네 말은 저들이 전면전으로 나올 거라는 말인가?"

한평이 고개를 끄덕이며 입을 열었다.

"예, 그렇습니다. 그들이 가장 껄끄럽게 여기던 일륜문주 님께서 거동이 불편한 상태입니다. 게다가 무림맹이 본영을 버린 채 퇴각을 했고, 교도들의 사기는 하늘을 찌를 듯 기세 등등한 상황입니다. 그렇다면 결코 이러한 호기를 놓칠 리가 없지요."

한평은 잠시 좌중을 둘러보더니 말을 이었다.

"비록 계파는 다르지만 한 형제라고 할 수 있는 남혈림이 무너지는 바람에 당황한 그들입니다. 따라서 현 상황에서 그들이 취할 수 있는 가장 효과적인 방법은 바로 속전속결이지요. 명예도 회복하고 주도권도 잡을 수 있는 절호의 기회이니까요."

"으음! 그럼 어떤 적절한 대책이라도 생각해 놓은 것이 있는가?"

순간, 좌중의 모든 시선이 일제히 한평을 향했다.

태극검문과 벽검단의 합류로 겨우 한숨을 돌린 그들이지만 혈교가 전면전으로 나선다면 얘기는 달라지는 것이다.

그들의 막강한 전력을 어떻게 상대해야 할지 난감할 수밖에 없었다. 그런 그들의 기우를 헤아리기라도 하듯 한평이 목소리를 내었다.

"그들과의 전면전은 생각해 봐야 합니다. 일단은 이곳의 지형지물을 적절히 이용하면서 기습을 노리는 계책을 생각하고 있지요."

"그 계책이 무엇인가?"

매화검노의 물음에 한평이 천천히 입을 열었다.

"그것은……."

그의 말이 이어지는 동안 장내는 고요한 절간으로 변해갔다.

좌중의 모든 이는 단 한 마디라도 놓칠세라 진지한 표정으로 귀 기울이는 모습이었다.

한평의 설명이 끝나고 수뇌부가 전각을 나설 무렵 태양은 중천을 넘어서고 있었다.

*　　*　　*

뽀르룽! 뽀르룽!

새들이 나지막이 지저귀는 숲길을 한 청년이 터벅터벅 걸어가고 있었다.

청년의 모습은 언뜻 평범해 보이지만 있는 듯 없는 듯 허허로운 기운을 풍기는 것이 주변과 너무나 잘 동화되어 있었다.

준수한 용모에 반백미가 유난히 돋보이는 청년은 바로 장산이었다.

그는 최근 들어 머리가 복잡해질 때면 어김없이 이 숲길을 찾았다.

이 숲길이 비록 진영에서 멀리 떨어지긴 했지만 삼백여 장이 넘는 거리를 홀로 걷고 나면 복잡한 심사를 떨쳐 버릴 수 있었다.

뿐만 아니라 무인들이 북적거리는 진영을 벗어나 자신만의 사색을 즐기고 싶을 때에도 종종 이곳으로 발길이 향하곤 했다.

'으음!'

하지만 오늘따라 그의 얼굴에는 왠지 모르게 어두운 기색이 가득했다.

'이번 혈교와의 대결에서 또 얼마나 많은 사람이 죽어갈까?'

그랬다. 그가 진정 답답해하는 부분이었다.

남부 전선을 시작으로 사천의 분쟁을 거치고, 이곳 북부 전선으로 오는 동안 수많은 무인의 죽음을 봐왔다.

그들은 자신의 목적을 위해서, 혹은 자신이 속해 있는 조직을 위해서, 그것도 아니면 단순히 전투에 참여했다는 이유만으로 목숨을 잃어갔다.

그런데 이제 또다시 북혈림과의 대결이 임박해 오고 있는 것이다. 그것은 곧 더 많은 피를 보아야 한다는 말이나 다름없었다.

그는 답답한 마음이 들자 자신도 모르게 이곳으로 발길을 옮겼다.

'한낱 미물도 자기 목숨 귀한 줄은 알건만……'

장산은 그들의 죽음이 왠지 허망하다는 생각이 들었다.

무엇을 위해서, 누굴 위해서, 그토록 자신들의 목숨을 도외시하는지 그 이유를 알 수가 없었다.

정의를 위해서? 신념을 위해서? 혹은 남을 지배하기 위해서? 그도 아니면 자신의 욕심을 채우기 위해서?

"휴 우!"

그는 답답한 마음을 대변이라도 하듯 긴 한숨을 내쉬었다.

생각할수록 머릿속이 복잡했다. 자신이 그 피의 수레바퀴를 지탱하는 바큇살이라는 점은 부인할 수 없는 사실이었다. 상대의 수뇌부를 제거함으로써 더 많은 죽음을 야기하는 원인 제공자인 것이다.

하지만 그 역할은 자신의 의지와는 상관이 없는 일이었다. 무림을 강타한 거대한 폭풍우 속에 휩쓸려 칼부림을 하는 어릿광대의 짓일 뿐이었다.

'태허생기, 기생태극…….'

장산은 답답한 마음이 들자 현경상의 마지막 문구를 떠올렸다.

태허생기(太虛生氣), 기생태극(氣生太極), 태극생천지만물(太極生天地萬物), 자연만변(自然萬變), 복귀어무극(復歸於無極), 반자 도지동(反者 道之動).

지극히 크고 텅 빈 시원이 기를 낳고 기는 태극을 낳아 태극이 천지만물을 이루도다! 스스로 그러함으로 만변하다가 다시 무극으로 돌아가노니, 이를 도의 운행이라 하노라!

그는 중얼거리듯 계속해서 문구를 읊조렸다.

언제부터인가 자신도 모르게 머리가 복잡해질 때면 절로 떠오르는 현경상의 문구였다.

그런데 그 문구를 반복해서 읊다 보면 묘하게도 신선이라도 된 양 머리는 명경지수처럼 맑아지고, 세상은 관조(觀照)하듯 내다보이고, 온몸은 두둥실 떠올라 시간과 공간의 경계를 넘나드는 느낌이었다.

이 세상과 나의 구분이 따로 없는 천지여아동일(天地與我同一)의 경지에 들어선 기분이었다.

'태극생천지만물…….'

장산은 계속해서 현경상의 문구를 읊조렸다. 그렇게 얼마의 시간이 지났을까?

'하아!'

그는 복잡한 심사에서 벗어나는 것을 느꼈다. 그리고는 천지의 상쾌한 기운이 팔만사천 모공으로 드나드는 것을 느끼며 서서히 황홀경(恍惚境) 속으로 빠져들었다.

'복귀어무극, 반자 도지동.'

그는 정신없이 황홀경에 취해갔다.

홀로 천상을 노닐며 자신만의 공간을 배회했다. 천지가 곧 나요, 내가 곧 천지인 천지여아동일의 경지에 흠뻑 빠져서 황홀경을 만끽하고 있었다. 그렇게 한참 천지를 느끼고 있을 때였다.

'웅?'

그의 신형이 급격히 멈춰 섰다.

동시에 신형 주위로 자연지기가 빠르게 모여들며 요동치기 시작했다.

'하나, 둘… 누구?'

그의 미간이 좁아졌다.

누군가 다가오고 있는 느낌을 받기는 했지만 이토록 강한 반응을 일으킬 줄은 몰랐다.

예전에 양번에서 검제와 처음 조우할 당시 맥박이 세차게 뛰고 숨이 막혀오며, 신형이 파르르 떨리고 머리카락이 쭈뼛쭈뼛 솟구치는 팽팽한 긴장감을 느껴보았지만 그때와는 또

다른 느낌이었다.

지금은 마치 하늘을 떠받치고 있는 천지의 돌기둥 두 개가 서서히 밀려드는 느낌이었다.

'으음!'

그의 시선이 숲길의 끝 지점을 향했다.

그러자 멀리 이 인이 모습을 드러냈다. 그들 역시 장산을 의식했는지 잠시 주춤거리더니 곧바로 발걸음을 내딛었다.

일정한 보폭을 유지한 채 한 걸음 한 걸음 다가오는 그들의 모습은 가히 놀랄 만한 것이었다. 어떤 한계를 넘어선 무인들임에 틀림없었다.

질식할 듯 팽팽한 긴장감이 감도는 가운데 두 사람의 신형이 장산과 십여 장의 거리를 둔 채 멈춰 섰다.

'혹시?'

장산의 머릿속으로 빠르게 스쳐 가는 생각이 있었다.

"만약 그들이 움직인다면 개인적으로 무공님을 찾아올 가능성이 높습니다. 그들은 무(武)를 숭상하고, 강한 무공을 추구하는 조금은 원시적인 형태의 무인들이니까요."

그랬다. 그는 직감적으로 마주 선 이들이 태극천의 고수일 거라는 생각이 들었다.

그것도 정통 무인을 추구하는 마맥의 인물들임에 틀림없

었다.

'하필!'

장산의 미간이 좁아졌다.

사실 그들과의 대결을 피하고자 하는 마음은 없었다. 또한 언젠가 자신을 찾아올 거라는 생각 또한 하고 있었다.

하지만 지금은 아니었다. 그들과 상대할 시기가 적절치 않은 것이다.

'난감하구나!'

그랬다. 이렇게 빨리 찾아올 줄은 미처 생각지 못했다.

지금은 북부 전선에 전력투구해야 할 시점이었다. 혈교에 머물고 있는 혈맥의 고수들을 먼저 상대한 후, 홀가분한 마음으로 이들을 맞이하는 것이 순서였다.

그런데 그 예상이 한참이나 어긋나고 말았다. 이들이 먼저 찾아온 것이다.

'으음!'

그의 미간에 내 천(川) 자가 새겨졌다.

이들과 부딪칠 경우 자칫 혈맥의 고수들과의 대결은 물 건너간 이야기가 될 수 있었다. 그만큼 두 사람에게서 느껴지는 기도가 만만치 않았던 것이다.

혹여 일대일의 대결이라면 모를까, 두 사람이 협공으로 나선다면 결코 장담할 수 없다는 생각마저 들었다.

'어떻게 한다?'

장산이 난감한 표정을 짓고 있을 때였다.

두 사람 중 연장자로 보이는 노인이 굵직한 목소리를 내었다.

"자네가 백미검선인가? 노부는 마야 공호라고 하네!"

"……!"

장산이 말이 없자 마야가 찬찬히 그의 신형을 훑어보았다.

"대단하구먼! 여태껏 그 거리에서 우리의 신경을 곤두서게 만드는 무인을 만나본 적이 없거늘, 검제를 물리쳤다는 소문을 듣고 혹시나 했는데 그 사실이 결코 우연이 아니었어!"

장산이 계속 침묵을 지키자 너털웃음을 터뜨렸다.

"허허허! 왜 그러는 것인가? 자네를 만나기 위해서 무림맹으로 향하는 길이었는데 직접 마중까지 나와주다니… 설마 우리가 찾아올 것을 생각하지 못한 것은 아니겠지?"

잠시 뜸을 들이더니 손가락으로 옆에 있는 노인을 가리켰다.

"이 친구는 도제 기무련이라고 하네. 태극천에서는 검제와 같은 삼대고수로 불리며 절친한 사이이기도 했지. 아마도 자네에게 할 말이 많을 걸세."

그의 말이 끝나자 도제라고 불린 노인의 억양없는 목소리가 들려왔다.

"도제일세!"

"아, 예. 저는 장산이라고 합니다."

장산이 마지못해 대답을 하자 그의 얼굴에 냉소가 스쳐 갔다.

'으음!'

장산의 얼굴에는 답답한 표정이 떠올랐다.

마야의 말대로 도제와 검제가 절친한 사이였다면 더 이상의 말이 필요없었다. 이들과의 대결을 피해갈 수 없는 것이다. 참으로 난감한 상황이 아닐 수 없었다.

잠시 후, 물끄러미 바라보던 마야가 굵직한 목소리를 내었다.

"세상이 참 시끄럽더구먼. 그래서 웬만하면 조용해진 다음 찾아올까 생각했는데 자네도 알다시피 남혈림이 우리의 방계 세력일세."

장산이 고개를 끄덕이자 입을 열었다.

"그런데 자네 덕분에 정천회라는 떨거지들에게 보기 좋게 참패를 당했지. 아니, 몰살을 당했다는 표현이 맞을 걸세. 살아남은 일부 교도들마저도 어디로 갔는지 모두 뿔뿔이 흩어졌으니 말일세."

"……!"

장산이 아무런 대답이 없자 마야가 눈빛을 반짝이며 직시했다.

"우리는 그들이 직계이든 방계이든 간에 큰어른이 되는 입장일세. 그리고 그들이 죽어나갔는데 어찌 가만히 앉아 있을 수 있겠는가?"

잠시 뜸을 들이더니 말을 이었다.

"그래서 자네를 찾은 것일세. 여러 정황에 비추어보면 지금 자네를 찾는다는 것이 썩 마음 내키는 일은 아니지만 무작정 기다릴 수만은 없었네. 물론 한 무인으로서 빨리 만나보고픈 생각도 한몫했지만 말일세. 아무튼 그러한 이유로 찾아오게 되었으니 이해해 주기 바라네."

'첩첩산중이로구나!'

장산은 자신도 모르게 인상을 찡그렸다.

그의 말은 선택의 여지가 없다는 말이었다. 원수를 갚으러 왔으니 어서 승부를 보자는 뜻이었다.

'방법은 없는가?'

그가 생각에 잠겨 있는 사이 마야의 굵직한 목소리가 들려왔다.

"그동안 우리는 나름대로 무공에 자부심을 가져왔다네. 하지만 오늘은 그 자부심을 버리기로 했지. 자네가 비록 한 단계 위의 고수이긴 하지만 우리의 합공이 그리 만만치만은 않을 걸세. 조심하기 바라네."

'으음!'

장산의 낯빛이 서서히 굳어졌다.

더 이상의 선택은 없었다. 상황은 최악으로 치닫고 있었다. 그렇다면 담담히 승부를 받아들이는 수밖에 없었다.

"좋습니다. 두 분과의 승부를 벌이겠습니다. 개인적으로는 두 분과의 대결을 다음으로 미루고 싶지만 저를 찾아온 이유가 충분하니 어쩔 수가 없군요."

그의 말을 끝나자 마야가 큰 웃음을 터뜨렸다.

"푸허허허! 역시 백미검선일세! 혹시나 명성과는 달리 꼬리를 말고 내빼면 어쩌나 싶었는데 무인다운 호방함을 지녔구먼!"

"과찬이십니다."

장산이 정중히 읊조리자 고개를 끄덕이며 입을 열었다.

"그 무위에 겸손하기까지 하다니 참으로 인중지룡(人中之龍)일세. 그대를 한 무인으로서 존중하는 뜻에서 노부가 펼칠 무공을 가르쳐 줌세. 바로 천마신공(天魔神功)일세. 우리 마맥의 오랜 숙원을 모아서 탄생한 천고의 절학이지. 혹자는 벽뢰파천도나 태극일원검이 최고의 무공이라고 말하지만 우리의 생각은 다르네."

장산이 고개를 갸웃거리자 말을 이었다.

"벽뢰파천도나 태극일원검은 하늘과 연이 닿은 인물만이 익힐 수 있는 무공이지만 천마신공은 그렇지 않다네. 마맥의 선조들이 극한의 의지를 담아 오랜 세월 동안 가다듬고 또 가다듬어 완성한 인간의 무공이기 때문이지. 그리고 그 위력 면에서도 결코 두 무공에 비해 뒤지지 않는 절학이라고 자신하네."

'천마신공이라······!'

장산의 얼굴에 어두운 기색이 스쳐 갔다.

벽뢰파천도와 태극일원검이 그들에게 그리 낯선 무공은 아닐 것이다. 그럼에도 저토록 강한 자신감을 보인다는 것은 천마신공에 대한 믿음이 그만큼 확고하기 때문이라고 할 수 있었다.

무(武)를 숭상하는 마맥이 오랜 세월에 걸쳐서 탄생시킨 천고의 절학 천마신공. 그 위력이 어떨지는 가히 상상하기조차 어려웠다.

잠시 생각에 잠겨 있는 사이 도제의 차가운 목소리가 들려 왔다.

"노부는 공 선배처럼 자네를 높이 평가하고 싶지 않다네. 다만 자존심을 굽혀가면서까지 합공에 나서야 할 형편이니 무공명만은 가르쳐 주도록 하지."

곧이어 직시하며 말을 이었다.

"노부의 절기는 십방뢰도(十方雷刀)일세. 도에 관한한 최고의 도법이라고 자부하네. 특히 최절초인 십방멸절(十方滅絶)이 펼쳐지면 회수가 불가능할뿐더러 십 장 이내의 모든 것은 초토화될 것이니 단단히 준비하기 바라네."

그의 말에는 무인으로서의 자존심이 배어 있었다.

그리고 그 밑바탕에는 자신의 도법에 대한 강한 믿음이 깔려 있었다.

‘으음!’

장산은 혼원심공을 극성으로 끌어올렸다.

두 사람이 내뿜는 기운이 심상치 않았던 것이다. 두 개의 폭포수가 모여 하나가 되면 거센 물길을 이루듯이 두 사람이 동시에 기세를 일으키자 그 위력은 실로 파천(破天)을 느끼기에 충분했다.

‘우웃!’

한순간 장산의 미간이 좁아졌다.

무엇인가 거대하고 뜨거운 기운이 거세게 밀려들었던 것이다.

웬만한 고수들은 그 기세만으로도 심맥이 파열될 만큼 상상을 초월하는 위력이었다.

‘이익!’

장산은 지체없이 극성의 진기를 쏟아내며 대항하기 시작했다.

상황은 묘하게도 기 싸움으로 흘러가고 있었다. 양측이 쏟아내는 기세 때문인지 십여 장의 거리에는 고요한 적막만이 나돌았다.

고오오오!

하지만 그것은 그저 겉보기에 지나지 않았다.

그들 사이의 공간에는 시간이 일시 정지하며 모든 생명체가 숨을 죽였다. 그 사이로 살얼음판 같은 긴장감이 흐르고 질식할 듯 무거운 압력이 짓누르며 보이지 않는 상이한 기운들이 회오리치듯 뒤엉키고 있었다.

그 미증유의 활화산 같은 기류가 용트림치며 건드리면 터질 듯한 무거운 침묵이 이어지고 있을 때였다.

‘응……?’

갑자기 장산의 눈빛이 반짝였다.

마야가 인상을 잔뜩 찌푸린 채 한 발을 내딛고 있는 것이었다. 그의 주위로는 철갑을 두른 듯 짙은 기운이 휘돌고 있었다.

“흐흑!”

하지만 한 걸음 내딛은 마야의 입에서는 거친 신음이 흘러나왔다.

단지 한 발을 내딛었을 뿐인데 상상할 수 없을 만큼 강한 압박을 느낄뿐더러 자신의 반탄강기 역시 위태로워지고 있는 것이다.

상대가 쏟아내는 허허로운 기운과 정면으로 맞부딪치자 허연 속살을 드러내듯 단단한 강기가 한 움큼씩 찢겨 나가고 있었다.

‘으으, 이 정도일 줄이야!’

그랬다. 잘못하다가는 단 일 초도 펼쳐보지 못한 채 황천으로 향할 판이었다.

그는 남은 진기를 모두 쥐어짜 내며 힘겹게 나머지 한 발을 옮겼다. 그리고는 양팔을 가까스로 앞가슴에 끌어 모았다.

"천마회선강(天魔回旋罡)!"

그의 입에서 커다란 외침이 터져 나왔다.

동시에 그의 신형이 강력한 회전을 일으키기 시작했다.

그의 신형은 갈수록 빨라지며 거대한 팽이처럼 팽그르르 휘돌았다. 그 강력한 회전력에 의해서 속살을 드러낼 듯 위태로워 보이던 반탄강기 역시 더욱 짙은 빛을 띠며 한층 더 두터워지고 있었다.

'으윽!'

반대로 장산의 미간은 더욱더 좁아졌다.

마야가 강력한 회전을 일으키자 거센 압력이 소용돌이치듯 밀려들었던 것이다. 무지막지한 거력(巨力)이 일순간 거구(巨球)로 변하더니 강력한 회전을 일으키고 있는 것이다.

'으으으!'

그의 이마에서는 쉴 새 없이 구슬땀이 흘러내렸다.

이쯤 되면 어떤 판단을 내려야 할 시점이었다. 가까스로 막아내고 있지만 자신이 쏟아내는 진기가 상대의 강력한 회전력에 의해서 방향을 트는 순간, 상황은 최악으로 치달을 수밖에 없었다.

'크흑!'

하지만 상황은 여의치 않게 흘러가고 있었다.

엄청난 압력 속에 벌어지고 있는 팽팽한 기 싸움에서 자칫 잘못 움직였다가는 신형이 그대로 걸레조각처럼 찢겨 나갈 수밖에 없었다.

뿐만 아니라 마야가 시전하고 있는 저 강력한 와선의 강기가 언제 폭린(爆鱗)으로 변해서 쏟아져 올지 예측할 수도 없었다. 따라서 지금 자신이 할 수 있는 일이라고는 찰나의 순간을 노리는 것이 전부일 뿐이었다.

'응?

갑자기 거세게 회오리치며 밀려드는 기운과 악전고투를 거듭하던 장산의 눈에 이채가 서렸다.

한순간 거대한 팽이처럼 휘돌던 마야의 신형이 휘돌기를 멈춘 것이다. 그것도 잠시, 철갑 같은 그의 반탄강기 위로 무엇인가 형언할 수 없는 뜨거운 기운이 솟구쳐 올랐다.

'도강(刀罡)?

그랬다. 그것은 도제가 휘두르는 도의 움직임을 따라서 용솟음치는 도강이었다.

'이런!

장산의 얼굴에 다급한 표정이 떠올랐다.

둥그런 형태로 솟구친 도강과 함께 마야의 반탄강기가 출렁이고 있었다.

"십방멸절(十方滅絶)!"

"천마회선탄강(天魔回旋彈罡)!"

순간, 도제와 마야의 커다란 외침이 터져 나왔다.

동시에 숫구친 도강이 심하게 일그러지는가 싶더니 마야의 반탄강기가 기왓장의 형태로 산산조각 나는 장면이 시야를 가득 메워왔다.

고오오오!

갑자기 시간과 공간이 멈춰 섰다.

그리고 정지한 공백 사이에는 오직 도강을 따라서 퍼져 나가는 강기의 폭린만이 존재했다.

'아!

순간, 장산의 눈에 감탄의 빛이 스쳐 갔다.

폭죽이 터져 나가듯 세상은 온통 폭린 속에 파묻히고 있었다.

하지만 더 이상 멍하니 바라볼 수만은 없었다. 폭린들은 어느새 십여 장 가까이 퍼져 나간 도강과 함께 형언할 수 없는 속도로 쏘아져 오고 있었다.

문득 장산의 머릿속으로 빠르게 스쳐 지나가는 구결이 있었다.

"무극은 음양을 이루고 음양은 오행을 이루는구나!"

태극일원검의 삼초 무극이오의 구결이었다.

"무극이오!"

장산의 입에서 낭랑한 외침이 터져 나왔다.

동시에 번개를 방불케 하는 속도로 솟구치는 검신을 따라서 출렁이는 백영(白影)이 피어올랐다.

백영은 굵은 두 줄기 상이한 기운을 형성하며 다섯 갈래로 가라지더니 종국에는 주변을 감싸 안듯 투명한 빛으로 변해 갔다.

순간, 모든 어둠을 어루만지듯 사위로 퍼져 나가는 투명한 기운을 향해 십여 장 넓이의 회오리치는 폭린들이 날아들었다.

펙! 퍼버벅, 펙! 퍼억!

번쩍! 번쩍! 푸쉬시시식!

사위가 온통 암흑으로 뒤덮인 가운데 불꽃이 연달아 피어오르며 섬광이 번뜩거렸다.

"크흑!"

"크아악!"

그 사이로 누군가의 고통에 찬 신음과 단말마가 터져 나왔다.

잠시 후, 칠팔 장 높이까지 피어오른 자욱한 흙먼지가 걷히자 서서히 장내의 광경이 드러났다.

'으음!'

그러자 한쪽에서 입가로 쉴 새 없이 선혈을 흘리고 있는 장산의 모습이 보였다.

그는 마치 제석천(帝釋天)이라도 된 양 두 눈을 부릅뜬 채

서 있었다.

하지만 낯빛은 하얗다 못해 파리한 안색을 띠고, 부르르 떨리는 신형을 가까스로 검에 의지한 채 힘겹게 지탱하고 있었다.

만약 한줄기 실바람이라도 불어온다면 그대로 주저앉을 것만 같은 위태로운 모습이었다. 그럼에도 그의 눈빛은 심연(深淵)처럼 고요히 가라앉아 있었다.

"크으으!"

반면, 맞은편에는 머리가 헝클어져 바람에 흩날리고, 온몸은 선혈로 뒤범벅이 된 채 된 신형을 일으켜 세우기 위해서 안간힘을 다하고 있는 노인의 모습이 보였다.

그의 옆에는 잘 다져진 어육(魚肉)으로 변한 처참한 시신 한 구가 나뒹굴고 있었다.

노인은 한참 동안 버둥거리더니 시신 옆에 나뒹구는 도를 주워 들었다. 그러고는 힘겹게 땅에 꽂더니 사력을 다해 신형을 일으켜 세웠다. 바로 마야였다.

그는 중심을 잡기도 어려운 듯 심하게 비틀거리더니 간신히 허리를 곧추세웠다.

"우웩! 쿨럭! 쿨럭!"

하지만 곧 심한 기침을 하며 한 사발의 피를 토해내며 왼 무릎을 꿇고 말았다.

"으으으!"

　한참 동안 고통에 찬 신음을 흘리던 그는 다시 비틀거리며 신형을 일으켜 세웠다. 그리고는 봉두난발에 피범벅이 된 얼굴로 장산을 바라보았다.

　"대단하구먼!"

　"아닙니다. 그저 운이 좋았을 뿐입니다."

　"허허허, 운이 좋았다라… 쿨럭! 쿨럭!"

　마야는 웃다 말고 기침을 토해내더니 장산을 직시했다.

　"이보게, 백미검선! 겸손도 지나치면 만용이 되는 법일세. 자네가 운이 좋았다고 말하면 합공을 펼치고도 황천으로 향한 도제와 노부의 체면은 뭐가 되겠는가?"

　그의 가시 돋친 언급에 장산이 난색을 표했다.

　"제 말은 그런 뜻이 아니고……."

　장산이 말을 더듬자 마야가 물었다.

　"자네가 펼친 검이 태극일원검이 맞는가?"

　"예, 그렇습니다."

　마야가 고개를 갸웃거렸다.

　그의 얼굴에는 이해하지 못하겠다는 표정이 역력했다.

　"으음, 이상하구먼! 노부가 알고 있는 태극일원검과는 분명히 현격한 차이가 있었는데……."

　그는 말을 하다 말고 무엇인가 생각난 듯 두 눈을 동그랗게 떴다.

　"아니지, 어쩌면 그것이 태극천선이 펼쳤다는 진정한 태극일원검의 위력일지도 몰라! 그렇다면 자네와 손속을 겨룬 노부는 행운아로구먼!"

잠시 생각에 잠기더니 천천히 말을 이었다.

"그토록 오랜 세월이 지나서 백문의 절기가 다시 꽃을 피우다니 정말 놀라운 일이야! 우리 마맥에도 자네가 같은 인재가 있었으면 좋았을 것을……."

하늘로 시선을 향하는 그의 얼굴에는 왠지 모르게 진한 아쉬움이 배어 있었다.

그는 다시 장산에게 시선을 향하더니 빙그레 미소를 떠올렸다.

"무인의 자존심을 내팽개친 채 합공을 시도하고도 패했으니 그야말로 유구무언일세!"

그러자 장산이 고개를 가로저었다.

"그렇지 않습니다. 저 역시 난생처음 상대해 보는 위력적인 무공이었습니다. 단지 운이 좋았을 뿐이지요."

"허! 또 그 소리! 자네는 운이 좋다는 소리를 아예 입에 달고 사는구먼!"

"예? 아, 예. 죄송합니다."

장산이 머리를 긁적이자 마야가 너털웃음을 터뜨렸다.

"허허허! 아닐세, 아니야! 자네가 죄송할 게 무엇이 있겠나? 노부가 오히려 창피할 뿐이지. 그나저나 내 자네와의 만남으로 인해서 천마신공에 매끄럽지 못한 부분이 있다는 사실을 알 수 있었네."

잠시 생각에 잠기더니 말을 이었다.

"솔직히 얼마를 더 살지 모르겠지만 앞으로 산골에 묻혀 지내며 천마신공에서 부족하다고 느낀 부분을 집중적으로 연구해 볼 생각이네. 혹여 생전에 완성할 수 있다면 그때 다시 자네를 찾아오도록 하겠네."

그의 말이 끝나자 장산이 환한 웃음을 지었다.

"예, 기다리고 있겠습니다."

"으잉? 자네, 언제 와도 자신이 있다는 겐가? 거, 오지 말라는 소리보다도 더 무섭게 들리는구먼, 허허허!"

"하하하!"

두 사람은 마치 다정스런 조손처럼 담소를 나누었다.

그리고 그들이 아쉬운 이별을 나눌 때쯤 숲길에는 서서히 어둠이 내리고 있었다.

위남대전(渭南大戰)

휘영청 둥근 달이 위남의 외곽에 위치한 야산 지대를 비추고 있었다.

그곳에는 허물어진 성벽의 잔해들이 애처롭게 나뒹굴고, 그 사이사이로 돋아난 풀들이 서로 뒤엉켜 있었다.

한때 수많은 군웅이 할거하던 주요 격전지였건만 이제는 파란만장한 역사를 뒤로한 채 세월의 무상함을 느끼게 해주고 있었다. 실로 격세지감을 느끼지 않을 수 없는 대목이었다.

그 한쪽에 자리한 옛 성터에는 많은 깃발이 바람에 펄럭이고 있었다. 바로 무림맹의 주둔지였다.

그 깃발의 아래쪽에 위치한 청동화로에서는 불길이 세차게 타오르며 성벽의 곳곳을 밝혀주고 있었다. 그중 유난히 밝은 장소가 있으니, 바로 정문 위에 세워진 누각이었다.

지금 누각 안에는 한 청년이 뒷짐을 진 채 야산 아래를 바라보고 있었다.

반듯한 이마에 굵은 눈썹, 오뚝한 콧날에 여인을 방불케 하는 흰 피부, 그리고 촉촉한 입술에 감추어진 백치(白齒)와 갸름한 탁선에 이르기까지 보는 이로 하여금 절로 감탄을 불러 일으키게 만드는 절세미공자 한평이었다.

'으음!'

그는 바람을 맞으며 조용히 생각에 잠겨 있었다.

'세상의 이치를 모두 통달했다고 여겼건만……'

그가 생각에 잠긴 이유였다.

솔직히 장산을 만나기 전까지만 하더라도 세상의 모든 일은 그의 손안에 있었다.

학문을 달통한 그에게 있어서 천문, 지리, 병법이란 그저 잘 짜인 성벽과도 같은 존재였다.

그 기초가 되는 하나하나의 돌멩이를 잘 깎고 다듬어서 그 중심을 잡아 쌓아 올리면 천년 세월도 견딜 수 있는 단단한 성벽을 이룰 수 있는 이치와 같았다.

여태까지의 행보 속에 사용된 수많은 계책과 수 싸움 역시 그 틀을 크게 벗어나지 않았다. 자신의 의도대로 연전연승을 거둘 수 있었던 것이다.

'참으로 절묘한 음과 양의 조화였거늘…….'

그랬다. 그 바탕에는 자신과 장산이라는 음과 양이 존재했다.

태극검문이 일원(一圓)이라면 두 사람은 마치 톱니바퀴인 아륜(牙輪)처럼 절묘하게 맞물려 돌아갔다. 그 이상적인 조합 덕분에 승승장구할 수 있었고, 태극검문을 단단한 반석 위에 올려놓는 원동력이 될 수 있었다.

'언제부터였던가?'

그런데 장산은 그 일원을 벗어나고 있었다.

물론 자신과 의사를 달리하거나 부딪치는 경우를 말하는 것은 아니었다. 자신으로서도 이해할 수 없는 묘한 포용력을 말하는 것이었다.

그 실체를 말로는 표현하기 어려웠다. 물 흐르듯 주변과 동화되며 함께 있으면 마음이 편안해지는 알 수 없는 묘한 매력이었다. 마치 음양을 이루는 일원 이전의 무극과도 같은 존재였다.

'이제 얼마 남지 않았구나!'

그는 장산의 그러한 변화가 자신과 함께할 수 없는 원인이 될 거라는 점을 느낄 수 있었다.

지금이야 난세이니 마지못해 제 역할을 하고 있지만 시간이 흘러가면 그는 무림, 아니, 더 나아가 잘 짜인 성벽과도 같은 세상을 떠나갈 것이라는 확신마저 들었다.

'회자정리(會者定離)라!'

문득 그의 머릿속으로 회자정리라는 문구가 떠올랐다.

만남이 있으면 반드시 헤어짐이 있다는 이 말은 수없이 인구(人口)에 오르내리는 말이었다.

하지만 한순간, 그에게 전혀 다른 느낌으로 다가왔다. 마치 자고 일어나니 다른 세상에 와 있는 듯 시리도록 상쾌한 황홀함이었다.

'혹여 이 느낌일까?'

한평은 비로소 느낄 수 있었다.

자신이 장산의 변화를 이해하지 못했던 부분에는 이러한 황홀함이 존재하고 있었음을.

'후후후!'

갑자기 쓴웃음이 나왔다.

비록 새로운 경험이지만 그에게 다가갈 수 없다는 사실은 잘 알고 있었다.

자신은 뼛속까지 유(儒)로 뭉쳐진 존재이고, 장산은 도(道)의 길을 걷는 존재였다. 따라서 함께하기 위해서는 유와 도라는 벽을 넘어서야 했다.

하지만 유와 도는 결코 하나가 될 수 없는 태생적인 한계를 안고 있었다..

'마지막 선물을 주어야겠구나!'

문득 난세를 빨리 종식시켜야겠다는 생각이 들었다.

그것이 그와의 인연을 아름답게 마무리할 수 있는 최고의 선물이었다.

그리고 오늘 그의 이런 결심이 난세를 조기에 종식시키는 결정적인 계기가 되리라고는 아무도 생각하지 못했다.

*　　　　*　　　　*

위하(渭河)는 멀리 감숙(甘肅)에서 발원하여 섬서의 동서를 가로지르며 하남(河南)으로 흘러드는 황하(黃河)의 최대 지류이다.

예로부터 감숙과 하남을 이어주는 중요한 수로일 뿐 아니라 흘러가는 강물을 따라서 동서의 문물이 교류하고, 위남이라는 군사적 요충지를 탄생시킨 섬서의 젖줄이었다.

휘이이잉!

어디선가 불어온 시원한 바람이 멀리 위남으로 접어드는 위하의 강기슭을 스쳐 가고 있었다.

그곳의 한쪽에는 뾰족한 통나무를 엮어 만든 커다란 진영이 놓여 있었다. 허술해 보이기는 하지만 정면에서 보이는 목책의 길이만도 족히 삼백여 장이나 되는 거대한 규모의 진지였다.

위하채(渭河砦)!

바로 위하채하고 불리는 혈교의 임시 진영이었다.

무림맹이 화산을 포기하고 위남으로 퇴각하자 혈교에서는 재빨리 선발대를 조직하여 이 지역을 선점했다. 이들이 그토록 신속하게 이동할 수 있었던 이유는 위하라는 물길 덕분이었다.

이후, 본대가 합류하자 위남에서 위하로 향하는 길목을 차단한 채 대규모 진지를 구축했다.

짧은 시간 안에 완성된 진지였기에 허술하기 그지없지만 워낙 많은 인원이 주둔하다 보니 그 위용이 실로 대단했다.

그렇게 위남은 야산 지대의 무림맹과 위하 유역의 혈교가 수륙(水陸)을 양분한 채 팽팽한 대치 상태를 이루며 다소 소강상태를 이루고 있었다.

조용한 가운데 긴장감이 나돌던 무림에 백미검선에 관한 소문 하나가 빠르게 퍼져 나갔다.

"백미검선이 태극천의 십마신 중 마야와 도제의 합공을 물리쳤다!"

"그들의 대결에서 도제가 유명을 달리하고, 마야는 심한 부상을 입은 채 떠나갔다!"

실로 신선한 충격이 아닐 수 없었다.

대체 태극천의 십마신이 누구였던가? 단 일인만 하더라도 일류파천이 양패구상을 당할 만큼 상상할 수도 없는 무위를 지닌 이들이었다. 그런 그들이 백미검선 단 한 명에게 다섯 명씩이나 무릎을 꿇은 것이다.

천상천하 유아독존(天上天下 唯我獨尊)!

무림인들은 이제 백미검선이란 별호 대신에 무제(武帝)라는 칭호를 사용했다.

또한 그의 눈부신 활약을 지켜보면서 흥분을 넘어서 광분에 가까운 반응까지 보이기 시작했다.

호사가들은 물론이요, 전 무림인이 이구동성으로 그를 무림사(史)의 이전에도, 이후에도 없을 고금제일인(古今第一人)이라고 한껏 추켜세우며 침이 마르도록 칭송하고 다녔다.

망연자실(茫然自失)!

반대로 혈교의 입장에서는 난감하기 이를 데 없었다.

그야말로 마른하늘에 날벼락이 떨어진 꼴이었다. 일류파천이란 거목에게 회복 불가능한 상처를 입히고, 무림맹의 전원 퇴각이라는 혁혁한 공을 세웠음에도 그에 대한 소문은 조용히 묻혀 버리고 말았다.

진퇴양난(進退兩難)!

어디 그뿐인가? 생각지도 못한 백미검선의 등장으로 인해서 북부 전선의 판세 자체가 크게 요동치고 말았다.

그동안 유리하게 이끌어오던 상대적 우위를 하루아침에 내어준 것은 물론이요, 그가 속해 있는 무림맹을 상대할 대책을 마련하는 데 절치부심해야 할 처지에 놓이게 된 것이다.

그만큼 마맥들의 연이은 패배가 그들에게 주는 충격은 실로 적지 않았다.

그렇게 혈교가 백미검선의 존재로 인해서 전전긍긍하고 있는 사이 무림의 전 이목은 일제히 섬서의 위남으로 향하고 있었다.

둥근 달이 수줍은 듯 살며시 고개를 내미는 어느 초저녁이었다. 위하의 강바람이 수면 위에 긴 너울을 만들며 강기슭으로 이어지고 있었다.

그 한편에 자리하고 있는 위하채에서는 하나둘 등이 켜지며 하루의 일과가 끝났음을 알려주고 있었다.

그중에는 혈각(血閣)이라고 쓰인 목조건물도 포함되어 있었다.

혈각!

이곳은 혈교의 수뇌부가 사용하는 집무실이었다.

아름드리 통나무를 사용해서 탄탄한 외벽을 쌓아올린 전각으로써 위하채 내에서도 가장 눈에 띄는 건물이었다. 그곳역시 환한 불을 밝히고 있었다.

지금 그 안에는 사 인이 장방형의 탁자를 중심으로 팔짱을 낀 채 앉아 있었다.

하지만 그들의 얼굴에는 왠지 모르게 짙은 그늘이 깔려 있었다. 최근 백미검선의 등장으로 인해서 사태가 심상치 않게 돌아가고 있는 것이다.

한참 동안 이어지던 침묵을 깬 이는 상석에 앉아 있는 구레나룻 수염이 돋보이는 노인이었다.

"허! 생각지도 못한 강력한 복병을 만났구먼! 예전에 우령촌에서 광오를 구했다고 했을 때 큰 출혈을 감수하고서라도 제거했어야 하는 것인데……."

그의 말에 우측에 앉아 있던 노인이 가만히 고개를 끄덕였다.

"그렇습니다. 당시 선배님의 말씀의 말을 들었어야 하는 건데……."

문득 말끝을 흐리더니 입을 열었다.

"솔직히 그가 남부 전선에서 검제를 상대해 물리쳤다는 소식을 들었을 때, 그저 우연이라고 생각할 수밖에 없었습니다. 그렇지만 흑혈쌍웅을 제거했다는 소문을 들었을 때에는 좀 더 신중히 생각했어야 했지요. 당시 일류파천을 무력화시켰다는 사실에 너무 흥분해서 그에 대한 소문을 가볍게 흘려보내는 우(愚)를 범하고 말았습니다."

그는 고개를 가로저으며 말을 이었다.

"하지만 설마 그가 마맥의 마야와 도제의 합공까지 물리칠 괴물로 성장할 줄은 꿈에도 생각지 못했습니다. 아무튼 이렇게 되면 우리가 놈들보다 우위인 것은 수적 우세밖에 없는 것 같습니다."

온통 생채기와 같은 상처로 뒤덮여 있는 그의 얼굴에는 난감한 기색이 역력했다.

혈천도(血天刀) 왕진과 귀마왕(鬼魔王) 사마청!
태극천의 십마신이자 혈맥의 남은 이 인이었다.
태극천에 머무를 당시 혈천도가 마맥의 마야와 같은 쌍존에 속하고, 귀마왕은 신비에 싸인 인물이었다.
이들은 함께 자리하고 있는 혈교주인 혈제 송무를 포섭한 후, 기세등등하게 무림에 진출했다. 그리고 혈교의 총호법과 좌호법으로 지내왔다.
이후, 우호법을 맡은 권제가 일륜파천이란 거함과 동귀어진을 시도하자 파죽지세로 무림맹을 밀어붙였다. 그 결과, 거의 승기를 잡아가던 시점이었다.
그런데 난데없이 백미검선이란 암초를 만난 것이다. 이제 승기를 잡는 일은 고사하고, 무림맹과의 대결을 걱정해야 하는 처지가 되고 말았다.

잠시 이어지던 침묵을 깬 이는 혈천도였다.
"으음! 지금 가장 큰 걱정은 우리의 모든 전력이 위하채로 옮겨왔다는 점일세!"
그랬다. 그의 말은 정확히 맥을 짚는 얘기였다.
현재 자신들은 토끼를 잡으려고 굴에 들어갔다고 함께 간힌 꼴이 되고 말았다.

혹시 여의치 않을 경우, 다시 위하에 배를 띄우기가 참으로 곤란했다. 이 많은 인원이 일제히 물러난다는 것은 불가능에 가깝기 때문이었다.

자신들이 대대적인 퇴각을 시도할 경우, 무림맹에서 가만히 있을 리 없었다. 배를 채 띄우기도 전에 어떻게든 물고 늘어질 게 뻔했다.

그렇다면 결국 이곳으로 이동해 온 것이 자충수를 둔 꼴이 되고 말았다.

잠시 후, 침묵을 지키고 있던 혈제가 굵직한 목소리를 내었다.

"하지만 다른 선택의 여지가 없지 않습니까? 어떻게 해서든지 놈들과 이곳에서 끝장을 봐야지요."

그의 말에 북천이 맞장구를 치고 나섰다.

"그렇습니다. 여기서 물러날 수는 없지요. 어떻게든 끝장을 봐야만 합니다. 두 분께서 백미검선을 맡아주신다면 놈들을 치는 것이 그리 어려운 일은 아닐 겁니다."

'이놈들이?'

순간, 귀마왕의 양미간이 빠른 속도로 모여들었다.

그들의 어투에서 당신들이 책임지라는 느낌을 받았던 것이다.

'감히 어느 안전이라고?'

그는 화가 치밀어 오르다 못해 어이가 없었다.

평소에는 눈도 제대로 못 맞추던 두 사람이 오늘은 대놓고 압력을 행사하고 있는 것이다.

일이 이렇게 된 것은 너희들 때문이니 책임을 지라는 말이나 다름없었다. 즉, 자신들은 무리맹과의 대결에 집중할 테니 백미검선을 알아서 처리해 달라는 뜻이었다.

'내 이것들을 당장!'

그가 참지 못하고 막 진기를 끌어올리려고 하는 순간이었다.

"멈추게!"

혈천도가 목청을 돋우었다.

그의 음성에는 진기가 실려 있는지 일순간 위하채가 들썩거리는 느낌이었다.

"크흠!"

"으음!"

혈제와 북천이 심음에 가까운 헛기침을 내뱉었다.

그들의 낯빛은 왠지 모르게 창백한 빛을 띠고 있었다. 그만큼 혈천도의 내력이 실린 음성은 살공(殺功)에 가까울 만큼 위력적이었다.

혈천도가 불만스런 표정으로 좌중을 둘러보더니 목청을 돋우었다.

"지금은 심각한 위기 상황일세! 총체적인 난국이라고! 그런데 서로의 잘잘못을 따져 가며 자중지란을 일으키자는 게야, 뭐야? 함께 공멸하자는 말이냐고!"

갑자기 그의 얼굴이 벌겋게 달아올랐다.

워낙 급한 성격이다 보니 말을 하다 말고 자신의 말에 흥분된 것이다.

그는 선불 맞은 멧돼지처럼 씩씩거리더니 더욱 목청을 돋우었다.

"좋아! 불만이 있는 놈이 있으면 나와! 노부가 아예 이 자리에서 멱을 따줄 테니!"

그는 말을 마친 후, 손을 들어 탁자의 모서리를 힘껏 내려쳤다.

푸시시식!

그런데 놀라운 일이 벌어졌다.

탁자의 모서리가 산산이 부서져 나갈 거라는 예상을 뒤엎고 끝 부분이 아예 자취를 감춰 버린 것이다.

'으음! 저 정도일 줄은……'

'헉!'

순간, 혈제와 북천의 안색이 굳어졌다.

탁자의 모서리에는 손가락 모양만 남은 채 김이 모락모락 피어오르고 있었다.

혈천도가 탁자를 내려치는 순간, 삼매진화를 일으켜 끝 부분을 완전히 태워 버린 것이다. 언뜻 간단해 보이는 동작 같지만 웬만한 고수는 그가 펼친 한 수를 정확히 알아보기도 어려웠다.

삼매진화를 일으키는 것은 가능하지만 저렇듯 손바닥이 닿은 부분만을 깨끗이 태워 버린다는 것은 거의 불가능에 가까운 일이었다.

두 사람이 다소 창백해진 얼굴로 탁자의 모서리를 바라보는 사이 혈천도의 누그러진 목소리가 들려왔다.

"흠흠! 노부가 좀 흥분을 한 것 같구먼! 아무튼 내 말은 이럴 때일수록 서로 참고 지혜를 모아야 한다는 것일세. 그래야 놈들과 맞설 수 있을 게 아닌가? 모두 알아듣겠는가?"

그의 말이 끝나자 북천이 머리를 조아렸다.

"예, 알겠습니다. 하지만……."

"알면 됐어! 더 이상 토를 달지 말라고."

혈천도가 말을 하다 말고 두 눈을 부릅떴다.

그의 부리부리한 시선은 혈제를 향하고 있었다.

"아니, 자네는 왜 대답이 없는 게야? 노부 말이 말 같지 않아?"

그의 얼굴이 다시 벌겋게 달아오르자 혈제가 양손을 휘휘 내저었다.

곧이어 어색한 미소를 지으며 입을 열었다.

"제가 어떻게 감히… 총호법님께서 잠시 곡해가 있으셨던 것 같습니다."

혈천도가 계속 고리눈으로 바라보자 말을 이었다.

"제 말은 우리 혈교도 전원이 이동해 온 상태이고, 퇴각을 하기에도 적절치 않으니 반드시 승부를 봐야 한다는 말이었습니다. 그리고 여 장로가 언급한 것은 백미검선이 버티고 있는 한, 저들을 상대할 계책이 마땅치 않으니 두 분의 도움이 절실하다는 의미에서 드린 말씀이었고요."

순간, 북천이 맞장구를 치며 나섰다.

"그렇습니다. 교주님의 말씀이 맞습니다. 저는 두 분의 무공이 절실하다는 뜻에서 한 말……."

그의 말은 더 이상 이어지지 못했다.

귀마왕이 코웃음을 치며 말을 잘랐다.

"흥! 꿈보다 해몽이 좋구먼!"

그러자 북천이 억울하다는 표정을 지었다.

"아닙니다, 절대로 아닙니다! 제 말은 그런 뜻이 아니었습니다!"

귀마왕이 입가를 씰룩거리더니 비웃는 듯한 표정을 떠올렸다.

"아니긴 뭐가 아니냐? 송 교주도 그렇고, 자네도 그렇고, 요즘 하는 행동을 보면 영 마음에 들지 않는다는 말이야! 아무튼 한 번만 더 하극상을 벌였다가는 이 귀마왕이 가만히 있지 않을 게야, 알겠는가?"

"하극상이라니요? 그 무슨 말씀이십니까? 절대로 아닙니다!"

북천이 펄쩍 뛰며 난색을 표하자 혈천도가 보다 못해 끼어들었다.

"됐네! 이쯤에서 그만두자고!"

두 사람의 시선이 향하자 천천히 입을 열었다.

"더 이상의 대화는 지중지란을 일으킬 뿐이니 그만들 하세. 서로 간에 앙금이 남아봐야 좋을 것이 없다네. 안에서 새는 바가지는 분명히 밖에서도 새게 되어 있네. 잘못하다가는 동료가 깨진 쪽박인 줄도 모르고 전쟁터로 향하는 수 있다는 말일세."

그의 가시 돋친 언급에 북천이 황급히 머리를 조아렸다.

"지당하신 말씀입니다. 앞으로 깊이 새겨듣도록 하겠습니다."

"자네는?"

그의 시선이 귀마왕을 향했다.

그러자 귀마왕이 마지못해 고개를 끄덕였다.

"예, 알겠습니다."

그의 대답을 끝으로 좌중은 조용해졌다.

'으음! 백미검선이라!'

혈천도는 빳빳이 돋아난 구레나룻을 만지작거리며 생각에 잠겼다.

　좌중의 인물들 역시 제각기 생각에 잠기며 고요한 침묵이 이어지고 있을 때였다.

　댕! 댕! 댕!

　어디선가 삼경(三庚)을 알리는 종소리가 들려왔다.

　하지만 그들의 얼굴에 드리워진 어두운 기색은 여전히 가시지 않고 있었다. 아무리 생각해 봐도 뚜렷한 대책이 떠오르지 않았던 것이다.

　그렇게 얼마의 시간이 지났을까? 네 사람 모두 마치 득도한 고승인 양 지그시 눈을 감은 채 깊은 생각에 잠겨 있을 때였다.

　갑자기 누군가 외치는 다급한 고함 소리가 위하채 내에 울려 퍼졌다.

　"불이다! 창고에 불이 붙었다!"

　"뭣들 하는 게냐? 우물쭈물하지 말고 어서 강가에서 물을 퍼 나르란 말이다!"

　"으악, 조심해라! 불길이 창고 옆 막사로 옮겨 붙고 있다! 어서 불을 꺼라!"

　난데없이 들려온 고성에 네 사람은 누구라고 할 것 없이 일제히 눈을 떴다.

　"이게 뭔 소린가?"

　혈천도의 말에 혈제가 다급한 표정을 떠올렸다.

　"놈들의 기습이 있는 것 같습니다!"

"뭣이라? 놈들이 기습을 해왔다고?"

"예, 그런 것 같습니다! 아무래도 나가봐야 할 것 같습니다!"

그가 말을 마친 후, 자리를 박차고 일어서자 북천도 따라 일어섰다.

"잠깐!"

혈천도가 손을 들어 제지하자 두 사람의 시선이 그를 향했다.

"우리도 나가봐야 할 것 같으니 함께 나가도록 하세."

그의 말이 끝나자 사 인이 일제히 혈각 밖으로 나갔다.

화르륵! 화르륵!

"콜록! 콜록! 야, 너희들은 대체 뭐 하고 있는 거야? 어서 물을 퍼 나르지 못해?"

"으으으! 불이 옮겨 붙을 만한 것들은 빨리 옮겨라! 십 장 밖의 막사는 모두 걷어버리고, 주변의 수풀도 가능한 한 제거해야 한다!"

"시간이 없다! 콜록! 콜록! 불이 옮겨 붙기 전에 모두 정리해라!"

'허!'

장내를 둘러보던 혈천도의 얼굴에는 기가 막힌다는 표정이 떠올라 있었다.

그도 그럴 것이, 장내는 온통 거센 화염과 메케한 연기로 가득한 채 아수라장, 바로 그 자체였다.

위하채는 수뇌부들이 머무는 거처와 교도들이 머무는 장소로 나뉘어져 있었다. 중간 지점에 놓여 있는 긴 구릉을 중심으로 양분되어 있는데, 그중 교도들이 머물고 있는 막사에서 세차게 화염이 솟구치고 있었다.

언뜻 보기에도 바람이 심하게 불어서 삽시간에 번져 나가는 불길을 잡기가 쉽지 않아 보였다.

최초의 발화지인 창고의 불을 잠재우면서 잠시 불길이 수그러드는가 싶었지만 다시 주변으로 거세게 번져 나가기 시작했다.

"콜록! 콜록! 어서 막사를 걷어내라! 불길이 밀려온다!"

"으으, 물을 가져와! 어서 가져오란 말이야! 야, 너희들 빨리빨리 움직이지 못해?"

혈천도가 어이없다는 표정으로 멍하니 장내를 바라보고 있을 때였다.

"아무래도 안 되겠습니다! 여 장로와 제가 나서야 할 것 같습니다! 두 분께서는 여기 계십시오!"

혈제의 다급한 목소리가 터져 나왔다.

곧이어 북천과 함께 막 신형을 날리려는 순간이었다.

"잠깐만 기다리게!"

혈천도가 두 사람을 막아섰다.

그러자 혈제와 북천이 두 눈을 동그랗게 뜨며 그를 바라보았다. 그들의 얼굴에는 하나같이 의구심이 떠올라 있었다.

그들의 궁금증을 풀어주기라도 하듯 혈천도가 두 사람을 번갈아 바라보았다.

"우리가 나설 테니 자네들은 화재가 발생한 원인을 파악해 보도록 하게!"

"예?"

"무슨 말씀이신지?"

두 사람이 멍한 표정을 짓자 혈천도의 시선이 귀마왕을 향했다.

"자, 어서 가도록 하세! 더 이상 지체할 수가 없구먼!"

"예, 알겠습니다!"

귀마왕이 대답을 마치자 두 사람은 화염이 치솟는 장소를 향해서 미끄러지듯 쏘아져 갔다.

잠시 그 모습을 지켜보던 북천이 의아하다는 표정을 지으며 혈제를 바라보았다.

"무슨 일을 하시려는 것일까요?"

그의 물음에 혈제가 고개를 가로저었다.

"글쎄… 나도 잘 모르겠네. 가봐야 무슨 도움이 된다고 저러는지 그 의중을 파악할 수가 없구먼."

하지만 그들의 의구심은 그리 오래가지 않았다.

"모두들 물러서라!"

갑자기 위하채를 들썩이는 혈천도의 쩌렁쩌렁한 목소리가

들려왔다.

쐐액! 쐐애 액!

펑! 퍼버벙, 펑! 퍼엉!

동시에 공기를 찢어발기는 듯한 파공성과 함께 연이은 폭음이 울려 퍼졌다.

"응?"

"무슨 일일까요?"

두 사람이 혈천제의 목소리가 들려온 방향으로 시선을 향하자 믿을 수 없는 장면이 눈앞에 펼쳐졌다.

"허!"

"저, 저럴 수가!"

두 사람의 입에서 탄성이 터져 나왔다.

바람을 타고 무엇이라도 집어삼킬 듯 거세게 번져 가던 불길이 주춤거리고 있는 것이다.

뿐만 아니라 세찬 맞바람이 불어오듯 더 이상 번져 나가지 못하고 복(卜) 자처럼 멈춰 섰다. 동시에 불꽃이 허공 높이 솟구쳐 올랐다. 무엇인가 강력한 기운에 의해서 바람이 멈춰 선 것이다.

하지만 그것도 잠시, 불길이 인(人) 자처럼 휘어지더니 역류하기 시작했다.

또한 땅바닥으로부터 솟구친 흙덩이들이 화마를 향해서 소낙비처럼 떨어져 내렸다.

후둑! 후둑! 후두둑!

일각, 이각… 시커먼 흙덩이들은 계속해서 역류하는 불길을 향해 쏟아져 내렸다.

세상이 온통 암흑으로 뒤덮인 듯 흙비의 향연은 계속 이어지고 있었다.

그렇게 얼마의 시간이 흘렀을까? 갑자기 믿을 수 없는 장면이 눈앞에 펼쳐졌다.

푸식! 푸식! 푸시시식!

그토록 세상을 집어삼킬 것만 같던 불길이 잦아들기 시작했다.

그리고 얼마 지나지 않아 그토록 타오르던 불길이 맥없이 사그라져 버렸다.

타닥! 타탁! 타다닥!

일각쯤 지나자 그 거대하던 불길이 자취를 감추고 말았다.

대신, 군데군데 남은 불길만이 장작의 불꽃처럼 힘없이 타오르고 있었다.

그것은 더 이상 화마(火魔)가 아니었다. 자신의 흔적을 남기고자 혼신의 힘을 다해 마지막 불꽃을 태우는 미미한 저항일 뿐이었다.

잠시 후, 불꽃이 완전히 사그라지자 북천의 시선이 혈제를 향했다.

"교주님! 보셨습니까?"

그의 물음에 혈제가 고개를 끄덕였다.

"으음, 보았네! 역시 태극천의 고수들이야! 어찌 인간의 능력으로 저 거대한 불길을 잠재울 수 있다는 말인가?"

"그렇습니다. 마치 천신들이 자연의 분노에 맞서 싸우는 듯한 느낌이 들었습니다."

"천신들이라……."

혈제가 잠시 생각에 잠기더니 입을 열었다.

"그래, 어쩌면 태극천이란 곳은 천상천일 수도 있네! 우리는 그곳의 천신들에게 도움을 받는 한낱 미천한 인간일 뿐이고!"

잠시 뜸을 들이더니 궁금한 표정을 떠올렸다.

"참, 자네는 저분들과 같은 혈맥 소속이 아닌가? 그런데 왜 함께 어울리지 못하고 주변만 빙빙 맴돌고 있는 것인가? 혹여 누군가에게 미운 털이라도 박힌 것인가?"

그의 물음에 북천이 인상을 찡그렸다.

"그렇지 않습니다. 저도 어울리고 싶지만 저분들이 틈을 주지 않습니다."

"응? 그게 무슨 말인가? 틈을 주지 않다니?"

혈제가 의아하다는 표정으로 묻자 약간은 불만스러운 표정으로 대답했다.

"제가 방계이기 때문이지요."

"그게 무슨 소리인가, 방계 때문이라니? 직계라고 해봐야

몇 명이나 된다고? 수십, 수백도 아니고 달랑 두 명이 남았는데 직계니 방계니 따질 게 뭐가 있어? 따지고 보면 방계 역시 한 식구나 마찬가지가 아니겠는가?”

북천의 얼굴에는 여전히 불만이 가시지 않았다.

“글쎄요. 물론 그렇기는 하지만 뭐랄까요? 저분들은 우리를 같은 식구라고 생각하지 않는 것 같습니다. 마치 자신의 수하쯤으로 생각한다고나 할까요?”

“으음!”

혈제는 더 이상 질문하지 않았다.

혈교와 태극천의 관계가 얽혀 있듯이 혈맥과 북혈림의 관계 역시 꼬여 있다는 느낌을 지울 수 없었다. 마치 군림하고자 하는 이들과 속하고자 하는 이들의 불안한 동거를 보는 것 같았다.

그가 잠시 생각에 잠겨 있는 사이 누군가 어둠을 뚫고 빠른 걸음으로 다가왔다.

“교주님!”

“응? 너는 혈성당 소속의 천살대주가 아니냐?”

“예, 그렇습니다.”

혈교는 총 이당(二堂), 육대(六隊), 일단(一團)으로 통일되었다.

이당으로는 혈성당(血星堂)과 혈천당(血天堂)이 있고, 각 당에는 삼 대씩 속해 있었다. 또한 암살과 추적만을 전문적으로 하는 천붕단이 있지만 소림의 광오 일행을 기습하는 과정에서 장산 일행에게 전멸에 가까운 피해를 입고 유명무실해지고 말았다.

지금 혈제를 찾아온 인물은 혈성당 소속의 천살대(天殺隊), 지살대(地殺隊), 인살대(人殺隊) 중 천살대를 맡고 있는 구주검(九朱劍) 기찬이었다.

구주검이 상기된 표정으로 대답하자 혈제가 물었다.

"무슨 일인데 그러는 것이냐?"

"다름이 아니라 의심스러워 보이는 몇몇이 장내가 시끄러운 틈을 타서 진지 밖으로 도주를 했습니다."

"뭣이라? 의심스러운 놈들이 도주를 했다고?"

"예, 그렇습니다. 일단 제 휘하에 속한 삼조를 쫓아 보내기는 했지만 아무래도 추가 인원을 보내주어야 할 것 같습니다."

순간, 혈제의 얼굴이 벌겋게 달아올랐다.

"놈들이 장내를 활보하고 다니는 것도 모르고 경비를 맡은 놈들은 대체 무엇을 하고 있었다는 것이냐?"

그의 노성에 구주검이 움찔거렸다.

하지만 이내 정색을 하며 대답했다.

"현재 인살대에서 경비를 맡고 있지만 놈들의 기척을 느끼기에는 아마도 어려웠을 겁니다. 당시 놈들의 움직임을 보면 결코 예사롭지 않았으니까요."

"그래, 몇 놈이나 되었느냐?"

"워낙 움직임이 신속한 탓에 정확한 수는 파악하지 못했지만 대략 네다섯 명은 되었던 걸로 기억합니다."

"으음! 그렇다면 그놈들이 창고에 불을 지른 것이 확실하구나!"

"예, 그럴 가능성이 농후합니다."

"으으으! 망할 놈들!"

혈제가 이를 갈며 신형을 부르르 떨었다.

가뜩이나 어수선한 판에 한바탕 불난리까지 겪었으니 그의 심사가 편할 리 없었다. 계속해서 이를 부드득 갈자 북천이 나섰다.

"교주님! 제가 가도록 하겠습니다."

"응? 자네가 직접 나서겠다고?"

"예, 그렇습니다. 위하채 내에 잠입해서 불을 지르고 여유 있게 도주할 정도라면 아마도 상당한 무공을 지닌 놈들일 겁니다."

"으음!"

혈제가 잠시 생각에 잠기더니 북천의 어깨를 다독거렸다.

"그럼 자네가 수고 좀 해주게!"

"예, 너무 걱정하지 마십시오."

북천의 말이 끝나자 혈제의 시선이 구주검을 향했다.

"너는 지금 곧 천살대원 중 쓸 만한 대원들과 말들을 추려라! 그리고 여기 여 장로와 함께 놈들을 추격토록 해라!"

"존명!"

구주검과 북천이 떠나가자 혈제의 시선이 다시 장내를 향했다.

'으음! 왠지 불길한 생각이 드는구먼!'

그랬다. 갑자기 알 수 없는 불길한 예감이 그의 등줄기를 타고 스멀스멀 기어올랐다.

그는 화마가 훑고 간 흔적들을 바라보며 오랫동안 움직일 줄 몰랐다.

휘영청 둥근 달이 어둠을 밝히고 있는 들판을 오 인의 신형이 내달리고 있었다.

상당한 고수인 듯 그들의 신형은 한 발을 내뻗을 때마다 쭉쭉 미끄러지고 있었다. 하지만 이미 상당한 거리를 내달린 듯 입에서는 거친 숨소리가 흘러나오고 있었다.

"헉헉! 저기 야산이 보이니 조금만 더 힘을 내게! 이제 얼마 남지 않았네!"

그들의 선두에 선 초로인은 연신 뒤를 돌아다보며 일행을 격려했다. 바로 호접은선이었다.

하지만 그의 그러한 대형다운 풍모는 그리 오래가지 못했다. 맨 뒤에 처진 광검을 보는 순간, 갑자기 미간을 찌푸리더니 냅다 소리를 내질렀다.

"이봐! 자네는 왜 자꾸 뒤처지는 게야? 놈들이 말을 타고 쫓아오고 있다고! 추월당하기 전에 어서 저 야산까지 가야만 한다는 말일세!"

그의 고함에 후미에 처져 있던 광검이 거친 숨을 내쉬며 목청을 돋우었다.

"헉헉! 거, 웬 말이 그렇게도 많소? 굳이 말을 안 해도 저곳까지 가야 한다는 사실은 우리 모두 들어서 알고… 헉헉!"

그는 말하기도 벅찬 듯 숨을 헐떡거렸다.

그 모습을 지켜보던 호접은선이 고래고래 소리를 질렀다.

"뭐라고? 자네 때문에 이 지경이 됐는데 뭐가 어쩌고 어째?"

"헉헉! 그게 무슨 말도 안 되는 소리요, 나 때문이라니?"

"아, 자네가 그 큰 덩치로 두리번거리고 서 있으니까 그 염소수염이 달린 대주라는 놈이 우리를 불러 세운 게 아닌가? 그래서 꼬리를 잘라낸 도룡뇽처럼 이렇게 품위없이 내빼고 있는 게 아니냐고!"

"헉헉! 형님은 내 덩치 큰 것이 무슨 죄라고 말끝마다 그러시오."

그는 말을 하다 말고 입을 다물었다. 그리고는 재빨리 시선을 뒤로 향했다.

두두두두!

갑자기 말발굽 소리가 들리는가 싶더니 멀리 희뿌연 흙먼지가 피어오르는 것이 보였다.

"망할!"

순간, 그의 입에서 욕설이 튀어나왔다.

곧이어 전방을 향해 목청을 돋우었다.

"헉헉! 형님, 놈들이 따라붙었소!"

그러자 사위로 퍼져 나가는 호접은선의 뾰족한 목소리가 들려왔다.

"알고 있으니 어서 튀라고!"

그의 말을 끝으로 오 인의 신형은 바람처럼 내달리기 시작했다. 가히 번개를 방불케 하는 빠름이었다.

두두두두!

얼마 지나지 않아 말을 탄 한 무리의 인원이 모습을 드러냈다.

"워! 워!"

그들 중 선두에 선 염소수염의 사내가 손을 들더니 말을 세웠다. 바로 천살대주 구주검이었다.

다그닥! 다그닥!

그가 멈춰 서자 뒤쪽에서 북천이 다가왔다.

"왜 그러는 것인가?"

구주검이 공손히 머리를 조아리며 대답했다.

"다름이 아니라 조금 전 놈들이 저 야산의 숲길로 들어갔습니다."

"그런데?"

"한밤중이라 저곳을 통과하기가……."

그가 말끝을 흐리자 북천의 시선이 전방을 향했다.

전방에는 군데군데 수풀이 우거진 큰 구릉이 자리하고 있었다.

"저곳에 무슨 문제라도 있는 것인가? 그리 험해 보이지도 않고, 놈들이 머물고 있는 야산 지대와는 아직 상당한 거리가 있지 않은가?"

구주검이 손을 들어 전방을 가리켰다.

"저곳은 무림맹 놈들과 경계를 이루는 장소입니다. 딱히 어느 쪽도 선점하고 있지 않지요. 그 이유는 우리가 지금 서 있는 대평원 때문입니다."

그는 구릉의 몇몇 곳을 더 가리키며 입을 열었다.

"만약 놈들이 대규모로 움직일 경우, 저기와 저기, 그리고 또 저곳을 통해서 곧바로 알 수가 있습니다. 뿐만 아니라 아무런 노출 없이 대평원을 통과하기란 거의 불가능에 가깝지요. 따라서 굳이 이곳을 경계할 필요성을 느끼지 못하고 있습니다."

"으음!"

북천이 계속 귀를 기울이자 천천히 말을 이었다.

"아무튼 그런 사정에 의해서 저 구릉은 상당 기간 방치되어 왔지요. 놈들의 진영과는 아직 상당한 거리가 남아 있지만 안전하다고 장담할 수 없는 이유가 바로 거기에 있습니다. 지금 당장이라도 조금 전 도주한 놈들이 은신하고 있을 수도 있으니까요."

"일리가 있는 말이로구먼!"

북천이 비로소 고개를 끄덕였다.

구주검이 구릉을 통과하기 머뭇거린 이유를 알 수 있었던 것이다.

'무림맹 놈들과 경계를 이루는 장소라?'

그는 시선을 돌려 찬찬히 구릉을 훑어보았다.

여기저기 수풀이 우거져 있는 풍경이 구주검의 말대로 대규모 인원이 통과하기에는 무리가 있었다.

하지만 지금과 같이 어두운 밤이라면 사정이 달라질 수밖에 없었다.

대규모의 인원이 움직인다면 모를까 적지 않은 인원이 은신하기에는 충분했다. 그리고 그것을 알아차리기란 결코 쉽지 않아 보였다.

'그것참!'

그의 미간에 주름이 파여갔다.

그도 그럴 것이, 자신이 직접 추적 조를 이끌고 왔는데 위험하다며 돌아가기가 상당히 애매했다.

뿐만 아니라 만약 놈들이 저곳을 통과하며 도주 중에 있다면 간신히 좁혀놓은 거리가 다시 멀어질 수밖에 없었다. 참으로 난감한 상황이 아닐 수 없었다.

'그래, 여기서 그만둘 수는 없지!'

문득 그의 얼굴에 굳은 각오가 새겨졌다.

자신은 혈교의 장로이자 북혈림을 이끌던 북천 여동후였다.

현재 도주하고 있는 이들이 상당한 무공을 지닌 것으로 파악되지만 무림맹의 고수들 중에 백미검선을 비롯한 몇몇을 제외하면 굳이 피할 만한 상대는 없었다.

또한 함께 온 천살대는 정예들이었다. 그들 오십여 명과 함께라면 설사 놈들이 은신하고 있다고 할지라도 굳이 상대하지 못할 이유가 없었다.

잠시 생각에 잠겨 있던 그가 천천히 고개를 돌려 구주검을 바라보았다.

"자, 출발하도록 하세! 현재 우리의 전력이면 놈들이 은신하고 있어도 큰 위험은 없을 거라고 생각하네."

"그냥 통과하시겠습니까?"

"예서 그만둘 수는 없지 않은가? 놈들이 저곳을 지나치고 있다면 다시 거리를 좁히기가 수월하지 않을 것이네. 위험을 감수하더라도 놈들의 뒤를 쫓아야지. 자, 더 이상 시간을 지체하지 말고 어서 추격하도록 하세."

“예, 명대로 거행하겠습니다.”

구주검이 허리를 깊숙이 숙였다.

곧이어 뒤를 돌아다보며 목청을 돋우었다.

“일조장 일홍검(一紅劍) 사문영은 휘하의 대원들 다섯 명과 함께 이곳에서 말을 관리하도록 한다!”

“복명!”

“나머지 대원들은 모두 하마(下馬)한다! 그리고 장로님의 뒤를 따른다!”

“복명!”

“명을 따르겠습니다!”

여기저기서 고함이 들려오며 대원들이 일제히 말에서 내렸다. 그리고는 각자의 병장기를 뽑아 든 채 북천의 움직임을 주시하기 시작했다.

“장로님! 준비가 완료됐습니다!”

구주검이 출발 준비를 알리자 북천이 고개를 끄덕였다.

“알았네! 나를 따라오도록 하게!”

그는 신형을 움직여 선두에 나섰다.

곧이어 한 걸음, 한 걸음, 발걸음을 내딛기 시작했다.

잠시 후, 멀어져 가는 그의 그림자를 따라서 구주검을 비롯한 대원들의 발길이 이어졌다.

휘이이잉!

소슬바람이 불어와 구릉의 정상 부근에 우거진 수풀 사이를 스쳐 지나갔다.

수풀의 안쪽에는 짙은 어둠으로 가려 있어서 잘 보이지 않지만 바스락거리는 소리와 함께 누군가의 인기척이 느껴졌다. 조심스럽게 신형을 옮기고 있는 이는 오룡 중 막내인 낙일도 곽호였다.

그가 구릉의 아래쪽을 주시하자 한 인영이 다가왔다. 바로 호접은선이었다.

"놈들이 올라오고 있구먼!"

곽호가 고개를 끄덕이며 대답했다.

"예, 노형님. 북천이 선두에 서고, 그 뒤로 이 열을 이루고 있습니다."

"으음! 저런 대열이면 곤란한데……."

"그렇습니다. 놈들의 전열을 흩뜨려 놓을 필요가 있습니다. 그래야 흑룡곤 선배가 이끄는 현천수호단과 사공 형이 이끄는 벽검단의 기습이 완벽한 효과를 발휘할 수 있지요."

그의 말이 끝나자 호접은선이 손가락으로 뒤쪽을 가리키며 혀를 찼다.

"쯧쯧쯧! 저 퍼질러 누워 있는 미련 곰퉁이가 자네의 절반만이라도 닮았으면 원이 없겠구먼!"

"예? 넷째 형님을 말씀하시는 겁니까?"

"그럼 미련 곰퉁이가 그 인간을 빼면 누가 있겠는가? 하여

간 저 인간을 보고 있으면 왜 저토록 무거운 머리통을 달고 다니는지 이해가 되지를 않아. 종종 도끼 자루나 휘두르며 산적 두목이나 하고 있으면 어울릴 것 같다는 생각이 든다는 말일세.”

“풋! 고정하십시오. 만약 형수님께서 노형님의 말씀을 들었다면 앞으로의 끼니는 각자 알아서 해결해야 하는 불상사가 벌어졌을 겁니다.”

곽호의 말에 호접은선이 인상을 찡그리며 투덜거렸다.

“그 점도 불만이라네.”

“예? 무슨 말씀이신지?”

“왜 하늘은 이리도 불공평한 것인가? 저런 미련 곰퉁이에게는 황후 같은 양가집 규수를 내려주고, 나같이 고매한 삶을 살아온 사람에게는 왜 아무런 복연도 내려주지 않느냐는 말일세.”

그가 하소연을 하자 곽호가 미소를 지었다.

“꼭, 그렇지만은 않은 것 같습니다.”

“엥? 그게 무슨 소린가?”

“난세가 끝나면 백옥화 제갈미라는 분이 만나준다고 약속하지 않으셨습니까?

순간, 호접은선이 기겁을 하며 그의 입을 틀어막았다.

“숏! 조용히 하게!”

“우웁! 웁웁!”

곽호가 고개를 끄덕이자 재빨리 주변을 둘러보며 입을 열었다.

"그 말은 자네만 알고 있어야 하네. 절대로 다른 이에게 누설해서는 안 된다는 말일세."

"……?"

곽호가 의아하다는 표정을 짓자 다시 한 번 주변을 둘러보며 말을 이었다.

"자네도 그날 함께 어울려 봐서 알겠지만 그녀의 성격이 좀 독특하다네. 비록 취중에 나온 말이지만 자신이 한 말은 무슨 일이 있어도 책임지는 여인이지. 반면, 자신이 한 말이 남의 귀에 들어가는 것은 극도로 싫어하는 성격이네. 따라서 그녀가 한 말이 다른 사람의 입방아에 오르내린다면 그녀와는 영영 이별이라는 말일세. 내 말이 무슨 뜻인지 알아듣겠는가?"

"아, 예. 조심하겠습니다."

"흠흠! 알면 됐네. 내 자네의 말을 한번 믿어보도록 하겠네."

그의 얼굴에 만족스런 미소가 떠올랐다.

하지만 곧 무엇인가 생각난 듯 고개를 갸웃거렸다.

"그런데 이상하다는 말이야!"

"예? 무슨 말씀이신지?"

곽호가 의아하다는 표정을 짓자 눈빛을 반짝였다.

"문공 말일세! 우리가 추격을 당할 경우, 무조건 이곳까지 오라고 신신당부하지 않았는가?"

"그랬지요."

곽호가 고개를 끄덕이자 소곤거리듯 말했다.

"자네도 한번 곰곰이 생각해 보게. 우리는 이번 작전에서 실제로 추격을 받게 되었고, 와서 보니 현천수호단과 벽검단이 미리 은신하고 있지 않았는가?"

"그랬지요."

"그랬지요가 아닐세! 그렇다면 그 친구는 우리가 발각될 것을 미리 예상하고 이곳에 그물을 치고 기다리고 있었다는 말이 아닌가?"

"그렇군요. 그렇게 되는군요."

"그렇다면 결국, 우리가 낚싯밥 역할을 한 것이 아닌가?"

"그러고보니 그 또한 그렇군요."

곽호가 무표정하게 대답하자 호접은선이 토라지듯 투덜거렸다.

"에잉! 자네는 이것이면 이것이고 저것이면 저것이지, 그 무슨 물에 물 탄 듯 술에 술 탄 듯 두루뭉술한 대답이란 말인가?"

"예? 아, 예. 죄송합니다."

곽호가 머리를 긁적이자 그를 잠시 쏘아보더니 이내 본래의 얼굴을 되찾았다.

"그나저나 그 친구를 보고 있으면 참으로 대단하다는 말이야! 매사를 자기 손바닥 위에 올려놓은 것처럼 일사천리로 처리하지 않는가 말일세."

"그렇습니다. 대단한 인물이지요. 우리편이니까 망정이지 만약 상대편이었다면……."

그의 말을 끝으로 두 사람 사이에는 침묵이 흘렀다.

잠시 후, 전방을 주시하던 곽호가 조심스럽게 신형을 일으켜 세웠다.

"노형님! 슬슬 움직여야 할 것 같습니다."

"으음! 그래야겠구먼!"

호접은선이 따라 일어서며 두 사람은 수풀의 안쪽으로 사라져 갔다.

한편 대원들을 이끌고 구릉을 오르는 북천의 눈동자는 쉴 새 없이 움직이고 있었다.

구릉 자제가 워낙 시야의 확보가 쉬워서 어렵지 않게 전진하고 있지만 군데군데 군락을 이루고 있는 수풀을 지날 때면 여간 신경 쓰이는 게 아니었다.

'으음!'

하지만 십여 개의 군락을 지나도 별다른 이상이 없자 조금은 긴장이 풀리는 것을 느꼈다.

"장로님! 제가 앞장을 서도록 하겠습니다."

뒤에서 쫓아오던 구주검이 걸음을 빨리하며 어깨를 나란히 하자 북천이 고개를 저었다.

"아닐세. 구릉을 지날 때까지는 내가 앞장서도록 하겠네."

"하지만……."

"아니야. 족적의 흔적을 보아하니 놈들이 이미 정상을 넘어간 것 같지만 그래도 모르니 내가 선두에 서는 것이 나을 게야."

그랬다. 미미한 흔적이 남아 있는 족적들은 정상을 향해 계속 이어지고 있었다.

하지만 돌다리도 두들기며 건너야 하는 법, 구릉을 넘을 때까지는 가능하면 조심하는 게 상책이었다. 그렇게 천천히 이동하고 있을 때였다.

'응?'

갑자기 북천의 신형이 멈춰 섰다.

그러자 나란히 걷고 있던 구주검이 재빨리 신형을 멈춰 서며 물었다.

"장로님! 왜 그러십니까?"

그는 말을 하다 말고 북천의 시선을 따라 전방을 바라보았다.

하지만 그곳에는 소슬한 바람이 흙먼지를 일으킬 뿐, 아무것도 보이지 않았다.

'왜 그러시지?'

그가 고개를 갸웃거리며 시선을 돌리려는 순간이었다.

'응? 누구?

갑자기 하나, 둘… 다섯 명의 신형이 드러났다.

그들은 하나같이 팔짱을 낀 채 시정잡배들처럼 거들먹거리는 모습이었다.

'저놈은?

구주검의 인상이 찌푸려졌다.

그들 중 전방에 서있는 거한은 익히 눈에 익은 인물이었다. 바로 방화를 일으키고 도주한 놈들 중 하나였다.

그의 용모가 워낙 눈에 띄기에 어둠 속에 서 있어도 한눈에 알아볼 수 있었다.

"장로님! 저놈들이 바로 도주한……."

그의 말은 더 이상 이어지지 못했다.

난데없이 천둥이 치는 듯한 고함 소리가 들려왔다.

"이놈들아! 왜 어디까지 쫓아오고 난리야? 여기부터는 너희들 구역이 아니니까 좋은 말 할 때 돌아가라고!"

장한의 말에 북천과 구주검이 멍한 표정이 되었다.

자기 혼자서 말도 안 되는 소리를 떠들고 있으니 기가 막히다 못해 어이가 없었다. 멍하니 바라보고 있는 사이 또다시 황당한 목소리가 들려왔다.

"어이, 맨 앞에 서 있는 늙은이! 이 광검 어르신의 말씀이 말 같지 않아? 왜 남의 구역까지 넘보는 거냐고? 내 아랑을 베풀어 목숨만은 살려줄 테니 벽에 똥칠할 때까지 살고 싶으면 냉큼 꺼지라고!"

'으으으!'

순간, 북천이 밟고 서 있는 자리가 움푹 꺼졌다.

천하의 북천이 어디서 저런 망발을 들어보았겠는가? 그의 양발이 발목까지 빠진 것을 보면 얼마나 분노하고 있는지 알 수 있었다.

"장로님, 참으셔야 합니다! 놈은 지금 격장지계를 펼치고 있습니다!"

구주검이 재빨리 제지하고 나섰지만 그의 분노는 쉽게 가라앉지 않았다.

그의 안면이 잘 익은 대춧빛으로 물들더니 장내가 떠나갈 듯 고함을 내질렀다.

"네 이놈! 어디서 감히 그따위 망발을 늘어놓는 것이냐? 네 놈이 죽고 싶어 환장한 모양이구나!"

하지만 상대는 태극검문의 애물단지 광검이었다.

그는 아랑곳하지 않은 채 웬 개가 짖느냐는 듯한 표정으로 북천을 자극했다.

"뭐라고? 환장이 어떻게 됐다고? 영감이 우리의 꼬랑지를 졸졸 쫓아오느라고 피죽도 못 먹었나 보구먼! 잘 안 들려! 좀 더 크게 얘기해 봐!"

"갈!"

순간, 북천의 입에서 짧은 외침이 터져 나왔다.

그의 외침에는 강한 내력이 실려 있는지 정상을 향해 빠르게 퍼져 나가는 음성을 따라 흙먼지가 피어올랐다.

"쿠웩!"

갑자기 광검의 얼굴이 샛노래지더니 한 움큼의 선혈을 토해냈다.

하지만 곧바로 입가에 묻은 피를 닦아내더니 욕설을 퍼부었다.

"야, 이 망할 늙은이야! 노망이 들었으면 곱게 뒈지든지 해야지, 웬 한밤중에 시끄럽게 떠들고 난리야, 난리가?"

"뭐, 뭣이라? 네놈이 찢어진 입이라고 말을 함부로 하는구나!"

북천이 노성을 토해내자 광검은 더욱 큰 목소리로 고함을 내질렀다.

"늙은이! 내 말이 틀렸어? 고루마공을 익힌 것도 아닌데 두 눈이 휑하고, 눈두덩은 거무칙칙한 게 아무래도 이승에서 살 날이 얼마 남지 않아 보이는구먼, 뭐가 그리도 좋다고 떠들어대고 있냐고?"

순간, 북천의 양 눈썹이 역팔(逆八)자로 휘어졌다.

"이, 이런 망할 놈을 보았나?"

"흥! 망할 놈은 내가 아니고 한밤중에 떠들어대고 있는 늙은이, 바로 당신이라고!"

"네 이놈! 네놈의 모가지를 비틀어주마!"

북천의 신형이 꿈틀거리는가 싶더니 그대로 튕겨 나갔다.

"장로님!"

구주검이 깜짝 놀라며 제지하려고 했지만 때는 이미 늦고 말았다.

그의 신형은 어느새 튕겨진 화살이 되어 정상을 향해 쏘아져가고 있었다.

'이런!'

그는 곧바로 뒤를 돌아다보며 외쳤다.

"전원 돌격하라! 장로님을 보호하라!"

그의 명이 떨어지자 여기저기서 우렁찬 목소리가 터져 나왔다,

"와! 놈들을 쓸어버려라! 우리는 자랑스러운 혈교도다!"

"와아! 겁을 상실한 떨거지들에게 본때를 보여줘라! 천살대 만세!"

구주검과 천살대원들은 병장기를 뽑아 든 채 일제히 정상을 향해 쇄도해 갔다.

'이놈!'

경공을 펼치며 쏘아져 가던 북천의 입가에 차가운 미소가 맺혔다.

이제 찢어 죽여도 시원찮을 놈이 사정거리 안으로 들어온 것이다.

그런데 미련 곰퉁이 같이 생긴 놈이 뭐가 그리도 좋은 지 달 항아리만 한 얼굴에 시커먼 목구멍을 드러낸 채 싱글벙글 웃고 있었다.

'흐흐흐! 실컷 웃어라! 그게 이승에서의 마지막 웃음이 될 게다!'

아무렴 어떤가? 저 큰 머리통을 수박 자르듯 두 동강 내면 그만이었다.

"네 이놈!"

한순간, 그의 신형이 허공을 향해 높이 솟구쳤다.

동시에 극성의 내력을 끌어올리며 비성탄강(飛星彈强)의 흐름을 떠올렸다. 자신의 절기인 비성은하검(飛星銀河劍)의 최절초였다.

임독맥을 거세게 휘도는 진기를 검으로 쏟아내며 막 비성 탄강을 펼치려고 할 때였다.

'응?'

갑자기 양옆의 수풀 속에서 날카로운 기운이 쏘아져 왔다.

뿐만 아니라 전방의 서 있는 이들에게서도 무엇인가 강력 한 기운들이 쇄도해 오는 것을 느꼈다.

'망할!'

그랬다. 완벽한 합공이었다.

비성탄강을 펼치면 눈앞의 곰퉁이와 전방에서 날아드는 강력한 기운들을 상대할 수 있지만 양옆에서 쏘아져 오는 예리한 기운은 막아내기 어려웠다.

그것은 방향을 틀어 비성탄강을 펼쳐도 마찬가지였다. 양옆에서 날아드는 예리한 기운을 상대하고 나면 전방에서 날아드는 강력한 기운들에게 고스란히 노출될 수밖에 없었다. 참으로 허를 찌르는 교묘한 기습이 아닐 수 없었다.

'이익!'

달리 생각할 시간이 없었다.

그는 비성은하검의 최강 방어 초식을 떠올렸다.

"비성회선(飛星回旋)!"

그의 입에서 다급한 외침이 터져 나왔다.

그러자 휘도는 검을 따라 신형 주위로 희뿌연 기운이 피어올랐다. 희뿌연 기운은 형언할 수 없는 속도로 휘돌며 강력한 회선풍을 일으켰다. 그 회선풍이 두터운 막을 형성하는 순간, 강력하고도 예리한 기운들이 엄청난 속도로 파고들었다.

텅! 터더덩, 텅! 터엉!

"크흑!"

북천이 허공에 뜬 상태 그대로 비명을 토해냈다.

동시에 진한 피보라를 뿌리며 날개 꺾인 매처럼 땅바닥을 향해 곤두박질쳤다.

"으으으!"

양발을 휘돌려 간신히 신형을 일으킨 그의 눈에는 실핏줄이 가득 서 있었다.

‘어떻게?’

그랬다. 그는 자신이 처한 현실이 믿어지지 않았다.

그냥 기가 막히고 화가 날 뿐이었다. 아니, 화가 나서 미칠 것만 같았다.

천하의 북천이 어찌 이름 모를 구릉의 한 구석에서 이토록 망가질 수 있다는 말인가?

그러나 상황은 점점 더 그를 극단적인 방향으로 몰아가고 있었다.

“네놈들은… 누구냐?”

그가 힘겹게 신형을 지탱하고 있는 사이 전방의 사 인이 곰 퉁이를 사이에 두고 나란히 대열을 이루었다. 바로 일월회의 오룡이었다.

“네놈들은 또 누구……?”

이번에는 양옆의 수풀에서 일인씩 걸어나왔다. 현천수호 단을 이끄는 흑룡곤과 사공세가의 소가주 사공천이었다.

그들은 말없이 각자의 방위를 유지한 채 내력을 극성으로 끌어올렸다.

그러자 바람이 불지 않음에도 구릉의 정성 부근에는 강한 기류가 휘몰아치기 시작했다.

‘우욱!’

북천의 낯빛이 서서히 굳어갔다.

내부가 진탕되고 기혈이 뒤틀린 상태에서 이들 칠 인이 뿜어내는 기세는 감당하기 버거웠다.

'이렇게 허무하게 갈 수는 없지!'

이대로 고스란히 당할 수만은 없었다.

'크흑!'

북천은 전신이 갈가리 찢겨지고 뼈마디가 부서지는 듯한 통증을 참아가며 어금니가 부서져라 꽉 깨물었다.

동시에 사방에서 압박해 오는 기세에 대항이라도 하듯 내력을 극성으로 끌어올렸다.

구릉의 정상 부근에는 나뭇잎이 날아오르고 자욱한 흙먼지가 피어올랐다. 그렇게 상황은 점점 더 알 수 없는 방향으로 흘러가고 있었다.

"장로님!"

구주검의 안타까운 목소리가 울려 퍼졌다.

핑! 피비빙, 핑! 피융!

갑자기 양옆의 수풀에서 시커먼 화살들이 쏘아져 왔다.

"화살이다, 피해라… 으악!"

"놈들의 기습이다, 어서 피해… 으아악!"

천살대원들의 단말마가 연이어 터져 나왔다.

그들은 구릉을 오르면서 전열이 잔뜩 흐트러진 상태였다. 그 상황에서 예상치 못한 기습을 받은 것이다.

피융! 피비빙, 핑! 피융!

짙은 어둠을 뚫고 괴이한 파공성을 울리는 화살들은 저승

사자, 바로 그 자체였다.

"어서 비켜… 크악!"

"시야를 가리지 마라! 옆으로, 아니, 뒤로… 크아악!"

언덕길은 삽시간에 아수라장으로 변해갔다.

대원들은 전후좌우로 쏟아지는 화살 때문에 전진하지도 물러서지도 못했다. 동료들에 의해서 시야가 가려지고 우왕좌왕하는 사이 화살들은 소나기처럼 퍼부었다. 속절없이 쓰러지고 나뒹굴며 짧고도 긴 악몽 같은 시간은 흘러만 갔다.

"크흑!"

한순간, 구주검이 왼 무릎을 꿇으며 주저앉았다.

그의 등판과 옆구리에는 대여섯 개가 넘는 화살이 틀어박혀 있었다.

'으으으!'

그는 희미해지는 시선으로 주위를 둘러보았다.

언덕길은 대원들의 널브러진 시신으로 가득 차 있었다. 자신만이 홀로 숨을 내쉬고 있었다.

'헉! 헉!'

그는 귀가 멍멍해지고 정신이 흐려지는 것을 느끼며 무심코 좌측으로 시선을 향했다.

'……?'

순간, 시커먼 화살 한 무더기가 자신을 향해 쏘아져 오는 것이 보였다.

갑자기 머릿속이 하얗게 비어가고 아무런 생각도 떠오르지 않았다. 상반신 전체를 엄습하는 엄청난 고통이 느껴질 뿐이었다.

"크아악!"

그는 자신도 모르게 커다란 비명을 내질렀다.

곧이어 신형이 기우는 것을 느끼면서 시선이 향한 곳에는 새하얀 은선(銀扇)에 목이 베인 채 피분수를 내뿜고 있는 북천의 모습이 보였다.

'장로님!'

그가 이 세상에서 마지막으로 떠올린 얼굴이었다.

휘이이잉!

어디선가 소슬바람이 불어와 피비린내가 진동하는 구릉의 언덕길을 스쳐 지나갔다.

*　　　*　　　*

둥! 둥! 둥!

무지막지하게 두들겨대는 북소리가 혈교의 진영 내에 울려 퍼졌다.

"놈들이 몰려온다!"

"무림맹의 대대적인 기습이다! 전열을 갖추어라!"

여기저기서 긴급 사태를 알리는 고함이 터져 나왔다.

쉴 새 없이 이어지는 고함과 북소리에 혈교의 진영 안은 난장판으로 변해갔다. 깜짝 놀라 막사에서 튀어나온 교도들이 이리저리 움직이며 갈피를 잡지 못하는 모습이 마치 시장통을 방불케 했다.

허둥지둥 인파 속을 헤매는가 하면 병장기를 찾아 다시 막사 안으로 들어가고, 자신이 속한 조를 찾지 못해 우왕좌왕하기 일쑤였다.

하지만 그들의 그러한 움직임은 대주들의 등장으로 현저히 달라지기 시작했다.

"당황하지 말고 침착하게 움직여라!"

"각 조장은 앞으로 나서서 조원들을 통솔하라!"

그들의 지시를 받은 조장들이 선두에 나서자 장내는 급속도로 안정을 되찾아갔다.

질서정연한 움직임을 보이며 일사천리로 자신들의 위치를 찾아가고 있는 것이다.

얼마 지나지 않아 교도들은 전열을 갖춘 채 명이 떨어지기만을 기다렸다.

하지만 그들의 얼굴은 잔뜩 굳어 있었다. 생각지도 못한 무림맹의 총공세로 당황하는 기색이 역력했다.

마치 거대한 이무기가 또아리를 틀고 있는 것 같은 긴 목책으로 둘러싸인 위하채 전체가 침묵 속에 빠진 채 고요한 적막감만 나돌고 있었다.

그것은 목책의 정중앙에 솟아오른 망루 역시 마찬가지였다.

그곳에 올라서 무림맹의 대열을 바라보는 삼 인의 인상은 일그러질 대로 일그러져 있었다. 혈천도와 귀마왕, 그리고 혈제였다.

세 사람은 멀리 넓은 들판을 가득 메운 무림맹의 대열을 바라보고 있었다.

잠시 후, 그 위풍당당한 기세를 바라보던 혈천도가 입을 열었다.

"성터에 처박혀 있을 때는 모르겠더니만 한꺼번에 몰려 있으니 그 위용이 대단하구먼!"

귀마왕이 고개를 끄덕이며 말을 받았다.

"예, 그렇습니다. 놈들이 한껏 기세가 오르더니 자신감에 차 있는 것 같습니다. 반면, 우리 측은 수적으로 별반 차이가 없음에도 잔뜩 위축되어 있고요."

"그나저나……."

혈천도가 막 말을 꺼내려는 순간이었다.

"교주님!"

누군가 고함을 지르며 망루로 올라왔다.

허겁지겁 달려온 사내는 후방의 수로를 감시하고 있는 인살대 소속의 삼조장 마검(魔劍) 신국창이었다.

그가 헐레벌떡 다가서자 혈제가 의아하다는 표정을 지으며 물었다.

"아니, 너는 위하를 감시하고 있는 인살대 소속의 삼조장 마검이 아니냐? 무슨 일인데 비상사태임에도 경계 지역을 벗어나 이곳으로 온 것이냐?"

"지금 놈들이……."

그가 말을 더듬자 혈제의 눈이 휘둥그레졌다.

"설마 놈들이 위하로도 쳐들어오고 있다는 말이냐?"

마검이 고개를 끄덕이며 대답했다.

"예, 그렇습니다. 지금 십여 척이 넘는 배들이 백여 장가량 떨어진 곳까지 다가와 있습니다."

순간, 혈제가 노성을 토해냈다.

"그렇다면 다른 조장들과 함께 놈들이 하선하지 못하도록 막아야지 왜 이곳으로 온 것이냐?"

"그것이……."

마검이 머뭇거리자 혈제가 목청을 돋우었다.

"답답한 놈이로구나! 어서 이실직고하지 못할까?"

그의 노성에 마검이 주눅 든 모습으로 대답했다.

"놈들이 제갈가와 황보가의 깃발을 달고 있는데 이상하게도 더 이상 다가오지 않고 있습니다. 백여 장의 거리를 둔 채 정박하고 있는 상태입니다."

"뭣이라? 무림맹 놈들이 아니라 제갈가와 황보가에서 왔다고? 그리고 강상에 닻을 내린 채 정박하고 있다고?"

"예, 그렇습니다! 그래서 사조장과 오조장에게 놈들의 동태를 예의주시하라고 전한 후, 제가 직접 교주님을 찾아뵌 것입니다."

'으음!'

혈제가 턱수염을 쓰다듬으며 생각에 잠겼다.

그의 얼굴에는 이해하지 못하겠다는 표정이 역력했다. 잠시 그 모습을 지켜보던 혈천도가 물었다.

"자네, 왜 그러는 것인가?"

혈제가 고개를 갸웃거리며 대답했다.

"제갈가와 황보가를 동원해서 수로를 차단하고 있다는 점이 이해가 되지 않아서요."

그의 말에 귀마왕이 끼어들었다.

"이상하긴 뭐가 이상해? 놈들이 오늘 끝장을 보려고 아예 작정을 하고 나선 게지!"

"그 점이 이상하다는 말입니다. 제갈가와 황보가는 남부 전선에서 막대한 손실을 입었습니다. 따라서 이곳을 지원할 여력이 없을 텐데 우리의 후미를 차단하는 역할을 맡았다는 것이 왠지 이해가 되지 않아서요."

혈제가 연신 고개를 갸웃거리자 귀마왕이 한심하다는 표정을 지으며 목청을 돋우었다.

"그러니까 전력의 손실을 극소화하기 위해서 물길을 차단한 채 길목을 지키고 있는 것이 아닌가? 자네 말대로 놈들의 전력이 취약하다면 후미를 공략해 봐야 무슨 효과를 볼 수 있겠는가? 제갈가와 황보가 놈들은 우리가 도망가지 못하도록 물길을 차단하는 역할을 맡은 것이네. 실질적인 싸움은 무림맹 놈들의 몫이란 말일세. 결국 전면전을 통해서 끝장을 보겠다는 속셈이 아니겠는가?"

"그럴 수도 있겠군요!"

"아니, 그럴 수도 있기는 뭐가 그럴 수도 있다는 겐가? 분명히 그렇다는 말일세! 그러니까 후방 쪽은 신경 쓰지 말고, 도망갈 생각도 하지 말고, 그냥 저 앞에 몰려든 무림맹 놈들과 사생결단 낼 생각이나 하도록 하게!"

그는 말을 마치고 난 후, 횡하니 시선을 돌렸다.

조금은 머쓱해진 표정의 혈제가 고개를 돌려 마검을 바라보았다.

"너는 지금 곧 위하로 돌아가서 놈들의 반응을 살펴라! 그러다가 좌호법님 말씀대로 놈들이 움직이지 않을 경우, 한 개 조만 남겨두고 나머지 조는 모조리 전방으로 투입하라, 알겠느냐?"

"존명!"

마검이 정중히 허리를 굽히고는 사라져갔다.

'건곤일척의 승부라?'

혈제의 시선이 천천히 전방을 향했다.

그곳에는 마치 단단한 성벽을 보는 듯한 무림맹의 대열이 버티고 있었다. 그들을 바라보는 그의 눈빛은 차갑게 가라앉아 있었다.

드넓은 벌판의 초입 부분에는 무림맹의 무인들이 일정한 대형을 유지한 채 도열하고 있었다.

중앙에는 사십 열씩 종대를 이루고, 좌우측으로는 말을 탄 맹도들이 삼 열 종대를 이룬 모습이었다.

잠시 후, 맹렬히 기세를 내뿜던 그들의 전열에서 누군가의 고성이 연이어 울려 퍼졌다.

"좌군 정렬!"

"우군 정렬!"

좌우측의 기마대를 이끌고 있는 공동의 운허 진인과 곤륜의 백학 진인이었다.

그들의 시선은 대형을 유지한 채 중군의 후미에 마련된 망루를 향하고 있었다.

그 망루의 위에는 장산과 한평이 나란히 서 있었다. 특이한 점은 한평의 손에 적(赤), 황(黃), 청(靑)색의 깃발 세 개가 들려 있다는 것이었다.

'으음!'

멀리 들판의 끝 지점에 위치한 혈교의 진지를 바라보는 한평의 눈은 마치 먹잇감을 눈앞에 둔 맹수의 눈빛처럼 매섭게 빛나고 있었다.

'오늘의 결전을 무림의 사가(史家)들은 무엇이라고 기록할까?

그는 오늘의 싸움을 위해서 모든 계책을 세워놓았다.

하늘이 방해하지 않는 한, 이제 혈교라는 이름은 역사에서 사라질 것이다.

하지만 사람인 이상, 수많은 목숨을 담보로 얻어야 하는 승리이기에 착잡한 마음이 들지 않을 수 없었다. 그렇게 잠시 생각에 잠겨 있을 때였다.

"오늘로서 모든 일이 마무리될까요?"

장산의 질문에 그의 고개가 끄덕여졌다.

"물론입니다. 오늘로서 무림의 모든 분쟁은 막을 내릴 것입니다. 이후, 태극검문은 단단한 반석 위에 오를 것이며 무림의 모든 문파는 재건에 박차를 가하게 될 것입니다."

순간, 장산이 고소를 베어 물었다.

"후후후! 한 형을 만난 지가 엊그제 같은데 이제 그 인연의 마지막에 와 있네요."

"……"

한평은 아무런 대답도 하지 않았다.

이번 혈교의 난이 끝나면 그가 떠나갈 것이라는 사실은 진작 느끼고 있었다. 따라서 굳이 확인할 필요가 없었다.

그는 다소 서운한 표정으로 장산을 바라보았다.

"세상의 현묘한 이치를 도(道)에서는 자연만변(自然萬變), 복귀어무극(復歸於無極), 반자 도지동(反者 道之動)이라 한다지요?"

잠시 뜸을 들이더니 말을 이었다.

"우리 유(儒)에서는 만물생생이변화무궁언(萬物生生而變化無窮焉), 원시반종(原始反終)이라 합니다. 무공님의 말씀대로 이제 헤어질 시간이 다가오고 있네요. 하지만 그 또한 변화무궁(變化無窮)의 한 부분으로 생각하고 싶습니다."

장산이 고개를 끄덕이자 씁쓸한 미소를 떠올렸다.

"회자정리뿐만 아니라 오늘 벌어지고 있는 이 대전 역시 자연(自然)하는 변화의 한 부분에 속하겠지요. 우리는 그 거대한 변화 속의 큰 축이라고 할 수 있고요. 하지만 정작 저 자신은 세월이 흘러가면 잊혀질 것을 뻔히 알면서도 그 어떤 흔적을 남기고 싶어하는 군상(群像) 중의 하나가 아닐까 싶네요."

한평이 말을 마친 후, 천천히 적색 기를 잡아 들었다. 그러고는 빙그레 미소를 지었다.

"자, 그럼 이제 그 거대한 자연의 변화 속으로 들어가시지요!"

그는 말을 마치자마자 손에 쥔 적색 기를 하늘 높이 들어 올렸다.

"중군, 이분(二分)!"

순간, 광오의 굵직한 음성이 장내에 울려 퍼졌다.

동시에 사십 열 종대를 이루던 중군이 이십 열씩 반으로 갈라서기 시작했다.

각 십 열의 선두에는 소림의 광오와 무당의 청송 진인, 그리고 화산의 매화검노와 종남의 화룡자가 자리하고 있었다.

쿠르르릉! 쿵쾅! 쿵쾅!

갑자기 그들 사이로 굉음이 울리며 시커먼 물체들이 모습을 드러냈다. 바로 목만이었다.

그런데 특이한 것은 그 외형이 자주 보는 목만의 형태가 아니라는 점이었다.

정확히 열 개의 목만은 팔륜(八輪)으로 지탱하는 단단한 지지대 위에 높은 망루를 세우고, 앞부분에는 생가죽 대신 넓은 판목을 설치한 후, 그 위에 철판을 두른 철탑과도 같은 형태였다.

목만 위로 솟아오른 망루에는 현천수호단과 벽검단의 단원들이 강시(鋼矢)로 장착된 쇠뇌를 조준한 채 일제히 전방을 겨누고 있었다.

또한 황죽개가 이끄는 개방도들이 목만을 밀며 그 뒤를 따르고 있었다.

쿠르릉! 쿠르르릉!

거대한 괴물들은 중군 사이를 통과하며 서서히 들판을 가로지르기 시작했다.

으음!

전방을 주시하던 혈제가 한순간 쳐든 손을 내렸다.

그러자 목책의 곳곳에 위치한 대주들이 병장기를 높이 쳐들며 목청을 돋우었다.

"공격하라!"

"놈들에게 뜨거운 맛을 보여줘라!"

순간, 여기저기서 조원들을 독려하는 조장들의 목소리가 들려왔다.

"놈들이 다가서지 못하도록 불화살을 퍼부어라!"

"목만의 규모가 크지만 그 수는 열 개밖에 되지 않는다! 어서 불화살을 날려라!"

그들의 명이 떨어지자 목책에 기대어 활시위를 부풀리고 있던 혈교도들이 일제히 화살을 쏘아 올렸다.

피융! 피융! 피융!

파공성이 울리며 시뻘건 한 무더기의 불화살이 곡선을 그리며 목만을 향해 날아갔다.

팅! 티디딩! 팅! 팅!

하지만 곧 쇠종을 두들기는 듯한 굉음을 울리며 일제히 팅겨 나갔다.

"정확히 조준해라!"

"정조준을 해서 쏴라!"

다시 조장들의 고함과 함께 또 한 번의 시뻘건 화조(火鳥)들이 날아갔다.

티디딩, 팅! 티잉!

하지만 역시나 마찬가지였다.

불화살들은 목만의 애꿏은 철판만을 두드리며 맥없이 팅겨 나갔다.

핑! 피비빙, 핑! 피잉!

순간, 목만의 상부로부터 강한 파공성이 울려 퍼졌다.

혈교도들이 난감한 표정을 지으며 주춤거리는 사이 엄청난 위력을 지닌 화살들이 목책을 향해 쏟아져 갔다.

"화, 화살이다. 피해… 으악!"

"조심해라! 놈들이 쇠뇌에 장착한 화살을 날리고 있다. 으아악!"

여기저기서 단말마가 터져 나왔다.

하지만 그것도 잠시, 연이은 화살 세례와 함께 목만의 뒤쪽으로부터 무엇인가 시커먼 그림자가 날아들었다.

쐐 액! 쐐애액!

"저건 또 뭐야?"

"시커멓게 날아드는 게 대체 뭐야?"

혈교도들이 넋 잃고 바라보는 사이 수십여 개에 이르는 흑영(黑影)들이 그대로 목책을 향해 떨어져 내렸다.

쾅! 콰과과광! 콰앙!

"크악! 크아악!"

뾰족한 통나무로 만든 목책이 산산이 부서져 나가며 연이어 비명이 터져 나왔다.

흑영들은 바로 커다란 돌덩이였다. 목만의 뒤쪽에서 사륜(四輪)이 달린 이동식 투석기로 맹공을 퍼붓는 것이다. 쇠뇌에서 발사되는 강력한 화살들에 이은 투석기들의 거석(巨石) 세례는 혈교도들을 일순간 공황 상태로 몰아갔다.

핑! 피비빙, 핑! 피잉!

쾅! 콰앙! 콰과광!

"으악! 크아악!"

혈교도들은 정신을 차릴 수 없었다.

화살들은 소낙비 퍼붓듯 쏘아져 오고, 쉴 새 없이 떨어지는 돌덩이들은 목책을 부숴 버리고, 목책의 파편들은 암기처럼 튕겨 나갔다.

그 와중에 온몸이 벌집으로 변해 나뒹구는 시신들과 거석에 깔린 이들, 그리고 튕겨진 목책의 파편에 찔려서 신음하는 교도들의 수는 점점 늘어만 갔다.

"당황하지 마라! 자기 위치를 지켜라!"

"물러서면 안 된다! 전열을 가다듬어라!"

여기저기서 교도들을 독려하는 목소리가 들려왔지만 그들의 귀에는 들리지 않았다.

특히 집중 공격을 당하는 중앙 부분의 교도들은 날아드는 화살과 거석을 피해 다니며 우왕좌왕하거나 좌우측 또는 뒤쪽으로 물러서기 일쑤였다.

'이런!'

장내를 주시하던 혈제의 인상이 일그러졌다.

한순간, 중앙의 방어선이 뚫려 버린 것이다. 뿐만 아니라 힘 한 번 제대로 써보지 못한 채 목책마저 이십여 장 가까이 부서져 버리고 말았다.

"중앙을 사수하라!"

그는 더 이상 지켜보지 못하고 신형을 날리며 장내로 쏘아져 갔다.

"품(品) 자의 대형을 갖춰라!"

혈제가 뻥 뚫려 버린 목책의 중앙에 서자 각 대주들과 조장급들이 가세하면서 인간 방어벽을 펼쳤다.

핑! 피비빙, 핑! 피빙!

쐐액! 쐐애액!

그들을 향해 목만의 위쪽과 뒤쪽으로부터 화살과 거석들이 계속해서 날아들었다.

하지만 혈제를 중심으로 품자로 선 중간 수뇌부들에 의해 화살과 돌덩어리가 번번이 막히며 좀 전과 같은 상황은 벌어지지 않았다.

그사이 좌우 또는 후미로 물러섰던 혈교도들이 주춤거리며 주위로 몰려들었다.

'응?'

한순간 선두에서 화살과 돌덩어리를 쳐내며 악전고투를

벌이던 혈제의 미간에 천(川) 자가 새겨졌다.

두두두두!

갑자기 지축을 울리는 말발굽 소리와 함께 전방에 희뿌연 흙먼지가 피어오른 것이다.

'기마대?'

그의 얼굴에 다급한 표정이 떠올랐다.

동시에 여기저기서 기마대의 등장을 알리는 외침이 터져 나왔다.

"기마대가 몰려온다! 좌측의 방어를 맡은 조원들은 중앙을 도와라!"

"우측의 방어를 맡은 조원들은 일제히 중앙으로 이동하라!"

혈교의 진영은 난장판으로 변해갔다.

좌우측의 방어를 맡은 이들이 일시에 중앙으로 몰리면서 큰 혼란이 발생한 것이다. 혈교도의 급격한 움직임으로 목책 내부는 마치 시장통을 방불케 했다.

하지만 다행히 안정을 되찾으며 중앙에 부서진 목책 부분에 두터운 인의 방어막을 형성하고 있을 때였다.

쿠르릉! 쿠르르릉!

갑자기 일자의 형태로 나란히 서 있던 목만들이 갈라서더니 개별적으로 움직이기 시작했다.

"목만이 다가온다! 막아라!"

"놈들이 다가서지 못하도록 불화살을 날려라!"

여기저기서 목만들의 전진을 방어하리는 외침이 터져 나왔다.

피융! 피융! 피융!

곧바로 밀려드는 목만을 향해 불화살들이 날아갔다.

팅! 티디딩! 팅!

하지만 목만의 존재는 난공불락이었다.

화살들은 철판을 뚫지 못한 채 맥없이 튕겨 나갔다.

"으악! 피해라!"

"목만이 쓰러진다! 어서 물러서라!"

전진하던 목만들이 십여 장 거리에 이르더니 갑자기 기울어지기 시작했다.

하지만 그것은 전방에서 보았을 때의 이야기였다. 목만의 윗부분에 묶여 있던 앞부분의 철판이 쇠사슬을 타고 내려왔던 것이다.

우지끈! 쾅!

철판들이 눕혀지자 해당 부위의 목책들은 종이짝 찢어지듯 부서져 나갔다.

그중 한두 개의 철판은 목책 위에 걸리며 다리 모양을 형성하기도 했다. 그렇게 또 한 번의 방어선이 무너지는 순간이었다.

두두두두!

갑자기 말발굽 소리와 함께 양쪽에서 말 떼가 몰려들었다.

말들의 위에는 공동과 곤륜의 무인들이 병장기를 움켜쥔 채 혈교도를 노려보고 있었다.

히잉! 히이잉!

말들이 철 판목을 타고 넘어서자 곤륜과 공동의 무인들이 목청을 돋우었다.

"와! 놈들의 목을 베라!"

"와아! 혈교도 놈들을 쓸어버려라!"

그들의 뒤를 어어 목만의 윗부분에서 현천수호단원과 벽검단원이 뛰어내리기 시작했다.

"현천수호단의 진정한 무위를 보여주어라!"

"사공세가의 정예들의 진면목을 보여주어라!"

곧이어 목만의 이동과 투석을 담당했던 개방도 역시 몰려들며 가세했다.

"개방의 타구봉 맛 좀 보여줘라!"

"혈교 놈들을 복날 개 패듯 때려잡아라!"

일시에 무림맹도가 밀려들자 위하채는 순식간에 아수라장으로 변해갔다.

"으악! 크아악!"

장내에는 혈교도의 단말마가 줄지어 터져 나왔다.

공동의 운허 진인과 곤륜의 백학 진인, 그리고 황죽개가 협공을 펼치며 혈제에게 압박을 가하자 나머지 맹도들은 일제히 위축된 혈교도에게 맹공을 퍼부었다.

"이놈들, 죽어라!"

"크악!"

"사파 놈들은 이참에 씨를 말려 버려야 한다!"

"크아악!"

특히 공동과 곤륜의 기마대의 활약은 눈에 띄게 두드러졌다.

마상에서 이리저리 장내를 휘젓고 다니며 혈교들의 대열을 흩뜨려놓자 현천수호단원과 벽검단원이 서너 명 혹은 네다섯 명씩 짝을 이루며 당주들과 대주들에게 덤벼들었다.

그사이 무림맹의 무인들은 우왕좌왕하는 혈교도를 거세게 몰아붙였다. 혈교도들은 잔뜩 주눅이 든 채 방어하기에 급급했다. 그렇게 전세가 일방적으로 흘러가고 있을 때였다.

'응? 저것들은 또 뭐야?'

장내와는 상관없이 전방을 주시하던 혈천도의 눈에 이채가 서렸다.

멀리서 네 명의 고수가 쭉쭉 미끄러지며 다가서는가 싶더니 어느새 목만 사이로 모습을 드러냈다. 바로 소림의 광오와 무당의 청송 진인, 그리고 화산의 매화검노와 종남의 화룡자였다.

네 사람은 등장하기 무섭게 목책 안으로 뛰어들었다. 그리고 그들의 뒤를 이어 각파의 제자들이 벌 떼처럼 밀려들었다.

“에잉! 더 이상은 안 되겠구먼!”

혈천도가 인상을 찡그리며 신형을 돌려세웠다.

그러자 귀마왕이 난색을 표하며 제지하고 나섰다.

“지금 움직이면 안 됩니다! 아직 백미검선이 모습을 드러내지 않고 있습니다!”

그랬다. 그들은 지금까지 백미검선을 노리고 있었다.

그에게 합공을 가하기 위해서 기다리고 있었던 것이다. 하지만 그는 코빼기도 보이지 않을뿐더러 가랑비에 옷 젖는다고 혈교도는 예상치도 못한 파상 공세를 당하며 무참히 유린당하고 있었다.

무지막지한 공성 병기로 인해서 중앙의 방어선이 뚫리자 기습적으로 기마대가 밀려들었다. 그 혼란한 틈을 타서 일부가 방어선을 넘어 들어오고, 몇몇씩 짝을 이루더니 수뇌부를 묶어놓았다.

그러자 기다렸다는 듯 전 병력이 파도처럼 밀려들며 당황하는 교도들을 도륙하기 시작했다. 실로 톱니바퀴인 아륜(牙輪)처럼 정교하게 맞물리며 돌아가는 얄밉도록 치밀한 계책이 아닐 수 없었다.

아무튼 더 이상 멍하니 지켜만 보고 있다가는 자칫 힘 한 번 써보지도 못한 채 몰살을 당하는 최악의 상황을 맞이할 수도 있었다.

혈천도가 짜증스런 얼굴로 귀마왕을 바라보았다.

“그럼 자네는 어쩌자는 것인가? 저 추풍낙엽으로 떨어져 나가는 교도들의 모습이 보이지 않는다는 말인가?”

“하지만……”

귀마왕이 머뭇거리자 목청을 돋우었다.

“자네는 그냥 여기서 백미검선이 모습을 드러낼 때까지 기다리도록 하게! 나는 저 구파일방의 늙은이들을 깡그리 쓸어버려야겠네!”

그는 말을 마친 후, 뒤도 돌아다보지 않은 채 그대로 신형을 날렸다.

‘허!’

홀로 남은 귀마왕은 난처한 표정을 지었다. 참으로 애매한 상황이 아닐 수 없었다.

‘그래, 왕 선배와 떨어지지만 않으면 괜찮을 게야.’

그는 판단이 서자 곧바로 혈천도가 사라진 곳을 향해 신형을 날렸다.

“이놈들! 어디서 감히 날뛰고 있는 것이냐?”

장내에 들어선 혈천도는 휘젓고 다니는 기마대를 향해 그의 애병인 혈루도(血淚刀)를 휘둘렀다.

히이잉! 히이잉!

“으악! 크아악!”

그의 일도가 번뜩일 때마다 사람은 물론이요, 타고 있던 말까지 두 동강이 났다.

그의 신형은 온통 핏물로 뒤범벅이 된 채 마치 유계(幽界)에서 온 악귀를 보는 것 같았다. 뿐만 아니라 귀마왕까지 가세하면서 공동과 곤륜의 기마대는 그야말로 추풍낙엽이 되어 갔다. 그렇게 기마대의 수가 눈에 띄게 줄어들고 있을 때였다.

'어느 육시랄 놈들이?'

무차별적으로 쌍장을 휘두르며 피의 향연을 즐기던 귀마왕이 빠른 속도로 신형을 틀었다.

쐐액! 쐐애액!

순간, 예리한 두 개의 검신이 옆구리와 허벅지를 스치고 지나갔다.

'으윽!'

그는 옆구리가 화끈거리는 것을 느꼈다.

다행히 허벅지는 피했지만 옆구리 부분에 제법 긴 혈선이 그어지고 말았다.

그런데 문제는 혈도였다. 쌍장을 날리기 위해 막 내력을 쏟아 붓는 순간, 다급히 신형을 틀다 보니 진기가 역류하며 기혈이 뒤틀린 것이다. 특히 임맥상의 중정(中庭) 부근에서 강한 통증이 느껴졌다.

'젠장!'

그는 인상을 찡그린 채 신형을 돌려세웠다.

그러자 사 인이 빠른 속도로 다가서며 그를 에워쌌다. 광오와 청송 진인, 그리고 매화검노와 화룡자였다.

'썩을 놈들!'

그는 진기를 극성으로 끌어올렸다.

순간, 중정 부근에서 칼로 찌르는 듯한 통증이 느껴졌다.

하지만 생각할 여유가 없었다. 조금만 허점을 보였다가는 그대로 목이 달아날 판이었다. 사 인의 장문인 역시 진기를 극성으로 끌어올리자 주변의 기류가 서서히 요동쳤다. 동시에 살얼음판 같은 긴장감 속으로 빠져들었다.

'저런 멍청한!'

혈천도의 얼굴에 한심하다는 표정이 떠올랐다.

사실 귀마왕 정도의 무위라면 사 인의 장문인이 합공을 펼친다고 할지라도 크게 걱정할 필요는 없었다. 한 단계 이상의 차이가 나기 때문이었다.

그런데 무엇인가 잘못된 것이 분명했다. 몸 상태가 정상으로 보이지 않았다. 아무래도 한 팔 거들어주야겠다는 생각이 들었다.

'에잉!'

그가 짜증스런 표정을 지으며 막 한 발을 내딛으려고 할 때였다.

'누구?'

그의 신형이 그대로 굳어지고 말았다.

갑자기 무엇인가 알 수 없는 허허로운 기운이 밀려들었던 것이다. 기운이 밀려드는 방향으로 조심스럽게 돌아서자 한 청년이 모습을 드러냈다.

"누구신가?"

"장산이라고 합니다."

'으음!'

혈천도는 자신도 모르게 고개를 끄덕였다.

그동안 얘기로만 듣다가 막상 마주 서고 보니 명불허전이 었다. 여태껏 이런 기운을 흘리는 인물은 만나본 적도, 있으리라고 짐작조차 하지 못했다. 상대의 기도는 있는 듯 없는 듯 허허로우면서도 마치 거대한 산악이 막아선 느낌이었다.

자신이 그를 얼마나 과소평가하고 있었는지 새삼 깨달을 수 있었다. 그렇게 잠시 생각에 잠겨 있을 때였다.

"크아악!"

어디선가 귀에 익은 단말마가 들려왔다.

슬며시 고개를 돌려보니 혈제가 가슴이 갈라진 채 피분수를 뿌리며 나가떨어지는 장면이 시야를 가득 메워왔다.

그에게 합공을 가하던 운허 진인과 백학 진인 역시 성하지는 못했다. 두 사람 모두 바닥에 나뒹굴며 시뻘건 선혈을 토해내고 있었다.

'허허허!'

문득 허탈해지는 것을 느꼈다.

제대로 한 번 싸워보지도 못한 채 이미 전세는 기울고 말았다. 이제 전멸당하는 것은 시간문제일 뿐, 반격이란 상상조차 하기 어려운 일이었다.

'그것참!'

어디서부터 잘못되었다는 말인가?

정말 이리도 허무하게 혈교의 꿈, 아니, 혈맥의 오랜 숙원을 날려 버리게 될 줄은 미처 생각지 못했다. 참으로 한심한 노릇이 아닐 수 없었다.

'이대로는……'

그는 오기가 발동하는 것을 느꼈다.

더 이상 무참히 당할 수만은 없었다. 비록 상황을 반전시키지는 못하더라도 자신의 존재만은 뚜렷이 각인시키고 싶었다.

그의 시선이 천천히 장산을 향했다.

"내가 바로 태극천의 쌍존 중 일인이자 혈맥의 총수이기도 하지! 자, 어서 오시게!"

그는 말을 마치자마자 진기를 극성으로 끌어올렸다.

그러자 주변의 기류가 뭉클거리며 풀잎이 마구 휘말려 올랐다. 동시에 두 사람의 기세가 부딪치며 그 여파가 주위로 퍼져 나갔다.

주변의 무인들은 기세에 밀려서 싸움도 멈춘 채 두 사람을 바라보았다. 너나 할 것 없이 모두 멀찍이 물러선 채 양손을 꼭 움켜쥐고는 긴장된 얼굴로 주시하기 시작했다.

‘천붕도멸(天崩刀滅)!’

한순간, 혈천도의 입에서 커다란 외침이 터져 나왔다.

동시에 높이 솟구친 그의 도신이 일도양단의 기세로 내리꽂혔다.

드드드드!

혈천도의 도를 따라서 기이한 굉음이 사방으로 퍼져 나갔다.

‘붕도(崩刀)?’

장산의 눈에 이채가 서렸다.

상대가 펼치는 도의 움직임은 눈에 훤히 보일 정도로 느렸다. 그럼에도 도신의 영향이 미치는 범위 내에서는 하늘이 무너질 듯 엄청난 압박이 가해지고 있었다. 사위를 찍어누르는 듯한 천붕(天崩)의 무거움으로 인해 시간마저 일시 정지한 느낌이었다. 보이는 것은 오로지 무거움에 짓눌려 터져 나갈 것 같은 기의 압박만이 존재했다.

‘흐흐흐!’

문득 혈천도의 입가에 미소가 맺혔다.

상대가 도망(刀網)에 걸린 것이다. 혈맥의 최후 비전인 천붕도멸이 펼쳐지기 전이라면 모를까? 일단 그 영향권 안에 들어선 이상, 대라신선이라도 벗어날 수는 없었다. 전신의 혈맥이 가닥가닥 터져 나가고, 온몸이 갈가리 찢겨 나가는 처참한 최후가 남아 있을 뿐이었다.

그 짜릿한 영상을 떠올리며 도에 마지막 남은 내력까지 쏟아 붓는 순간이었다.

'어떻게?'

그의 눈이 휘둥그레지고 말았다.

천붕의 압력 속에서 갑자기 무엇인가 한 줄기 빛이 솟아오르는 것이 보였다. 그 빛의 기운은 두 개, 다섯 개… 수없이 갈라지더니 투명한 빛으로 변해갔다. 동시에 상상할 수도 없는 미증유의 거력이 솟구쳐 오르며 천붕의 압박을 종잇장 찢어발기듯 갈가리 찢어놓았다.

"크아악!"

그의 입에서 처절한 비명이 터져 나왔다.

그의 신형은 어느새 폭죽 터지듯 산산이 분해되고 있었다.

후둑! 후둑! 후두둑!

혈천도의 시신 조각이 떨어져 내리자 장내는 고요한 침묵 속에 빠져들었다.

그들이 본 것은 단지 엄청난 압박 속에 한줄기 빛이 떠오른 것뿐이었다. 그리고는 끝이었다. 모두들 눈앞에 벌어진 믿을 수 없는 현실에 어안이 벙벙한 모습이었다.

하지만 침묵은 그리 오래가지 않았다. 장내를 뒤흔드는 누군가의 외침이 터져 나왔다.

"와! 무공께서 승리하셨다!"

그것도 잠시 흥분에 찬 함성이 분노의 외침으로 변해가며 불붙듯이 번져 나갔다.

"와! 마신의 우두머리가 패했다!"

"와아! 놈들을 죽여라! 삭초제근하자!"

"와! 혈교 놈들이 더 이상 발을 못 붙이도록 쓸어버리자!"

여기저기서 무림맹의 무인들이 목청을 돋우며 광란의 보복을 시작했다.

"흐흐흐! 이놈들, 어디 맛 좀 봐라!"

"살려줘… 으악!"

"네놈의 사지를 토막 내어 잘근잘근 씹어주도록 하마!"

"아, 안 돼… 으아악!"

무림맹의 무인들은 눈이 벌겋게 물든 채 흉산악살로 변해 갔다.

"으악, 내 다리!"

"사, 살려주세… 크아악!"

위하채는 어느새 팔열지옥(八熱地獄)으로 변해 있었다.

보이는 것은 무자비한 피의 보복이요, 들려오는 것은 무간지옥의 아비규환이었다. 이미 선(善)이라는 인간의 본성은 사라진 지 오래였다. 오직 피를 갈구하는 혈귀(血鬼)들이 아귀다툼만이 있을 뿐이었다.

"아, 안 돼… 크악!"

"제, 제발 살려… 크아악!"

광란의 도가니 속에 처절한 단말마만이 울려 퍼졌다.

그 시리도록 끔찍한 광란의 시간은 일각, 이각을 넘도록 계속해서 이어지고 있었다.

"크악! 크아악!"

하늘이 분노하고 땅마저 울부짖는 무자비한 보복의 시간이 어느덧 반 시진을 향해 치달아가고 있을 때였다.

"우!"

어디선가 강력한 사자후가 터져 나왔다.

순간, 피에 젖어 광란에 날뛰던 모든 이의 동작이 일시 멈추었다. 그리고는 일제히 사자후가 들려오는 방향으로 시선을 돌렸다.

그곳에는 한 청년이 천년고목인 양 우뚝 선 채 사자후를 토해내고 있었다.

그런데 묘한 점은 사자후가 척마멸사의 기운을 담고 있다기보다는 선음(仙音)에 가깝다는 것이었다. 들으면 들을수록 심신을 맑게 해주는 효능이 담겨 있었다.

마치 천상의 감로수처럼 맑고 청아한 음성이 계속되자 장내의 광란은 잦아들기 시작했다. 뿐만 아니라 무인들의 벌겋게 물든 눈빛이 정상으로 돌아오고, 광분의 망나니 같은 칼춤은 자취를 감추었다. 그렇게 사자후는 일각가량 계속되었다.

장내의 분위기가 완전히 가라앉자 비로소 사자후가 멎었다. 잠시 후, 장산이 피곤해 보이는 얼굴로 입을 열었다.

"지금 즉시 모든 혈교도는 무기를 버리고 위하에 정박해 있는 배에 오르시오! 그리고 감숙으로 향한 후, 신강을 지나 서역으로 가시오! 이후, 다시는 중원 땅을 밟지 말도록 하시오!"

그의 말이 끝나자 살아남은 혈교도가 일제히 무기를 내던졌다.

곧이어 하나둘 뒷걸음질을 치는가 싶더니 갑자기 발걸음아 나 살려라 내빼기 시작했다.

"하하하! 저놈들 내빼는 꼬락서니 좀 봐라!"

"이놈들아! 어서 달리지 못할까? 빨리 도망가란 말이다! 으하하하!"

"제일 꽁지에 가는 놈은 잡아다가 치도곤을 안겨줄 게야! 어서 달려라! 푸하하하!"

그들이 빠져나간 빈자리는 이내 무림맹 무인들이 외쳐 대는 고함으로 메워졌다.

"만세!"

"무림맹 만세! 백미검선 만세!"

그들은 서로 얼싸안은 채 승리를 만끽했다.

무극이오(無極二五)

세월은 묵묵히 계절의 수레바퀴를 돌리며 말없이 흘러가고 있었다.

어느덧 혈교가 난세를 일으킨 지도 십여 년이란 세월이 흘렀다. 그사이 무림은 재건에 박차를 가하며 빠르게 안정을 되찾아갔다.

'시즉종 종즉시(始卽終 終卽時)라!'

세상은 돌고 또 도는 법, 다시 정파가 득세하자 구대문파와 사대세가는 은밀히 세력 확장에 힘을 기울이기 시작했다.

하지만 그들의 행보는 이전과 크게 달라져 있었다. 혹여 그들 사이에 문제가 대두될 경우, 태극검문의 중재를 인정하고

받아들이는 것이 관례가 되었다. 그만큼 태극검문의 위상은 높아졌다.

또한 무림에 확연히 달라진 점이 있다면 바로 중소 문파들의 대약진이었다.

그들은 이전과 같이 거대 문파의 눈치를 보거나 굴욕적으로 처신하는 경우가 드물었다. 스스로 동반자적 관계라는 인식을 갖게 된 것이다. 그 역시 태극검문이 있기에 가능한 일이었다.

다만 생각지도 못한 문제가 발생했으니 그들이 태극검문을 제집처럼 드나든다는 사실이었다.

'난아심곡(亂我心曲)!'

그들은 시도 때도 없이 찾아와서는 문공과의 독대를 요구했다.

그런 일이 반복되다 보니 한평의 칠흑 같던 머리에서는 어느새 하나둘 백발이 피어나기 시작했다. 이에 보다 못한 청홍이 나서서 두 사람은 인근 사찰로 회피성 바람을 쐬러 나가는 것이 일상생활의 한 부분이 되었다.

하지만 이렇게 된 원인에는 바로 장산과 진령의 부재가 있었다.

위남 대전이 끝나자 얼마 안 있어 장산이 태극검문을 훌쩍 떠나갔다.

그러자 정확히 일 년 후, 진령도 모든 일을 그에게 일임하

고는 어디론가 떠나가 버렸다. 또다시 일 년이 지나자 이번에
는 오룡들이 조용히 사라져 버렸다.

이후, 매년 원단(元旦)이 되면 모처에서 잘 지내고 있으니
걱정하지 말라는 생뚱맞은 소식을 전해올 뿐이었다.

드넓은 동정호 수면 위로 해가 기울며 세상이 온통 붉은빛
으로 물들어갔다.

이제 하루의 일과가 끝났으니 모두 집으로 돌아가라는 자
연의 가르침이었다. 그곳에 기대어 살아가는 많은 이들은 힘
에 겨운 듯 인상을 찡그리며 이마에 흐른 땀을 닦았다. 그리
고는 하던 일을 서둘러 마무리 지은 후, 흐뭇한 얼굴로 자신
들의 보금자리를 향해 떠나갔다.

건곤일야부(乾坤日夜浮), 하늘과 땅이 밤낮으로 동정호에
떠 있구나!

잠시 후, 동정호에 어둠이 내리자 수면 위로 하나둘 불이
켜지기 시작했다.

동정호에 떠 있는 놀잇배에서 켜지는 크고 작은 등불들이
었다. 그렇게 수면 위에서는 또 다른 하루가 시작되고 있었
다.

그 광경을 뒤로한 채 대여섯 명의 사내가 발걸음을 서두르

고 있었다.

그런데 그들 중 가장 덩치가 큰 사내가 뒤를 돌아보더니 불만 섞인 목소리로 투덜거렸다.

"아니, 저것들은 대체 뭐 하는 연놈들이기에 매일같이 뱃놀이를 하고 자빠진 게야?"

그의 다소 거친 말에 백발이 희끗희끗한 노인이 냅다 등짝을 후려쳤다.

짜악!

"아야! 왜 그러는 게요?"

덩치 큰 사내가 투덜거리자 노인이 목청을 돋우었다.

"이봐! 자네, 이제 나잇살도 제법 먹었으니 그놈의 말투 좀 고치라고!"

"엥? 형님은 왜 또 날 못 잡아먹어서 난리요?"

불만스런 표정으로 노인을 쏘아보는 장한은 바로 광검이었다.

그리고 나머지 이들은 장산을 비롯한 사룡이었다. 태극검문에서 사라진 이들이 이곳 동정호에 모습을 드러낸 것이다.

그런데 특이한 점은 이들의 모습이 무인이 아닌 일반 어부를 닮아 있다는 점이었다. 하나같이 어깨에 물고기가 가득 찬 망태기를 둘러메고 손에는 어망을 들고 있었다.

호접은선이 까치발을 들더니 광검의 코에 자신의 코를 들이밀었다.

"이봐! 요즘 자네 때문에 우리 고매한 마누라의 초승달 같은 아미에 깊은 주름이 생겼다는 말이야!"

"으잉? 그 무슨 얼토당토않은 말이요? 주름이야 형수가 나이가 드니까 생기는 자연적인 현상이지 왜 나 때문이라는 게요?"

순간, 호접은선의 눈썹이 역팔자로 휘어졌다.

"뭐가 어째고 저째? 그게 왜 나이 때문이야? 자네가 시도 때도 없이 아무 말이나 툭툭 내뱉으니까 우리 마누라가 신경 쓰여서 그렇게 된 것이지!"

"뭐요? 거, 말도 안 되는 소리 집어치우시오!"

"왜 말이 안 돼?"

"아니, 형님은 요즘 왜 그리 신경질적이요? 혹시 형수님과 운우지락을 못 나눠서……."

그의 말은 더 이상 이어지지 못했다.

호접은선이 팔소매를 둘둘 말아 올리며 거센 콧김을 내뿜었다.

"뭐가 어째고 저째?"

분위기가 심상치 않게 돌아가자 결국 장산이 나섰다.

"자, 진정들 하세요. 시간이 너무 지체된 것 같습니다. 어서들 돌아가시죠."

그는 말을 마치자마자 신형을 돌려세웠다. 그리고는 휑하니 멀어져 갔다.

이제 두 사람의 다툼에 이골이 났는지 이룡인 광풍일검 추룡과 삼룡인 혈부 강혁, 그리고 오룡인 곽호도 고개를 설레설레 흔들며 장산의 뒤를 따랐다.

손뼉도 마주쳐야 소리가 나는 법, 머쓱해진 두 사람은 서로를 노려보더니 저마다 한마디씩 말했다.

"흠흠! 늦긴 늦었구먼! 어서 돌아가야지!"

"엥? 혹여 우리 마누리만 생고생하고 있는 거 아니야?"

그들의 신형 역시 돌풍을 일으키며 멀어져 갔다.

악양의 외곽으로 향하는 야산의 좁은 길을 지나자 끝이 보이지 않을 만큼 넓은 평원이 펼쳐 있었다. 그 평원이 끝나는 지점에 커다란 장원이 불을 훤히 밝히고 있었다.

예전에 이곳은 장산 일행이 태극검문으로 향할 때 진령이 흑혈쌍웅의 암습을 받아 위기에 처했던 바로 그 현가장이었다.

당시에는 화마가 훑고 간 폐가였지만 지금은 반듯한 장원으로 탈바꿈해 있었다.

"동서! 그거 이리 줘!"

"아니에요, 형님! 제가 하던 김에 마저 할게요."

"저는 두 언니들 덕분에 할 일이 없네요."

그 안에서는 여인들의 다정한 목소리가 들려오고 있었다.

잠시 후, 대문 밖에서 서성거리던 한 청년이 안쪽을 향해

소리쳤다.

"아버님과 숙부님, 백부님들께서 돌아오십니다!"

그는 말을 마친 후, 재빨리 장산 일행을 향해 달려갔다.

"아버님, 수고 많으셨습니다! 숙부님과 백부님들도요!"

그의 정중한 인사에 광검의 입이 함지박만 하게 벌어졌다.

"하하하! 우리 우가 이 아비를 마중 나왔구나! 흠흠! 그래 글공부는 열심히 했느냐?"

"예, 아버님. 제가 어서 향시에 합격해야 근심을 덜어드릴 수 있을 텐데 올해도 낙방하여 송구합니다."

그가 죄송하다는 표정으로 말하자 광검이 양손을 휘휘 내저었다.

"그게 무슨 말이냐? 이 아비는 네가 실력이 없어서 떨어진 것이라고는 생각지 않는다. 올해는 운이 나빠서 떨어진 것뿐이야. 그리고 사내대장부란 항상 대범해야 하느니라. 그깟 사소한 일 따위는 훌훌 털어버리고 다음을 기약하면 되는 게야, 알겠느냐?"

"예, 아버님. 소자, 명심하겠습니다."

"하하하, 그럼 됐다! 어서 들어가자꾸나!"

광검은 우의 어깨에 손을 얹더니 서둘러 발걸음을 옮겼다.

순간, 뒤에 있던 호접은선이 감탄스런 표정을 떠올렸다.

"허! 정말 불가사이한 일이야!"

그랬다. 광검의 모습은 조금 전의 그가 아니었다.

그는 항상 엉뚱한 짓을 하다가도 우와 송씨만 만나면 전혀 다른 사람이 되었다. 참으로 알 수 없는 노릇이었다.

"하하하! 그게 바로 한 가정을 이끄는 가장의 마음인가 봅니다!"

장산이 웃음을 터뜨리며 말하자 일행은 잠시 광검 부자의 뒷모습을 바라보았다.

잠시 후, 일행이 장원 안으로 들어서는 순간이었다.

"셋째 서방님! 어서 가서 씻고 오세요!"

누군가의 앙칼진 목소리가 들려왔다. 바로 백옥화 제갈미였다.

"예. 알겠습니다."

천하의 광검도 그녀 앞에서는 꼬리를 내렸다.

그녀는 풍성히 차려진 저녁상 앞에 서 있다가 일행이 들어서자 다시 목소리를 높였다.

"모두 가서 씻고들 오세요!"

순간, 호접은선이 당연하다는 듯 말했다.

"암! 그래야지, 나갔다 돌아오면 당연히 씻어야 하고말고!"

일행은 머쓱한 표정으로 그의 뒤를 따라 우물가로 향했다.

얼마의 시간이 흘렀을까? 뜰에 펼쳐진 식탁에는 빈 그릇만이 잔뜩 놓여 있었다.

식탁에 앉은 이들은 하나같이 아쉬운 표정들이었다. 그 아쉬움을 달래기라도 하듯 남은 반주(飯酒)를 들이켜고 있을 때였다.

제갈미가 세 개의 보따리를 짊어지고는 추룡과 강혁, 그리고 곽호에게 하나씩 건네주었다.

보따리를 받아 든 세 사람이 멍한 표정으로 바라보자 그녀가 말을 꺼냈다.

"내일 세 분은 일 나가지 마시고 그 옷으로 갈아입고 계세요!"

"예? 무슨 말씀이신지?"

추룡이 고개를 갸웃거리자 그녀가 환한 웃음을 떠올렸다.

"도련님들을 보고 있으니 도저히 안 되겠어요. 그래서 큰 결심을 하게 됐지요. 이래 봬도 제가 무림의 여인들 사이에서 마당발로 통했거든요."

"……?"

"호호호! 무림에는 고상한 척하다가 시집 못 간 동생들이 제법 많아요. 그래서 압력 좀 넣었지요. 내일 미시(未時) 즈음에 도착한다고 했으니까 준비들 하고 계세요."

"형수님!"

"고맙습니다, 형수님!"

추룡과 강혁이 감격스런 표정을 짓자 그녀의 시선이 곽호를 향했다.

"호호호! 막내도련님은 특별히 신경 썼으니까 기대해도 좋아요!"

그녀의 말에 곽호의 얼굴이 벌겋게 달아올랐다.

"형수님! 고맙습니다!"

그 모습을 지켜보던 호접은선이 흐뭇한 표정을 지으며 끼어들었다.

"흠흠! 자네들, 앞으로 형수님께 잘해야 할 게야! 무슨 말인지 알겠는가?"

"예, 알겠습니다!"

세 사람이 장내가 떠나갈 듯 이구동성으로 외치자 장산과 진령 사이에 앉아 있던 소동(小童)이 눈빛을 반짝였다.

소동은 볼 살이 통통히 오른 귀여운 용모에 초롱초롱한 눈빛을 지니고 있었다. 다만 한 가지 특이한 점이 있다면 눈썹의 끝 부분이 허옇게 세어있다는 것이었다. 잠시 고개를 갸웃거리던 소동의 시선이 장산에게 향했다.

"아버님! 어머님께서 누누이 말씀하시길, 아버님께서는 무림의 전설적인 인물이시고, 일신의 무공은 천상천하 유아독존의 경지에 이르렀다고 하셨는데 사실인지요?"

소동의 다소 엉뚱한 질문이 장산이 의아하다는 표정을 지었다.

"소천아! 그게 무슨 말이냐?"

"아무리 생각해 봐도 어머님께서 제게 과장된 말씀을 하신 것 같습니다."

순간, 진령이 소천의 머리를 콩, 하고 쥐어박았다.

"어머머! 애 좀 봐! 내가 언제 네게 거짓말을 했다는 거니?"

그러자 소천의 얼굴이 뾰루퉁해지더니 큰 소리로 말했다.

"소자가 보기에는 천하의 고수는 바로 백옥화 이모님이에요! 여기 계신 분들 중 그 누구도 이모님에게 이기는 것을 못 봤다는 말이에요!"

"뭐라고? 호호호!"

"하하하!"

장내는 갑자기 웃음바다로 변해갔다.

그들 중에는 소천을 꼭 껴안은 채 행복한 미소를 짓고 있는 장산과 진령의 모습도 보였다.

범인 왈(凡人 曰), 가노니 산이요, 돌아가니 물이로다, 내 한 몸 쉬어갈 곳은 어드메뇨?

선인 왈(仙人 曰), 가는 길에 산이 있어 시원하고, 돌아가는 길에 물이 있어 목을 축일 수 있거늘 그 무슨 걱정이오? 사방 천지에 널린 것이 내 집이니 우리도 이같이 어우러져 백년까지 누려보세."

『백미검선』終

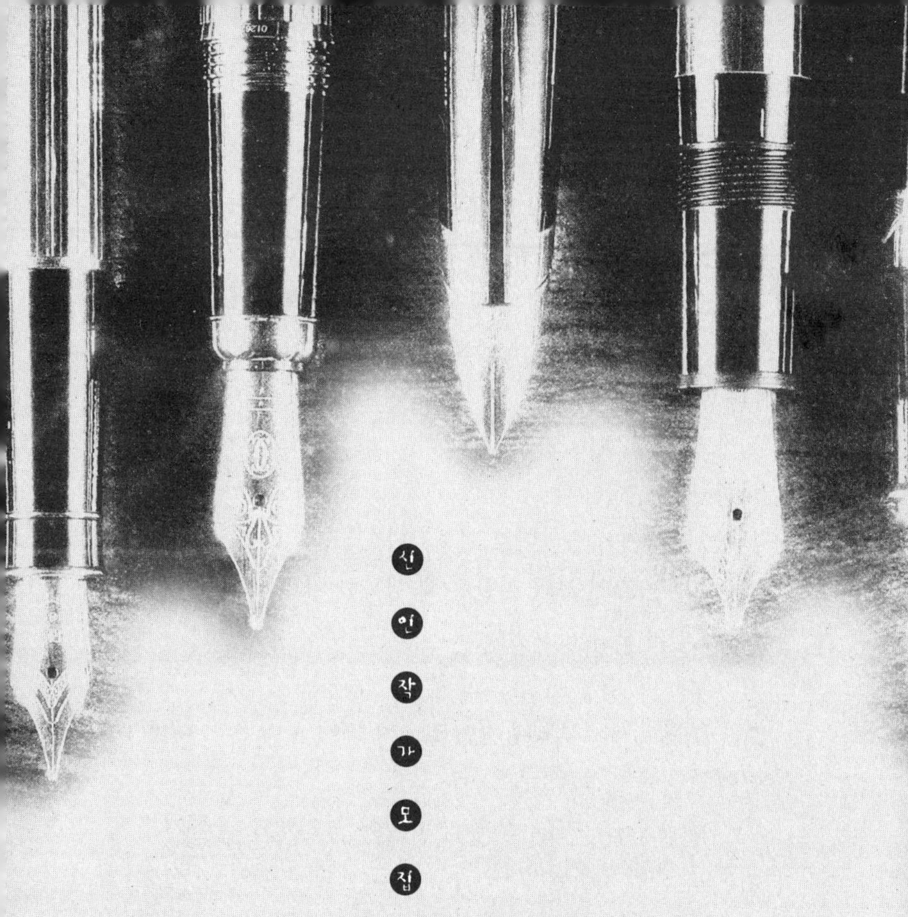
신
인
작
가
모
집

시작이 반이라고 했습니다.
작가의 길에 대한 보이지 않는 벽을 과감히 깨뜨리십시오!
청어람은 작가 지망생 여러분들의
멋진 방향타가 되어드리겠습니다.

저희 도서출판 청어람에서는
소설 신인 작가분들을 모집합니다.
판타지와 무협을 사랑하시는 분들의 많은 참여를 바랍니다.
소정의 원고(A4용지 150매)를 메일이나 우편으로 보내주시면
검토 후 출판 여부를 알려드리겠습니다.

주소:경기도 부천시 원미구 심곡1동 350-1 남성B/D 3F 우편번호420-011
TEL:032-656-4452 · FAX:032-656-4453
http://www.chungeoram.com
e-mail:chungeoram@chungeoram.com

무사 곽우

『무정지로』, 『십삼월무』, 『화산진도』의
작가 참마도, 그가 돌아왔다!!

새롭게 시작되는 그의 네 번째 강호 이야기!!

"힘이 있는 자가 없는 자를 돕는 것입니다.
또한 힘이 없다면 돕기 위해 노력이라도 하는 것입니다.
그것이 진정한 협 아니겠습니까?"
"호오……."
송완은 다시 봤다는 듯 곽우를 바라보았고 담고위는
무슨 케케묵은 보물단지 보는 듯한 얼굴을 만들었다.
송완은 살짝 킥킥거리며 웃다가 이내 곽우에게 말했다.
"틀렸다. 협이란 무공이 높은 자의 중얼거림일 뿐이야.
무공이 낮은 자는 그저 그 협을 바라만 보고 있어야 하는 것이지.
그래서 세상은 협사가 널렸고 그 협사의 주변엔 구더기들이 들끓고 있는 거야."

강호라는 세상 속에서 지금 한 사람이 그 눈을 뜨려 한다.
한 자루의 부러진 검과 함께 곽우라는 이름을 가지고……

Golden Key

박이수 소설

황금열쇠

「달의 아이」, 「붉은 소금성」의 작가 박이수.
그가 또 하나의 기대작 「황금열쇠」로 나타났다.

우연한 만남이란 단어는 그들에겐 존재하지 않았다.
얽혀 있는 사람들…그리고 피할 수 없는 운명의 굴레!

뒤틀려 버린 운명의 주인공 셰이엔 가이스카 리베 폰 라시에…
한순간 인생이 뒤바뀐 불운의 주인공 듀이 델킄!
그리고…유일하게 그녀를 기억하는 단 한 사람 이샤무단!

이제 운명의 주사위는 던져졌다.
엇갈린 운명 속에 모든 사건은 하나로 연결된다!
황금열쇠를 차지하기 위한 그들의 위험한 모험이 지금 시작된다.

KB253446